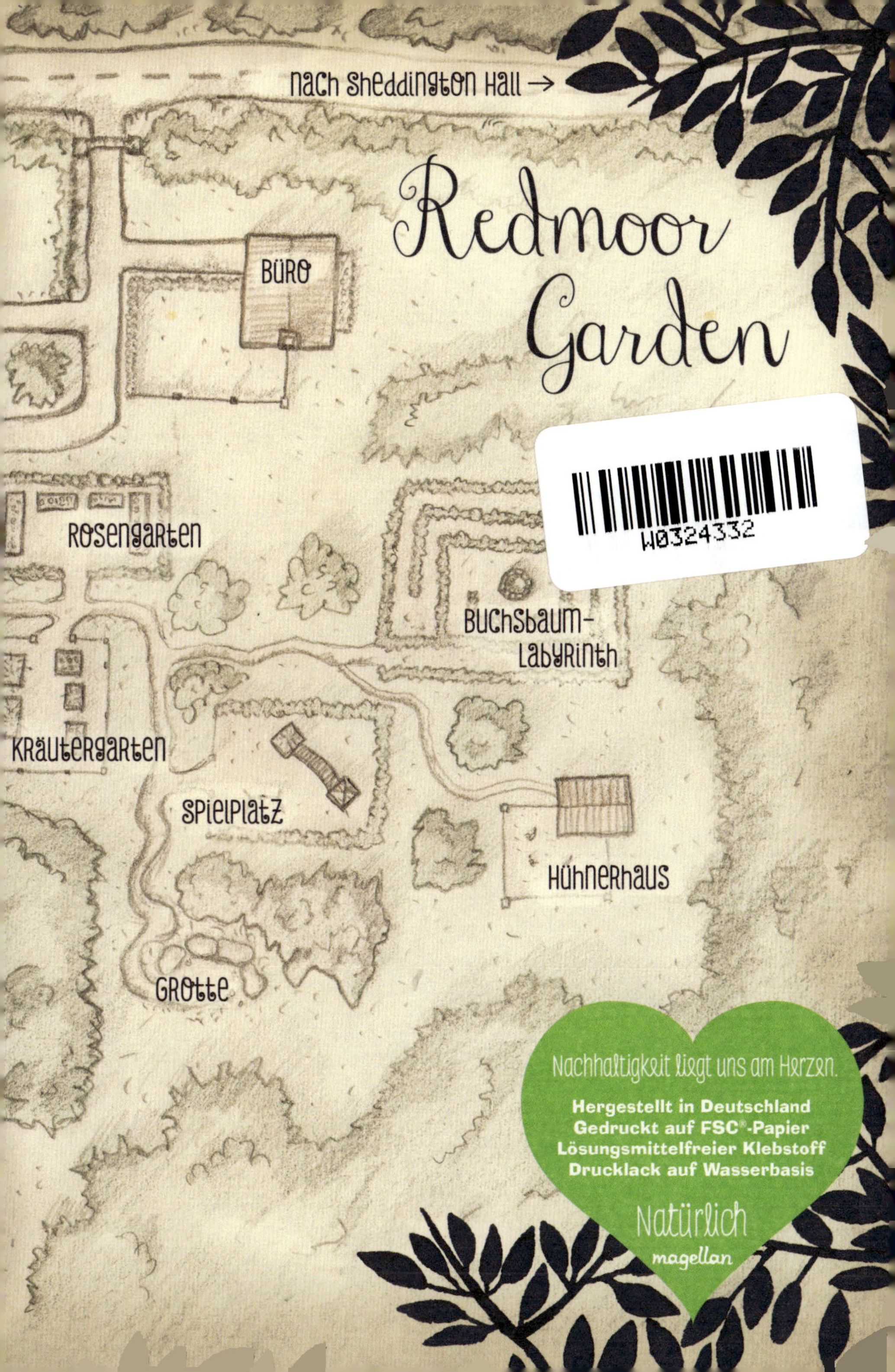
nach Sheddington Hall →
Redmoor Garden
Büro
Rosengarten
Buchsbaum-Labyrinth
Kräutergarten
Spielplatz
Hühnerhaus
Grotte

Ruth Rahlff

Eulennacht

In den Bäumen von Redmoor

Ruth Rahlff

Eulennacht

In den Bäumen von Redmoor

magellan

Prolog

Ich drückte mich in die Nische neben dem Fenster und starrte auf die schwarze Fläche vor mir. Der Boden bestand aus Holzdielen, doch jetzt im Mondschein sah er aus wie ein stiller See, aus dem die Vitrinen wie Baumstümpfe ragten. Ich musste hinüber auf die andere Seite, dann wäre ich gerettet. Nur ein paar Meter, mehr waren es ja nicht.

Leider war es wie fast immer: viel komplizierter.

Denn ich war nicht allein.

Mir wurde schlecht und ich biss mir auf die Unterlippe. Irgendwie musste ich mich beruhigen, aber mein Herz klopfte wie wild. Eine Schweißperle rann mir über die Schläfe, dann noch eine. Es kitzelte, trotzdem wischte ich die Tröpfchen nicht ab. Jede Bewegung konnte mich verraten.

Im Halbdunkel sah ich sie durch den Saal schlendern. Ihre leise Unterhaltung war kaum zu verstehen, denn bei jedem Schritt knarrten die Dielen. Noch hatten sie den Diebstahl nicht bemerkt, aber das würde sicher nicht mehr lange dauern.

Sie kamen in meine Richtung, doch bevor sie mich entdecken konnten, glitt ich hinter die bodenlange Gardine und lehnte mich gegen den Fensterrahmen.

Das Holz unter meinen Füßen zitterte, die beiden mussten jetzt ganz nah sein. Ich lauschte und presste dabei den Eierwärmer an mich, bis mir wieder einfiel, was drin war. Schnell lockerte ich den Griff. Nicht dass das alles hier am Ende noch völlig umsonst war!

Nun standen sie direkt vor mir, das spürte ich. Sie sagten kein Wort, ich hörte nur ihren Atem. Gänsehaut überzog meine Arme, ich konnte beinahe fühlen, wie sich die feinen Härchen aufstellten. Gleich war es aus, einer der beiden brauchte ja nur die Hand nach mir ausstrecken.

Hinter dem schweren Samtvorhang wurde es langsam stickig. Ich atmete tiefer, aber das war keine gute Idee. Die Vorhänge hingen wahrscheinlich seit dem Mittelalter hier. Inzwischen hatten sie jede Menge Staub angesammelt und ein Teil davon landete jetzt in meiner Lunge.

Wenn ich nur husten könnte oder mich wenigstens räuspern! Doch dann konnte ich ebenso gut »Hier!« brüllen.

Nun geht schon, betete ich stumm. Verschwindet!

Aus dem Kratzen im Hals wurde ein fieses Brennen, aber ich konnte noch nicht mal mehr schlucken, so trocken war mein Mund mittlerweile.

Lenk dich ab, denk an etwas Schönes!

Tränen stiegen mir in die Augen, während ich krampfhaft überlegte. Etwas Schönes, etwas Schönes … Verdammt, aber was denn nur?

Im nächsten Moment vibrierte der Boden erneut. Sie hatten sich wieder in Bewegung gesetzt. Sie gingen tatsächlich weiter!

Ich zählte lautlos bis zehn, drehte mich dann um und drückte die Stirn gegen die kühle Fensterscheibe. Schlucken, einatmen, ausatmen. Und wieder – schlucken, einatmen, ausatmen. So lange, bis sich mein Hals nur noch ein bisschen wund anfühlte und ich endlich wieder an mein dringlichstes Problem denken konnte: Wie zum Teufel kam ich hier weg?

Ich schob den Vorhang ein winziges Stück beiseite und blickte mich um. Das Brett unter mir knarzte, als ich dabei das Gewicht verlagerte. Bei dem Krach würde ich nie bis zum Ausgang gegenüber kommen, mal ganz abgesehen davon, dass die beiden inzwischen ihren Rundgang beendet hatten und sich nun direkt vor der Flügeltür postierten. Sie schienen immer noch ins Gespräch vertieft, doch das konnte täuschen.

Ich blinzelte. Da vorn regte sich etwas. Zwischen dem ausgestopften Keiler und der Glasvitrine mit den Fossilien bewegte sich ein Schatten. Wieder knarrte der Boden und Sekunden später hörte ich ein schleifendes Geräusch. Es klang, als würde ein Riegel zurückgeschoben werden, und schlagartig fiel es mir wieder ein: Ein paar Meter weiter rechts gab es ja noch den Hinterausgang!

Etwas knackte laut und das Gemurmel verstummte abrupt.

Einen Augenblick lang war es totenstill. Ich hielt den Atem an.

Jetzt lauschten wir alle und dieses gemeinsame Schweigen war irgendwie schlimmer als alles andere zuvor.

Doch da schwang die Hintertür auf. Ein Schwall Nachtluft fegte mir entgegen, kühl und würzig. Eine Silhouette zeichnete sich vor dem Hinterausgang ab, sie verschwand sofort, und draußen schrie jemand: »Lauf!«

Und ich rannte, rannte, so schnell ich konnte, im Slalom zwischen den Eulen auf ihren Sockeln hindurch – nur raus hier, raus in den Garten.

Kapitel 1

Tja, nun saß ich hier: in einem Zugabteil voller Staubflusen, leerer Chipstüten und Erdnusskrümel.

Ich räumte einen Stapel zerlesener Zeitschriften beiseite und rückte näher ans Fenster. Draußen sah es auch nicht viel spektakulärer aus. Ein kräftiger Wind trieb allen möglichen Müll vor sich her und die Leute stemmten sich mit gesenkten Köpfen gegen die Böen. Wir zuckelten an stuckverzierten Altbauten, zubetonierten Hinterhöfen und ungefähr einer Million grauer Bürohäuser vorbei. Es war langweilig und miefig und trostlos – und ich konnte gar nicht genug davon bekommen. Denn all das erinnerte mich daran, was ich überhaupt nicht vermissen würde.

Mit jeder Bahnstation, die wir passierten, fühlte ich mich ein wenig freier, so als kröche ich aus einer Haut, die mir viel zu eng geworden war.

Außer mir interessierte sich niemand groß für die Umgebung. Die anderen Fahrgäste fixierten ihre Smartphones, als wären sie das Eintrittstor ins Paradies. Na ja, bei manchen schien es eher die Hölle zu sein, so gestresst, wie sie guckten.

Auch ich schaute kurz auf mein Handy. Fünf neue Nachrichten, alle von Mum. Das war fast Rekord, schließlich hatten wir uns erst vorhin auf dem Bahnhof verabschiedet.

Liebes, hast du einen guten Platz gefunden?

Dad und ich fangen jetzt an zu packen.

Du kannst es dir jederzeit anders überlegen!

Denk bitte an das Magnesium. Wegen deiner Migräne!!

Ich vermisse dich jetzt schon. Melde dich, sobald du da bist.

Plötzlich fiel mir das Atmen schwer. Es war, als würde jemand mit beiden Händen meinen Brustkorb packen und kräftig zudrücken. Noch nie war ich so weit ohne Mum und Dad verreist.

Vermisse euch auch, tippte ich und löschte den Satz sofort wieder.

Zwei Meter vor mir war der Ausgang. Gleich kam der nächste Halt. Ich musste mir nur meine Sachen schnappen und zur Tür laufen. Danach ein Anruf und ein bisschen Wartezeit und schon könnte ich wieder zurück in mein altes Leben schlüpfen. Das könnte ich.

Aber ich wollte es nicht.

Ich atmete aus und sofort ließ der Druck in meiner Brust ein bisschen nach. Es stimmte ja, ich vermisste die beiden auch schon. Und wie! Zugleich war ich heilfroh, dass ich endlich zu Leo durfte. Also schrieb ich nur ein paar kurze Antworten und steckte das Telefon weg.

Draußen waren die letzten Reihenhäuser verschwunden und neben den Schienen breiteten sich Felder wie ein riesiger Flickenteppich aus. London und seine Vororte lagen endgültig hinter mir. Nur was erwartete mich?

Ich rutschte auf meinem Platz hin und her. Vom vielen Sitzen tat mir der Po weh, am liebsten wäre ich aufgesprungen und durch den Zug gelaufen, aber dafür war es zu voll, und außerdem wollte ich meine Sachen nicht allein lassen. Da fielen mir die Postkarten ein. Natürlich!

Ich holte den Stapel aus der Tasche und fächerte die Karten auf. Eigentlich war doch alles klar. Vor mir lagen sechs Wochen Sommerferien in Redmoor. Und noch mehr, wenn alles nach Plan lief.

Allerdings hatte ich noch keine Ahnung, wie ich mein Vorhaben Mum und Dad beibringen sollte, und auch Leo wusste von nichts, aber das würde sich schon ergeben.

Ich war zwar noch nie da gewesen, aber Cornwall musste der tollste Ort überhaupt sein. Es gab den Ozean und steile Klippen, die schönsten Blumen und sogar Palmen! Und vor allem: Man konnte stundenlang umherstreifen, ohne dass einem jemand begegnete, das hatte jedenfalls Leo gesagt.

Und dann Redmoor! Seit Monaten schwärmte er mir von dem verwunschenen Garten vor und nun endlich würde ich ihn selbst sehen! Wir hatten zusammen schon alle möglichen Gärten besucht, aber dieser hier schien etwas ganz Besonderes zu sein.

Ich betrachtete die erste Postkarte. Weiße Rosen umrankten eine verwitterte Holztür. Es sah aus wie bei Dornröschen. Die nächste Karte zeigte einen Brunnen inmitten von Büschen. Sehr lauschig! Auf einem anderen Foto lehnte eine Frau an einer Backsteinmauer und strahlte in die Kamera. Ihr beigefarbener Hosenanzug war zerknittert, und die Sandalen passten überhaupt nicht dazu, doch das schien sie nicht zu kümmern. Ich musste grinsen. Mum wäre lieber nackt über den Piccadilly Circus getanzt, als sich in so einem Aufzug fotografieren zu lassen, erst recht für eine Postkarte.

Nun kam meine Lieblingskarte. Sie war schwarz-weiß, dadurch wirkte alles ein wenig düster. Aber das Mädchen im altmodischen Rüschenkleid machte das mit seinem Lächeln wieder wett. Es war vielleicht so alt wie ich und drückte ein schwarzes Notizbuch an sich. Was da wohl drinstand? Das Mädchen kniete vor einer Trauerweide. Deren Zweige reichten bis auf den Boden. Auf dem Foto klafften sie ein wenig auseinander, so wie bei einem Höhleneingang. Am liebsten wäre ich hineingekrochen!

Ich kuschelte mich in den Sitz und seufzte. Redmoor war wirklich das reinste Gartenparadies.

»Die nächste Station ist Sheddington Hall«, sagte eine Stimme.

Ich fuhr hoch. Anscheinend hatte ich geschlafen, und das ziemlich lange, denn draußen sah alles anders aus. Kühe und Schafe grasten auf hügeligen Weiden und dazwischen waren ein paar graue Steinhäuser verstreut. Ob das Cornwall war?

Ich wandte mich um. Zuerst sah ich nur einen Bauch in einer Uniform. Mein Blick wanderte nach oben, bis ich knapp unter der Decke das Gesicht des Schaffners ausmachte.

»Falls du da zufällig aussteigen willst, solltest du dich langsam fertig machen«, fuhr er fort. »Es ist der kürzeste Halt auf der Strecke.«

Er wollte schon weitergehen, doch dann stutzte er und zeigte auf den Sitz neben mir. »Ist das ein Kaktus?«

»Mhm.« Den hatte Leo mir geschenkt, als er ausgezogen war, und seitdem war der Kaktus überall dabei.

Der Schaffner zwinkerte mir zu und verschwand den Gang hinunter. Hastig verstaute ich die Postkarten und suchte meine Siebensachen zusammen. Die Reisetasche, die ich mit Mum vor der Abfahrt gekauft hatte, warf ich mir über die Schulter. Dazu kamen der Mantel, der Stoffbeutel mit der Wasserflasche und dem Proviant für unterwegs sowie der Rucksack mit Portemonnaie, Smartphone und anderem Kleinkram. Und natürlich der Kaktus. Beladen wie der Weihnachtsmann wankte ich Richtung Ausgang. Dort warteten bereits ein grauhaariger

Mann in einem lila Anzug und eine Frau mit zwei Koffern, in die jeweils locker ein Shetlandpony gepasst hätte. Was da wohl drin war?

Größentechnisch konnte sie mit dem Schaffner fast mithalten, aber anstelle einer Glatze umgab eine graue Haarmähne ihr geschminktes Gesicht. Ihre Brille war wie die Flügel einer Fledermaus geformt und erinnerte mich an eine Superheldenmaske. Sie wandte sich zu mir und musterte mich. »Liebes, du bist ein bisschen blass um die Nase. Geht's dir gut?«

Ich nickte. »Das ist ganz normal bei mir.« Leider.

Sie trat einen Schritt näher und plötzlich roch alles nach ihrem Parfüm. »Ein bisschen Rouge, ein wenig Puder, und zack, ist das Problem gelöst.« Sie griff in ihre staubsaugergroße Handtasche und drückte mir eine schwarze Visitenkarte mit silberner Schrift in die Hand.

Charlene Bobbington: Bobbys Beauty Booster
Termine nach Vereinbarung

»Du kannst gerne vorbeikommen. Ruf einfach an, die Nummer steht auf der Rückseite.«

»Ähm … danke.« Mir fehlten die Worte, und das kommt nun wirklich nicht häufig vor. Zum Glück machte der Zug im nächsten Moment eine Vollbremsung, und eine blecherne Lautsprecherstimme verkündete: »Sheddington Hall.«

Ich stolperte als Letzte die Metallstufen hinunter. Kaum hatten meine Zehenspitzen den Bahnsteig berührt, fuhr der Zug auch schon wieder an.

Bis auf den Kaktus ließ ich alles fallen und atmete aus. Nach der stundenlangen Bahnfahrt wären jetzt eine heiße Dusche, etwas Leckeres zu essen und ein gemütliches XXL-Sofa perfekt. Wobei ich bei der Reihenfolge flexibel wäre.

Ich schaute mich nach Leo um. Wo war er denn?

Eine ursprünglich grün lackierte Metallbrücke führte über das Gleis. Grellrote Geranien baumelten vom Geländer und leuchteten tapfer gegen den bedeckten Himmel an. Sie gaben sich alle Mühe, doch die schäbige Umgebung siegte. Kein Wunder, dass der Zug so eilig weitergefahren war.

Der Belag auf dem Bahnsteig brach überall auf und in den Lücken dazwischen wuchs Unkraut. Auf den zwei Gleisen stapelte sich der Müll, als wolle er den nächsten Zug mit Gewalt aufhalten. Ein paar Meter weiter huschte etwas Braunes über die Schienen. Puh. Das Bahnhofsgebäude hatte auch schon bessere Zeiten gesehen. Die Glasscheiben waren wahrscheinlich im vorigen Jahrhundert das letzte Mal geputzt worden und der Papierkorb neben dem Eingang quoll über. Den miefigen Geruch drinnen stellte ich mir lieber gar nicht erst vor.

Ich schleifte die Reisetasche und das übrige Zeug zu der Bank in der Mitte des Bahnsteigs. Cornwall hatte ich mir echt romantischer vorgestellt, allerdings traf das auf mindestens tausend andere Sachen auch zu. Na ja. Schluss mit den trüben Gedanken! Schließlich war das hier ein echter Neuanfang und den brauchte ich mir jetzt nicht selbst zu vermiesen.

Ein Windstoß fuhr mir durch die Haare. Ich erschauerte und wickelte mich schnell in den Mantel. Zu allem Überfluss wurde es auch noch feucht. Nieselregen, das hatte mir gefehlt! Wo steckte Leo? Wieso holte er mich nicht ab? Und verflixt, ich wusste gar nicht, wo er wohnte. Auf der Karte mit dem Brunnen stand nur, welchen Zug ich nehmen sollte und dass er mich hier abholen würde.

Typisch Leo.

Alle anderen Bewohner dieses Planeten hätten vorher angerufen, aber nein, nicht Leo. Der schrieb mir Postkarten und vergaß dabei das Wichtigste, die Adresse. Ich wählte seine Nummer, doch nach dem zehnten Klingeln gab ich auf und tippte eine Nachricht.

Wo bist du? Warte hier am Gleis!

Und gleich hinterher: Beeil dich!!

Wahrscheinlich steckte er in irgendeinem Funkloch.

Die Bahnhofstür knallte gegen die Wand. Vor Schreck wäre ich fast von der Bank gerutscht. Statt Leo bugsierte nur ein Junge umständlich ein Tandem durch die Öffnung und lehnte es gegen die Wand. Ganz schön mutig, so baufällig, wie die aussah.

Er war ungefähr so alt wie ich, aber seine blonden Haare waren viel länger und hübscher als meine. Sein verwaschenes Sweatshirt war mal froschgrün gewesen, dazu trug er eine Jeans mit Löchern an den Knien. Außerdem schien er vor schlechter Laune fast zu platzen. Im Prinzip sah er also genau so aus, wie ich mich fühlte.

Ich wandte mich ab. Noch ein Versuch bei Leo, noch eine Nachricht, doch beides blieb unbeantwortet. Allmählich wusste ich nicht mehr weiter.

»Ruby Stroud?«

Ich fuhr herum. Neben mir stand der Junge. Ich hatte ihn überhaupt nicht kommen hören!

»Warum schleichst du dich so an?«, fauchte ich statt einer

Antwort. Das war nicht besonders höflich, ich weiß. Aber ich hasse es nun mal, wenn mich jemand erschreckt.

»Wieso anschleichen? Was kann ich dafür, wenn du hier herumsitzt und träumst?«

»Träumen? Ich warte hier. Das macht man so auf Bahnsteigen. Man wartet auf den nächsten Zug, man wartet darauf, dass man abgeholt wird, man …«

»Eben«, unterbrach er mich.

Unterbrechungen kann ich auch nicht leiden. Doch bevor ich etwas Passendes entgegnen konnte, sagte er: »Deshalb bin ich ja hier. Bist du jetzt Ruby oder nicht?«

»Wer will das wissen?«

Der Junge streckte mir eine nicht gerade saubere Hand entgegen. »Ich bin Paul Stratford.«

»Ruby.«

»Leo hat mich geschickt. Ich soll dich nach Redmoor bringen.«

Bei der Erwähnung von Redmoor machte mein Herz einen kleinen Sprung, doch das versuchte ich zu ignorieren. »Leo wollte mich aber hier abholen.« Ich nahm mein Telefon und hämmerte auf sein Foto, doch diesmal kam die Verbindung gar nicht erst zustande.

»Vergiss es, bei dem Wetter ist der Empfang grottenschlecht.«

»Und wieso ist er nicht selbst gekommen?«

»Er hat noch zu tun.«

Wie jetzt, er hatte noch zu tun? Da reiste ich quer durch England und nun hatte er es noch nicht mal zum Bahnsteig geschafft? Ich konnte es nicht fassen!

»Aber warum fahren wir nicht direkt in seine Wohnung?«

Paul stöhnte leise. »Weil ich seinen Schlüssel vergessen habe.«

»Und jetzt sollen wir mit dem Ding nach Redmoor?«

Paul folgte meinem Blick Richtung Tandem. »Klar, womit sonst?«

»Niemals! Darauf setze ich mich nicht.«

»Schön. Dann gehst du eben zu Fuß. Oder du bleibst hier und wartest, bis Leo dich nachher abholt.« Paul setzte sich in Bewegung. »Das kann aber dauern. Und abends ist es hier ziemlich einsam. Du bist nämlich mit dem letzten Zug gekommen.«

Ich hockte immer noch wie gelähmt auf der Bank. »Wie willst du denn meine Sachen transportieren?«

»Im Anhänger«, lautete die gleichgültige Antwort. »Der steht vorm Bahnhof. Er war zu breit für die Tür.«

»Und warum hast du das Tandem nicht auch dort stehen lassen?«

»Will ich, dass es geklaut wird?«, blaffte er mich an.

Wer würde denn so einen Schrotthaufen stehlen? Doch die Frage hob ich mir für später auf, denn Paul schob das Tandem bereits Richtung Ausgang, und er sah nicht so aus, als würde er noch lange auf mich warten.

Der Regen wurde immer stärker. Was sollte ich machen? Besonders sympathisch war mir Paul nicht, aber das galt für den Bahnhof genauso. Auf keinen Fall wollte ich hier noch ein paar Stunden warten. Außerdem war so viel Feuchtigkeit bestimmt Gift für meinen Kaktus. Ich seufzte. Es war mal wieder so weit: Mir blieb nur die Wahl zwischen Pest und Cholera.

Also packte ich meinen Kram zusammen und schleppte mich hinter Paul her. So ein Mist! Ich kickte eine Dose ins Gleis, geriet dabei aber wegen des ganzen Gepäcks ins Straucheln. Und ausgerechnet in dem Moment musste Paul sich natürlich zu mir umdrehen. Na toll, ging es noch ein bisschen peinlicher?

Tagelang hatte ich alles genau ausgetüftelt und jetzt ließ Leo mich hier hängen! So hatte ich mir das nicht vorgestellt.

Aber na ja, andererseits hätte es mich auch echt überrascht, wenn tatsächlich mal alles nach Plan gelaufen wäre.

Kapitel 2

Der Bahnhof lag am Stadtrand, eingekeilt zwischen einem Tesco-Supermarkt, einem Möbelgeschäft voller braungrauer Sitzgarnituren und einer Tankstelle mit zwei Zapfsäulen. Misstrauisch beäugte ich das Tandem, während Paul mein Gepäck im Anhänger und in den Satteltaschen verstaute.

Die ersten Meter fühlten sich ganz schön wackelig an, aber bereits auf Höhe des Möbelladens hatte ich den Dreh raus. In der Schaufensterscheibe bewunderte ich kurz meine Haltung. Nicht schlecht. Es war zwar komisch, dass ich nicht lenken konnte, aber ansonsten musste ich einfach nur so das Gleichgewicht verlagern, wie Paul es vor mir auch machte.

Das hatte ich keine Minute zu früh herausbekommen. Im nächsten Moment düste er in den Kreisverkehr, direkt vor die Nase eines gewaltigen Lkws.

»Vorsicht!«, schrie ich, doch er radelte einfach weiter. Der Lastwagenfahrer drückte auf die Hupe und hörte damit erst wieder auf, als wir in eine schmale Seitenstraße einbogen.

Ich keuchte. Das war ja gerade noch mal gut gegangen. Vielleicht hätte ich doch besser der Ratte auf dem Bahnsteig Gesellschaft leisten sollen, aber dafür war es nun zu spät.

Also biss ich die Zähne zusammen und strampelte weiter.

Fünf Minuten später passierten wir die letzten Häuser. Hier war zum Glück kaum noch Verkehr, also entspannte ich mich ein wenig.

Das Schild mit dem durchgestrichenen »Sheddington Hall« kündigte an, dass wir diesen bezaubernden Ort nun verließen. Das bedauerte ich nicht gerade, auch wenn der Rest von Sheddington ja vielleicht schöner war als die Ecke rund um den Bahnhof.

Direkt hinter dem Ortsschild wurde es grün. Unglaublich! Dafür brauchte man von uns zu Hause aus einen halben Tag.

Steinmauern voller Moos grenzten die Straße von Wiesen und Feldern ab. Auf den Mauern wuchsen dichte Holunderbüsche. Nur ab und zu durchbrachen ein Gatter oder eine Ausfahrt die hohen Wände. Es roch salzig, irgendwo in der Nähe musste das Meer sein.

Mittlerweile klebte mir der Stoff unter den Achseln – hätte ich nur den Mantel vorher ausgezogen! Mit so vielen Hügeln hatte ich hier gar nicht gerechnet. Aber die Radtour selbst war ja auch schon eine Überraschung gewesen. Und dann erst die Nahtoderfahrung mit dem Lkw! Was hielt das Schicksal wohl als Nächstes für mich bereit?

»Fährst du die Strecke eigentlich öfter?«, keuchte ich. »Wie lange dauert es denn noch?«

»Fünf Minuten. Oder zehn, wenn du weiter so langsam bist wie jetzt.«

Wie bitte? So lahm war ich doch gar nicht! Trotzdem trat ich gleich noch ein bisschen kräftiger in die Pedale.

Von der nächsten Hügelkuppe aus entdeckte ich einen grauen Streifen am Horizont. War das schon das Meer oder immer noch ein Stück vom Himmel?

Ich war so in die Umgebung vertieft, dass ich Pauls Fragen fast überhört hätte.

»Bist du das erste Mal in Cornwall? Was willst du eigentlich hier?«

Ich fuhr zusammen, was er zum Glück nicht sah. Was sollte ich darauf antworten? Eigentlich war es ja nicht so schwer: die Ferien bei Leo verbringen. Redmoor erkunden. Meinen Eltern aus dem Weg gehen. Aber je länger ich darüber nachdachte, umso komplizierter fühlte sich alles an. Vielleicht hatte »Was willst du eigentlich hier?« sogar das Zeug zu einer waschechten *speziellen* Frage.

Manche Fragen kleben an einem wie Kaugummi an einem Turnschuh. Egal, wie oft man sie abstreift, ganz los wird man sie nie. Immer bleibt ein zäher Rest haften.

Ich nenne sie die *speziellen* Fragen. Sie stehen im krassen Gegensatz zu den *harmlosen* Fragen. Die sind einfach, niedrigste Schwierigkeitsstufe. Jeder hört sie ständig, deshalb kann man sie auch ziemlich lässig beiseitewischen.

Hast du heute Gemüse gegessen? Sind die Hausaufgaben fertig? Wie, dein Taschengeld ist schon wieder alle? Oh, Terrys Eltern lassen sich jetzt auch scheiden?

Die Antworten darauf sind Standard, jederzeit abrufbar, selbst im Halbschlaf.

Die *speziellen* Fragen dagegen sind passgenau auf dich zugeschnitten. Wenn du Pech hast, erwischen sie dich in einem wirklich ungünstigen Moment. Das kann höllisch wehtun, auch wenn du sie vorher vielleicht schon hundertmal gehört hast.

Ein simples Beispiel. In meiner vorvorletzten Klasse gab es Clementine. Sie trug am liebsten knallgrüne oder leuchtend violette Kleider, in denen sie regelmäßig mit einem wandelnden Hauszelt für eine Großfamilie verwechselt wurde, wenn auch nur von Weitem.

Ich wette, ihre *spezielle* Frage lautete: *»Warum isst du nicht einfach weniger? Dann erledigt sich dein Übergewicht von selbst.«*

Glaubt irgendjemand ernsthaft, dass einem diese Art von Fragen weiterhilft?

Um es gleich vorwegzunehmen, das hier war *meine spezielle* Frage: »Was, so oft bist du umgezogen! Ist es nicht schwer, immer wieder neu anzufangen?«

Als Erwiderung nuschelte ich meistens ein »Ach, man gewöhnt sich an alles«, nur um dann rasant das Thema zu wechseln.

Ehrlich gesagt, bisher hatte ich die *wahre* Antwort auf meine *spezielle* Frage noch nicht herausgefunden. Aber das war nicht weiter wichtig, ich hatte sie sowieso satt. Ich würde sie hochkant rausschmeißen – ab mit ihr auf den gigantischen Müllberg der Geschichte.

Schlagartig wurde mir klar, dass Pauls Frage jetzt schon eine ganze Weile her war.

»Ähm, entschuldige, was wolltest du noch mal wissen?«, stotterte ich, weil mir auf die Schnelle nichts Besseres einfiel.

»Ach, ist nicht so wichtig.« Er fuhr stur weiter.

Puh, gut dass er nicht noch einmal nachhakte!

Kurz darauf hielten wir vor einem Torbogen. Er war riesig – als wir das Tandem abstellten, kam ich mir vor wie ein Zwerg. »Redmoor Garden« war in die Vorderseite des Bogens eingemeißelt. Im Inneren entdeckte ich noch eine Inschrift. Sie war um einiges verwitterter und kleiner als der Namenszug vorn. Ich legte den Kopf in den Nacken und versuchte, die vier Zeilen an der Decke zu entziffern. Es dauerte, bis mir aufging, dass es lateinisch war. Schade, das konnte ich nicht so leicht entschlüsseln.

»Siehst du die beiden Holzhäuser da?«, fragte Paul.

Ich nickte.

»In dem dunkelblauen ist das Büro«, brummte er. »Du musst nur sagen, dass du Leos Nichte bist, dann zeigen sie dir, wo du ihn findest. Falls da niemand ist, gehst du ins Café rüber. Das ist das hellblaue Haus.«

»Alles klar. Was machst du denn jetzt? Und was ist mit meinen Sachen?«

»Die bringe ich zu Leos Auto.« Er streckte den Arm aus. »Da vorn ist der Parkplatz.«

Aha. Sie mussten sich ja ziemlich gut verstehen, wenn Leo ihm die Schlüssel für seinen alten Sportwagen anvertraute.

Nur seltsam, dass er Paul nie erwähnt hatte.

Ich holte die Tüte mit dem Kaktus aus der Fahrradtasche, denn den behielt ich lieber bei mir. »Danke fürs Abholen.«

Er antwortete nicht, sondern rangierte mit Tandem und Anhänger herum. Entweder war er taub oder er überhörte mich absichtlich. Ich zuckte mit den Schultern und stapfte auf die beiden Holzhäuser zu.

Kapitel 3

Leo stand mitten in der Jauche. Nein, wirklich, es lässt sich nicht beschönigen. Er stocherte mit einer Art Angel in einer grünlich braunen Flüssigkeit herum, die vielleicht einmal Wasser gewesen war.

Neben ihm fischte eine stämmige Frau in quietschgrünen Gummistiefeln eklige Brocken aus dem Steinbecken. Hoffentlich waren die pflanzlich! Für alle Fälle schaute ich lieber nicht genauer hin.

Woher kam sie mir bloß so bekannt vor?

Im selben Moment fiel es mir wieder ein. Sie war die Frau auf dem Foto! Das graubraune Haar war zu einem Zopf gebunden, der ihr lose über die Schulter hing. Heute trug sie anstatt des Hosenanzugs einen labbrigen Rock und ein T-Shirt, auf dem stand: »Ärgere niemals eine Gärtnerin. Sie kennt Orte, an denen dich niemand findet.«

Die beiden wühlten so eifrig in dem Matschbecken herum, dass sie nichts um sich herum bemerkten. Ein etwas schmuddeliger Eisbär beschnüffelte den Beckenrand. Erst auf den zweiten Blick identifizierte ich ihn als Hund.

Das Becken befand sich genau in der Mitte eines Labyrinths aus Buchsbäumen. Genauer gesagt, war es vermutlich die exakt geschnittenste Buchsbaumhecke der Welt.

Der Boden war mit winzigen gelben und grünen Mosaiksteinen bedeckt und überall waren Steinkübel mit Blumen aufgestellt. Vielleicht war es hier sogar mal richtig schick gewesen, jetzt jedoch sah es nach einer Schlammschlacht aus. Viel schlimmer aber war der faulige Geruch. Am liebsten wäre ich eine Weile ohne Sauerstoff ausgekommen.

So viel zum Thema *verwunschen* und *lauschig*.

Meine Nase fing an zu kribbeln, ich stellte schnell den Kaktus ab und im nächsten Augenblick nieste ich auch schon los.

»Ruby!« Mit zwei Sätzen sprang Leo aus der Brühe, schloss mich in die Arme und wirbelte mich herum, dass die Schlammtropfen nur so spritzten.

War das schön, ihn wiederzusehen! Augenblicklich löste sich mein Groll wegen der verpatzten Ankunft und dem Tandem in ein Häufchen Nichts auf. Ich vergrub mein Gesicht in seinem Pulli und sog den vertrauten Geruch ein. Na ja, fast vertraut, denn normalerweise roch Leo nicht nach Gulli.

»Darf ich vorstellen, Nic? Das ist meine Nichte Ruby, von der ich dir erzählt habe.« Er wandte sich wieder mir zu. »Und das ist Nicola Treddington, die Besitzerin von Redmoor.« Er schob mich nach vorn zum Beckenrand, als wäre ich drei und nicht dreizehn. Oh Mann!

»Es freut mich, Sie kennenzulernen, Mrs Treddington«, sagte ich wohlerzogen.

»Ach was, nenn mich Nicola. Sonst komme ich mir vor wie hundert.« Ihre Stimme war überraschend tief. Sie kam direkt zur Sache. »Der Abfluss im Bassin ist verstopft, und jetzt stinkt es zum Himmel, na ja, das hast du ja sicher schon bemerkt. Vielleicht sind es einfach nur Pflanzenreste, aber es könnte auch ein Tier darin verendet sein oder so.«

Leo zeigte auf das zottelige Ungetüm. »Das ist übrigens Mrs Big.«

Der Koloss wedelte freundlich mit dem Schwanz und fegte

dabei einen Blumentopf ins Becken. Leo lächelte bedauernd, aber wie ich ihn kannte, meinte er damit nicht die kaputte Vase. Oje, ich hatte es geahnt. Dusche, Essen, Sofa entfernten sich in Lichtgeschwindigkeit aus meiner Galaxie.

»Tut mir leid, Kleines. Macht es dir etwas aus, wenn du noch wartest? Wir müssen unbedingt das Abflussgitter freilegen.«

»Nein, das ist kein Problem.« Ich setzte mein schönstes Lächeln auf, nur gerieten meine Mundwinkel dabei ein klein wenig außer Kontrolle. Doch das bemerkte zum Glück niemand, denn Leo knuddelte mich erneut. »Danke, Ruby. Guck dich inzwischen um. Es ist ja noch nicht dunkel.«

Ehe ich auch nur nicken konnte, stürzte er sich mit Nicola auf den nächsten Haufen Verwesung.

Och, schade. Aber immerhin konnte ich mir Redmoor jetzt gleich ansehen, darauf hatte ich mich schon die ganze Zeit gefreut. Auch wenn ich das hundertmal lieber mit Leo gemacht hätte.

Ich steckte gerade mitten im Buchsbaumlabyrinth, als das Telefon vibrierte.

Es war Mum. Ich musste ihr Bescheid geben, bevor sie vor Sorge durchdrehte.

Gut angekommen, es hat alles bestens geklappt.

Leo freut sich total.

Bis bald.

Mein Finger verharrte über dem üblichen Kuss-Smiley, doch ich brachte es nicht über mich. Nicht nach all dem Ärger in der letzten Zeit. Stattdessen suchte ich eine Blume aus und drückte auf Senden. Dann steckte ich das Telefon schnell weg, bevor ich doch noch bei ihr anrief. Jetzt war ich hier, bei Leo, das war das Wichtigste. Alles andere würde sich bestimmt noch ergeben.

Ich straffte die Schultern. Redmoor erwartete mich.

Vom Ausgang des Labyrinths führten gleich mehrere Wege weiter. Inzwischen hatten die Wolken der Abendsonne Platz gemacht und nun glitzerten unzählige Wassertropfen an Blüten und Blättern. Wohin sollte ich zuerst gehen? Überall sah es so schön aus, ich konnte mich beim besten Willen nicht entscheiden, also schloss ich die Augen und drehte mich mit ausgestrecktem Arm im Kreis. »Rosengarten« stand auf dem verwitterten Wegweiser, auf den meine Hand zeigte. Hinter einer Hecke hörte ich Stimmen. Ich konnte sie zwar nicht sehen, aber anscheinend war es ziemlich unappetitlich, was Leo und Nicola in dem Abfluss des Beckens vorfanden. Der faulige Geruch wehte herüber, doch zum Glück verflog der Gestank, sobald sich der Rosengarten vor mir auftat. Er war kleiner, als ich erwartet hatte, dafür blühten die Rosen umso üppiger, und ich verbrachte eine Weile damit, an so vielen Blüten wie möglich zu riechen.

Ich schlenderte weiter zu einem Herrenhaus. Es bestand aus einem wuchtigen Hauptgebäude, an das sich ein niedrigerer Seitenflügel mit bodentiefen Fenstern anschloss. Das Haus wirkte ein wenig abweisend. Vielleicht lag es nur daran, dass nirgends Licht brannte, trotzdem ging ich schnell weiter.

Auf einem kleinen Platz stand ein Backsteinhäuschen, nein, es war mehr eine Art Pavillon, denn vorne stützten mehrere Säulen die hohe Decke. Um die Säulen rankte sich eine Kletterpflanze mit lilafarbenen Blüten. Drinnen war es ziemlich dunkel. Hoch oben an der Rückwand waren drei Fensteröffnungen eingelassen, durch die sich bereits die Blüten der Kletterpflanze schoben. Ich setzte mich auf eine steinerne Bank, stellte den Kaktus neben mich und zog die Beine an. Es roch feucht, doch das störte mich nicht weiter. Ich legte den Kopf auf die Knie und sah nach draußen. Allmählich veränderte sich der Himmel. Seine Farbe wechselte von Blaugrau über Dunkelviolett zu einem satten Tiefblau und mit jedem neuen Farbton wurde ich ein wenig ruhiger. Es war so schön, hier zu sein. Und noch besser war, dass ich diesmal auch bleiben würde. Denn eins war klar: Ich würde nicht so weitermachen wie bisher. Jedes Jahr umziehen, die Schule wechseln, immer neue Leute kennenlernen … Ganz gleich, wie viel Mühe ich mir gab, egal wie sehr ich mich anpasste, nie gehörte ich richtig dazu. Immer war ich die Neue. Und wenn es gerade anfing, anders zu werden, zogen wir wieder um. Ich hatte das alles so satt!

Draußen raschelte es, vielleicht wühlte sich eine Maus durchs Laub. Es war sowieso höchste Zeit zurückzugehen, ich musste ja noch den Weg zum Büro finden. Leo wartete bestimmt schon auf mich. Außerdem hasste ich es, im Dunkeln unterwegs zu sein, vor allem allein. Aber es war einfach zu schön hier, auch wenn ich langsam einen kalten Po bekam. Nur noch einen klitzekleinen Moment, dann würde ich losgehen.

Etwas flog am Eingang vorbei, verschwand aus meinem Blickfeld und kehrte kurz danach wieder zurück. Für eine Fledermaus war es zu groß, aber was war es dann? Wieder bemerkte ich die Bewegung, es war eindeutig etwas Großes, was da über den Platz schwirrte. Meine Hände zitterten leicht, trotzdem zwang ich mich, die paar Schritte nach draußen zu gehen. Doch das, was ich als Nächstes sah, ließ mich alles andere vergessen. Eine Eule!

Sie segelte nur wenige Meter von mir entfernt durch die Luft. Es war eine richtige Eule! Trotz ihrer Größe war sie wendig und schnell, sie sauste hin und her und schlug Haken, nur um im nächsten Augenblick urplötzlich nach unten zu schießen.

Ob sie bemerkte, dass ich ihr zusah?

Hoffentlich kam sie mir mit ihren Krallen nicht zu nah! Die waren bestimmt lang und spitz. Gruselig! Ich mochte mir gar nicht vorstellen, wie sie sich in meinen Haaren verfingen.

Doch die Eule war nicht das kleinste bisschen an mir interessiert. Bestimmt war sie auf der Jagd und besorgte sich ihr Abendbrot. Wie still sie war! Ich hörte kein Geräusch, noch nicht mal ein Flügelrauschen.

Noch nie hatte ich so einen Wildvogel aus der Nähe beobachtet. Oder doch, einmal schon. Leo und ich hatten vor einem Käfig gestanden, in dem mehrere Eulen bewegungslos auf Baumstämmen saßen. Ich muss noch ganz klein gewesen sein, denn Leo trug mich auf den Schultern, während ich mich nach vorn beugte und mit den Fingern am Käfigdraht festkrallte.

Es war unheimlich, wie die Eule lautlos vor dem dunkler werdenden Himmel auf und ab glitt, dennoch musste ich sie immerzu anschauen.

Doch im nächsten Moment war das Schauspiel vorbei. Die Eule war verschwunden. Wo war sie jetzt? Saß sie oben auf dem Dach und guckte auf mich hinunter? Keine angenehme Vorstellung! Vielleicht war sie aber auch einfach nur weitergeflogen.

Ich wartete noch einige Minuten, doch sie kam nicht zurück.

Kapitel 4

Etwas fehlte. Nein, es fehlte nicht, es war nur anders als sonst. Ich rieb mir den Schlaf aus den Augen und richtete mich auf.

Es war der Kaktus. Wenn ich aufwachte, war er sonst immer auf meinem Nachttisch. Jetzt stand die Kugel mit den zwei stacheligen Ohren vor dem Dachfenster, denn gestern Abend hatte ich beim besten Willen keinen anderen Platz mehr für sie gefunden.

Bücherberge umlagerten das Bett, das einfach aus mehreren Holzpaletten mit einer Matratze darauf bestand. Direkt am Fußende gab es eine weinrote Kommode und damit war die winzige Kammer auch schon ausgefüllt. Trotzdem hatte Leo es geschafft, noch jede Menge Klamotten und anderen Krimskrams darin zu verteilen.

Ich grinste. Wenn das Mum sehen würde. Die erzählte ja immer noch, wie sehr sie unter ihrem unordentlichen jüngeren Bruder gelitten hatte. Mum …

Mein Magen verkrampfte sich. Sofort war alles wieder da, all die Streitereien der letzten Wochen. Ob ich zu Hause anrufen sollte? Nein, lieber nicht, sonst überredeten sie mich vielleicht, dass ich doch noch zürrückkehrte. Jetzt bloß nicht darüber nachdenken, dann war der Tag gleich im Eimer.

Ich kroch aus dem Bett, schlurfte zum Fenster und steckte den Zeigefinger in den Blumentopf. Der Kaktus war feucht genug, Wasser brauchte er erst einmal nicht.

Verwunschene Gärten fand ich ja toll, aber leider hieß das noch lange nicht, dass ich mich mit Pflanzen auskannte, im Gegenteil. Bei jedem Umzug waren mir Zimmerpflanzen eingegangen und nun war fast keine mehr übrig. Dabei zogen andere Leute doch auch um. Schafften die sich jedes Mal neues Grünzeug an? Jedenfalls waren der Kaktus und ich übrig geblieben, und das war immerhin besser als gar nichts.

Unten klapperte Geschirr und ein Moderator von BBC 6 kündigte den nächsten Song an. Wie auf ein Stichwort knurrte mein Magen und erinnerte mich daran, dass es höchste Zeit fürs Frühstück war.

Auf dem Treppenabsatz versperrte mir ein riesiger Drachenbaum den Weg. Vorsichtig wand ich mich an ihm vorbei. Leos Pflanzensammlung war hier nicht kleiner geworden, im Gegenteil! In jeder verfügbaren Ecke stand ein Topf mit etwas Grünem drin.

Leo grinste breit, als ich in die Küche kam. »Seit wann schläfst du länger als ich?«

»Das war nur eine Ausnahmesituation. Seit wann stehst du vor Sonnenuntergang auf?«

»Na ja, ich bin jetzt seriös geworden. Seltsamerweise erwarten Arbeitgeber von einem, dass man pünktlich zum Job erscheint. Jedenfalls muss ich heute rechtzeitig da sein, ich habe gleich noch einen Termin.«

Unter dem Tisch miaute es. »Ah, wo wir gerade beim Thema Arbeitgeber sind: Carrot will sein Frühstück.«

Carrot? Im nächsten Moment entdeckte ich den orangefarbenen Kater zu meinen Füßen. Es war sofort klar, woher er seinen Namen hatte, abgesehen davon ähnelte der Farbton Leos lockigem Rotschopf. Mum und er haben die gleiche Haarfarbe, die übrigens auch ich hätte haben sollen. Wozu hieß ich Ruby?

Okay, statt irgendeines Rottons wäre ich auch mit Dads Dunkelbraun zufrieden gewesen. Alles wäre besser als das schmutzige Blond, das ich stattdessen abbekommen hatte.

»Seit wann hast du ihn?«

Leo kratzte mit einem Esslöffel einen Rest Katzenfutter aus der Dose und füllte ihn in eine angeschlagene Porzellanschale.

»Carrot? Erst seit ein paar Wochen. Solange ich sein Dosenöffner bin, lässt er mich gnädigerweise hier wohnen. Mit meinem Grünzeug versteht er sich auch, nur um die fleischfressenden Pflanzen macht er einen Bogen, seitdem er mal seine Pfote in eine gesteckt hat.« Er lachte sein typisches, unbeschwertes Leo-Lachen und drückte mir einen Becher Tee in die Hand. Ich kraulte Carrot hinter den Ohren, während er sein Frühstück verdrückte. Der Kater ließ sich das gefallen, bis er sich urplötzlich umdrehte, mit der Pfote auf meinen Handrücken tippte und durch die Katzenklappe stolzierte, über die jemand mit Filzstift »Carrot only« gekritzelt hatte.

»Willst du deine Mum heute anrufen?«, fragte Leo und stellte mir eine Schale Haferbrei hin. Mit Milch, Apfelstücken, Honig und einer Prise Zimt – haargenau, wie ich ihn mochte. Mum hatte sich das bis heute nicht gemerkt.

Früher hatte Leo bei uns gewohnt und immer auf mich aufgepasst, denn Mum und Dad hatten wie verrückt gearbeitet und waren ständig herumgereist. Leo hatte neben seinem Studium noch jede Menge Zeit, deshalb war es für alle praktisch.

Er kochte immer tolle Sachen für uns beide, Spaghetti mit Tomatensoße zum Beispiel. Und er machte das weltbeste Frühstück. Obwohl mir nun der Duft betörend in die Nase stieg, stocherte ich lustlos in dem Brei herum.

»Nö. Oder mal sehen«, murmelte ich. »Ich habe ihnen gestern geschrieben, dass ich gut angekommen bin. Das reicht doch erst mal.«

»Wie ich Melissa kenne, wird sie schon ein bisschen mehr erwarten.«

»Mir doch egal. Wollte ich plötzlich nach New York ziehen oder sie?«

»Den beiden ist ihre Arbeit eben sehr wichtig.«

»Wichtiger als ihre einzige Tochter«, sagte ich giftig.

»Ach, Kleines, das renkt sich bestimmt wieder ein.« Leo wuschelte mir durchs Haar. »Jetzt machst du dir erst einmal richtig schöne Ferien. Redmoor ist einfach fantastisch. Das Gelände ist riesengroß und es gibt die verrücktesten Pflanzen. Gigantische Mammutblätter zum Beispiel.« Er riss die Arme auseinander, um mir die Größe zu zeigen.

Jetzt stürzte ich mich doch auf mein Frühstück, während er einen Flyer aus einem Stapel Unterlagen kramte und neben meine Schale legte.

Die Broschüre zeigte Kindergesichter vor einem Kletterbaum. Es sah ein bisschen kitschig aus, außerdem waren die Bilder leicht verwackelt. Keine Sternstunde der Fotografie. Im nächsten Moment war ich froh, dass ich das nicht gleich rausgehauen hatte.

»Die Fotos habe ich gemacht«, sagte er. »Es ist eine Info über eine Kinderrallye durch Redmoor. Dabei lernen die Kids den Garten richtig gut kennen. Besonders die spannenden Teile, wie den Dschungel, die Grotte, das Labyrinth und so. Redmoor ist ja größer als die meisten Parks, da bietet sich eine Rallye super an. Sieht doch cool aus, oder?«

Oje! Dabei konnte ich so schlecht lügen. Doch es half ja nichts. Offensichtlich war er richtig stolz auf seine selbst gebastelte Broschüre, da wollte ich ihn nicht enttäuschen.

»Echt toll.« Hm, da ging noch was. »Wirklich gelungen«, schob ich schnell nach. »Das haut mich richtig um.«

Er kicherte, also hatte ich es vielleicht ein wenig übertrieben.

»Hör mal, die Rallye findet heute statt und ich habe viel mehr Anmeldungen als erwartet. Eigentlich sollte ja nur Paul die Kinder durch den Garten lotsen. Aber jetzt dachte ich, wir machen einfach zwei Teams. Das ist sowieso spannender. Dann könnt ihr in zwei Gruppen gegeneinander antreten.«

Bis hierhin hatte ich mich zurückgelehnt, entspannt zugehört und mir dabei ausgemalt, wie ich den ersten vollen Tag in Redmoor verbringen würde. Jetzt fuhr ich auf.

»Wie? Was? Wieso gegeneinander antreten?«

»Ich dachte, du übernimmst die eine Mannschaft. Das ist doch eine tolle Gelegenheit, noch ein paar Leute kennenzulernen. Dann lebst du dich gleich schneller ein.«

Das eine hat mit dem anderen absolut nichts zu tun, das konnte ich leider aus bitterer Erfahrung sagen. Im Gegenteil. Manchmal macht das Kennenlernen alles andere nur noch schwieriger. Aber Leo sah nicht so aus, als wäre er für diese Erkenntnis gerade empfänglich.

»So etwas habe ich noch nie gemacht.« Noch gab ich mich nicht geschlagen. Noch nicht! Was wahrscheinlich auch der Joker bei seinem finalen Kampf gegen Batman gedacht hatte.

»Ach was«, widersprach er. »Paul gibt dir bestimmt ein paar Tipps.«

»Der? Das glaube ich im Leben nicht!«

»Komm schon, Ruby, das wird super. Es dauert doch auch nur ein paar Stunden.«

Ein paar Stunden? Das war ja ein halber Tag! Dabei hatte ich heute noch jede Menge anderer Sachen vor.

»Und außerdem …« Er zögerte.

»Was außerdem?«, hakte ich nach.

»Na ja, es wäre ganz schön, wenn das mit den Kinderrallyes gut anlaufen würde. Wir könnten noch ein paar zusätzliche Einnahmen gebrauchen. Manchmal müssen halt Fachleute her, auch wenn Nicola und ich schon eine Menge selbst machen.«

Das mit dem Selbermachen stimmte auf jeden Fall. Der Beweis dafür zog soeben als furchtbarer Gülle-Gestank durchs Haus, denn Leo hatte die Klamotten von gestern einfach nur vor die Waschmaschine geschmissen.

»So eine Gartenrestaurierung ist ganz schön teuer«, erklärte er und schenkte sich noch eine Tasse Tee ein. »Aber es lohnt sich. Du hast ja gestern mitbekommen, was schon draus geworden ist.«

Stimmt, auch wenn ich liebend gern noch mehr gesehen hätte, doch das konnte ich heute nachholen. Gleich nach der Rallye, die würde ja hoffentlich nicht ewig dauern.

»Na gut, ich mach's«, lenkte ich ein.

»Toll, dann können wir gleich los.« Er sprang auf und ging nach nebenan.

Ich stellte die leeren Schalen und den Topf mit den Haferbreiresten auf die Spüle. »Äh, und der Abwasch?«

»Ach, den machen wir heute Abend oder morgen, der läuft ja nicht weg. Ich muss nur noch mal eben mit May telefonieren.«

Huch, wer war das denn? Hatte er etwa eine Freundin?

»Wer ist denn May?«

»Pauls Großmutter. Sie war früher mal Gärtnerin in Redmoor«, kam es aus dem Wohnzimmer.

»Und warum willst du mit ihr sprechen?«

»May ist unser wandelndes Gartenlexikon. Zum Glück hilft sie in Redmoor noch oft aus. Momentan habe ich quasi eine Standleitung zu ihr, weil ich ständig irgendwelche Fragen habe. So lange mache ich den Job ja noch nicht. Und übrigens – ich wähle jetzt …«

Ach, so war das. Na dann war ja alles in Butter.

Während er am Telefon hing, rannte ich nach oben und holte den kleinen Notizblock aus der Tasche. Ich überflog das oberste Blatt:

Nicht so viel Zeug mitschleppen

Im Zug: nicht mehr als drei Schokoriegel essen

Vor der Abfahrt kein Streit mit Mum und Dad!

Nichts davon war auch nur annähernd eingetroffen, aber darüber dachte ich lieber nicht weiter nach. Ich riss das Blatt ab, zerknüllte es zu einer winzigen, festen Kugel und zielte auf den übervollen Papierkorb neben der Tür. Daneben, aber egal.

Neuer Tag, neues Glück.

Ich notierte die Ziele des Tages:

Kinderrallye überstehen

Redmoor erkunden

Café ausprobieren

Da sollte eigentlich nichts schiefgehen.

Kapitel 5

Unter meinen Füßen schmatzte es, als freute sich die lehmige braune Erde gerade über einen besonderen Leckerbissen. So ein Mist, meinen weißen Sneaker würde ich mit Sicherheit nie wieder sauber bekommen, und das nur, weil ich auf den blöden Plan geguckt und nicht auf den Untergrund geachtet hatte.

Wir waren im Dschungel gelandet. Das war so nicht vorgesehen. Jedenfalls jetzt noch nicht.

Laut der Rallyeanleitung, die Leo uns vorhin ausgehändigt hatte, sollten wir zuerst das Buchsbaumlabyrinth besuchen (bereits erledigt), dann die Kletterwand auf dem Spielplatz hochkraxeln (ebenfalls bewältigt) und als Nächstes einen bestimmten Kristall in der Grotte hinter dem Kräutergarten ausfindig machen. Das hatte leider noch nicht geklappt. Im Gegenteil, wir hatten uns völlig verlaufen und standen nun mitten im Busch.

Es war wirklich ein richtiger Urwald. In einem Tal, das von steilen Hängen umschlossen war, wuchsen echte Bananenstauden, Palmen, riesige Rhododendren und Farne. Sogar das Wetter war heute tropisch. In der schwülen Wärme hatte ich mein T-Shirt inzwischen nass geschwitzt. Ein Mückenspray wäre nützlich gewesen, denn mittlerweile waren wir alle komplett zerstochen.

Ich musterte unauffällig den Geländeplan und versuchte, aus dem Gewirr an bunten Linien schlau zu werden. Die Übersicht verdankte ich Paul, der sie mir praktisch aufgedrängt hatte. Was eigentlich gar nicht nötig war, schließlich gab es hier Wegweiser in Hülle und Fülle. Nur halfen sie mir leider in diesem Moment kein bisschen weiter, denn mysteriöserweise waren die angezeigten Orte alle nicht auf dem Plan zu finden.

»Du hältst ihn verkehrt herum.« Malcolm tippte mit seinem dicklichen Finger auf das Papier. Ich sah ihn so streng an, dass er unter seinen Sommersprossen eine Nuance blasser wurde. Von einem Siebenjährigen würde ich mir schon mal gar nichts sagen lassen.

»Ich wollte ja nur helfen«, murmelte Malcolm und reihte sich schnell wieder bei den anderen ein.

Wie die Orgelpfeifen standen die vier vor mir. Neben Malcolm lehnte Eleanor an einem Felsen und tippte auf ihrem Smartphone herum – dabei war sie gerade mal neun! Ich dagegen hatte meins erst letztes Jahr bekommen. Minh-Khai war ebenso alt wie Eleanor und legte statt des Smartphones nie ihren Zeichenblock aus der Hand. Soviel ich sehen konnte, hatte sie Talent. Der Riesenfarn war super getroffen, aber ein Krokodil hatte ja wohl nicht daruntergelegen – das fehlte auch gerade noch.

Ich seufzte und konzentrierte mich wieder auf die Landkarte.

Moment mal … vier Orgelpfeifen? Es waren nur drei. Wo also war die vierte?

»Ruby, dürfen wir über die Brücke? Bitte!«

Ich wandte mich um und bekam Schnappatmung. »Frederick! Komm da runter!«

Er balancierte auf einem Felsvorsprung, unter dem es locker mehrere Meter in die Tiefe ging.

»Och, bitte!« Er rollte theatralisch mit den Augen und breitete die Arme aus. »Die Hängebrücke ist doch gleich da drüben.«

Das kam überhaupt nicht infrage. Auf der Brücke wären wir vorhin schon beinahe gelandet, doch ich hatte gerade noch rechtzeitig das Gefahrenpotenzial des schaukelnden Ungetüms erkannt.

»Sofort runter da!« Ich verschränkte die Arme und starrte ihn finster an. Bei Malcolm hatte das jedes Mal gezogen, aber Frederick war aus einem anderen Holz geschnitzt. Er stolzierte in aller Seelenruhe weiter bis zum äußersten Ende des Vorsprungs.

Ich drehte mich um. Auf keinen Fall würde ich zusehen, wie das kleine Aas sich hier zu Tode stürzte. »Wir gehen.«

»Aber … aber was ist mit Frederick?« Malcolm hatte Tränen in den Augen. Er war einfach zu gut für diese Welt.

Eleanor hielt ihr Telefon hoch. »Soll ich Hilfe holen? Dad hat mir extra eine App für Notfälle installiert.«

»Keine Sorge, der kommt schon.« Hauptsache, ich wirkte ruhig und souverän, das war das Wichtigste. Und so marschierte ich lässig auf einen steilen Pfad zu, der uns hoffentlich in Windeseile zur Grotte führen würde.

Nach kurzem Zögern folgten mir Malcolm, Eleanor und Minh-Khai und sogar Frederick tobte zwei Minuten später hinter uns her. Na also, das hatte schon mal funktioniert.

Der Aufstieg war anstrengender, als ich erwartet hatte. Wir keuchten und schnauften, doch als wir nach einigen Minuten endlich oben ankamen, hatten wir einen tollen Blick auf den zugewucherten Talkessel.

Hier war die Luft wieder kühler, aber vielleicht bildete ich mir das auch nur ein. Wir standen inmitten einer Ansammlung halbhoher Bäume. Ihre rotbraunen Äste klafften weit auseinander und sahen fast wie verzweigte Hängematten aus. Am liebsten hätte ich mich sofort hineingelegt, doch leider hatten wir dafür keine Zeit. Wir mussten ja noch einiges von Leos Liste abarbeiten, doch bei nächster Gelegenheit würde ich allein herkommen.

»Da geht's lang!«, sagte ich nach einem weiteren – vergeblichen – Blick auf den Plan.

Eine halbe Stunde später sah es ziemlich düster aus. Über uns wölbte sich ein meterhohes Gewächs wie ein Tunnel und schluckte einen Großteil des Tageslichts. Ich hielt mein Handy an ein Blatt und scannte es ein. *Kirschlorbeer* meldete meine Pflanzenapp. Schöner Name, aber das half uns jetzt leider auch nicht weiter.

»Ich will hier nicht sein«, beschwerte sich Malcolm. »Es ist so dunkel und überall ist der Weg versperrt.«

»Ach was, keine Sorge, ich lotse uns schnell wieder zurück«, sagte ich und lachte gezwungen. Leider überzeugte das niemanden, im Gegenteil. Die vier starrten mich misstrauisch an. Hektisch strich ich die zerknickte Karte auf einem Stein glatt und machte sie damit ganz kaputt. Mist, jetzt konnte ich darauf kaum noch etwas erkennen und Wegweiser hatte es leider auch schon lange keine mehr gegeben.

»Wir nehmen den Trampelpfad da vorn«, entschied ich. Auf dem hätten wir eine Machete gebrauchen können, denn er war total zugewuchert, viel mehr als vorhin im Dschungel. Die Bäume mussten uralt sein und erinnerten eher an Wesen aus einem Horrorfilm als an Pflanzen. Hoffentlich war das sonst noch keinem aufgefallen.

Ein Krächzen ließ mich aufschrecken. Vor mir hockte eine

Krähe auf einem Baumstumpf und starrte mich mit schief gelegtem Kopf an. Ihre Augen waren tiefschwarz, ihre Füße dagegen grau und schuppig. Ich schüttelte mich innerlich.

Die Krähe kam noch ein bisschen näher.

»Husch!« Ich klatschte in die Hände und stampfte mit dem Fuß auf, was sie nicht im Geringsten beeindruckte, denn sie rückte noch dichter heran. »Ab mit dir.« Ich klatschte wieder, wurde aber von Fredericks Ausruf unterbrochen.

Der hüpfte auf und ab und brüllte: »Guckt mal, was ich entdeckt habe!«

»Was denn?« Sofort rannten alle in seine Richtung.

»He, wartet. Ihr sollt hier nicht alleine herumlaufen.« Niemand reagierte, ich hätte ebenso gut mit einem Baum sprechen können. Also sprintete ich los, gleich in die nächste Pfütze rein. Jetzt war auch noch der andere Sneaker hinüber!

Mit einem pitschnassen Fuß hoppelte ich hinter den anderen her. »Jetzt wartet gefälligst!«

Am Ende des Trampelpfads holte ich sie endlich ein. Der Weg mündete in einer Lichtung, die mit hohem Gras bewachsen war. Frederick zeigte nach oben. »Da, ein Baumhaus!«

Mein Blick folgte seinem ausgestreckten Arm.

In die Äste einer unfassbar knubbeligen Eiche war tatsächlich so etwas wie ein Baumhaus gebaut worden. Allerdings war da jemand ziemlich stümperhaft ans Werk gegangen. Letztes Jahr hatten wir in Kanada eine Woche in einem Baumhaus gewohnt, das den Namen auch verdiente. Das hier dagegen war eher ein Bretterverschlag.

»Geht da ja nicht hoch«, warnte ich, als Frederick sich wie magisch angezogen auf die Holzsprossen zubewegte, die an den

Baumstamm genagelt waren. Das war keine Leiter, das war ein Versprechen zum Absturz.

Ich legte die zerknüllten Kartenhälften nebeneinander und versuchte zum hundertsten Mal, mich zu orientieren.

Über mir schlugen Flügel. Das Krähenbiest war uns gefolgt. Es ließ sich auf der Plattform des Baumhauses nieder, als ob das Ding ihm gehörte. Dort krakeelte die Krähe wie ein Pirat im Ausguck seines Schiffes. Wollte sie uns etwa vertreiben? Doch bevor ich mich weiter über sie ärgern konnte, wurde ich auf etwas anderes aufmerksam.

Einige Meter weiter wuchs der mächtigste Baum, den ich je gesehen hatte. Er war auch mit Abstand der knorrigste, was in diesem Wald voller Baumungetüme nun wirklich etwas hieß.

Seine dicken Äste streckten sich in alle Richtungen. Er schien mehr breit als hoch, doch als ich den Kopf in den Nacken legte, erkannte ich, dass er alle anderen Bäume im Umkreis überragte. Für eine Umrundung musste man wahrscheinlich Proviant mitnehmen, so riesig war er.

Der Stamm war übersät von Löchern, Buckeln und Dellen. Was für eine Art Baum war das? Fasziniert ging ich auf ihn zu, während das Gemurmel und Gelächter der anderen immer leiser wurde.

Der Baum war einfach unglaublich! Nicht schön, das nicht. Aber gewaltig und irgendwie majestätisch. Vor mir stand eine richtige Baumkönigin. Ich hatte es am Anfang gar nicht bemerkt, doch jetzt wurde mir klar, dass sie die ganze Umgebung beherrschte.

Je näher ich ihr kam, umso merkwürdiger fühlte ich mich, aber warum und wie, das konnte ich nicht ergründen.

Hinter mir brüllte jemand auf, dann erfüllte gellendes Geschrei die Lichtung. Ich fuhr herum.

Frederick baumelte hoch oben am Rand der Plattform. Was machte er da bloß? Mir wurde ganz schlecht.

»Die oberste Stufe ist abgebrochen«, jammerte Eleanor, »und er ist abgerutscht.«

»Gleich fällt er runter«, wimmerte Malcom.

Im Vorbeirennen erhaschte ich einen Blick auf Minh-Khais Zeichenblock. Nicht zu fassen, mit wenigen Strichen hatte sie die komplette Szene aufs Papier geworfen. Ich musste nachher unbedingt daran denken, das Blatt zu beschlagnahmen.

Aber jetzt hatte ich andere Sorgen. Fredericks Beine strampelten über uns in der Luft. Warum zog er sich nicht endlich auf die Plattform hoch?

»Alles in Ordnung mit dir?«, rief ich, kletterte auf die unterste Sprosse und sah hinauf. Das Baumhaus war verflixt weit oben. Mein Herz klopfte, am liebsten hätte ich vor Panik gebrüllt.

Mit Höhe hatte ich es nicht besonders. Mir wurde manchmal schon auf einem Küchenstuhl schwindelig, wenn ich irgendwo herankommen musste.

»Frederick, schwing dich einfach mit den Beinen auf die Plattform.« Ich schluckte. Wenn er jetzt herunterdonnerte, dann war ich dran. Es war so typisch! Der erste Tag in Redmoor und schon hatte ich einen Zehnjährigen auf dem Gewissen.

Ich zog mich die nächste Sprosse hoch. Jetzt segelte auch noch die Krähe dicht über seinen Kopf hinweg, als wollte sie ihn davonscheuchen.

»Weg da!«, fluchte ich und kletterte so schnell ich konnte weiter.

»Ich kann mich nicht halten«, plärrte er und strampelte heftiger mit den Beinen.

»Nein«, brüllte ich, »lass das, du machst es nur schlimmer.«

Frederick hörte nicht, er heulte noch lauter.

Wäre ich bloß nicht weggegangen! Hätte ich ihm bloß nie den Rücken zugedreht! Ich biss die Zähne zusammen und kletterte weiter. Wenn man einmal dabei war, ging es eigentlich ganz gut, fast so bequem wie auf einer Treppe.

Bis ich zur nächsten morschen Stufe kam. Sie brach in zwei Teile, ich rutschte ab, und alle schrien erschrocken auf, doch zum Glück bekam ich gerade noch einen Ast zu fassen.

Über mir strampelte Frederick so doll, dass Blätter und Rindenteile auf mich herunterprasselten. Ein winziges Stück geriet mir ins Auge. Ich blinzelte und versuchte, es herauszureiben, doch das tat höllisch weh.

»Jetzt bleib endlich ruhig da oben, ich hole dich jetzt runter!«, fauchte ich.

Die Krähe hüpfte auf Frederick zu und ich fuchtelte mit einer Hand, um sie zu verscheuchen.

»Ah!«, kreischte er.

»Halt still!«

Zu spät. Er geriet ins Rutschen. Einen Wimpernschlag lang blickten wir uns in die Augen, dann sauste er an mir vorbei nach unten. Mit einem dumpfen Aufprall landete er auf dem Boden.

Kapitel 6

Ich rutschte mehr von der Leiter, als dass ich kletterte. »Wie geht es dir? Ist alles in Ordnung?«

Er war ganz blass, aber mit Mühe schaffte er ein Nicken.

Puh. Eigentlich hätte man es rumpeln hören müssen, so laut polterten mir die Steine vom Herzen.

»Mein Fuß tut so weh«, jammerte er.

Ach du Schande! Hoffentlich hatte er sich nichts gebrochen. Jetzt erst fiel mir auf, dass sein rechter Knöchel etwas angeschwollen war. »Kannst du damit laufen?«

Frederick richtete sich auf, sank aber schnell wieder zurück ins Gras. »Ich glaube nicht. Es tut furchtbar weh.«

Ich stöhnte. Wie hatte das alles nur so aus dem Ruder laufen können? Wenn ich nur besser Karten lesen könnte, dann wäre das bestimmt nicht passiert. Na schön. Ich musste Leo anrufen, denn allein würde ich Frederick hier nicht wegbekommen. Ich wählte Leos Nummer, doch er ging schon wieder nicht ran.

»Komm so schnell wie möglich her«, brüllte ich auf den Anrufbeantworter.

»Wohin denn?«, fragte Eleanor zaghaft. »Wir wissen doch nicht, wo wir sind.«

Ach herrje, sie hatte recht. Ich wählte wieder Leos Nummer. »Wir sind bei dem alten Baumhaus. Frederick hat sich am Fuß verletzt. Könntest du bitte ganz schnell kommen?«

Das klang schon besser, auch wenn die anderen leider kein bisschen beruhigter guckten. Wir warteten zehn Minuten, dann probierte ich es erneut. Wieder erreichte ich Leo nicht. Verdammt! Was sollte ich jetzt tun? Ich wischte mir den Schweiß von der Stirn und holte tief Luft. Bloß keine Panik!

»Ich muss mal«, sagte Minh-Khai.

»Und ich hab Hunger«, heulte Malcolm.

»Mein Akku ist bald leer«, jammerte Eleanor.

Nur Frederick sagte gar nichts, und das machte mir am meisten Sorge. Die Lage spitzte sich zu, ich musste mir dringend etwas einfallen lassen. War sein Fuß nicht noch dicker geworden?

Leo war abgetaucht, also blieb mir nur noch eine Möglichkeit. *Worst case.* Darauf hätte ich gern verzichtet.

»Wollen wir nicht noch ein bisschen warten?«, versuchte ich es ein letztes Mal. »Bestimmt kommt Leo gleich. Ich weiß was! Wir machen hier ein Picknick mit dem Rest von unserem Proviant.«

»Geht nicht, es ist alles aufgegessen«, sagte Malcolm.

»Mir wird schlecht«, wimmerte Frederick. »Und es tut so schrecklich weh.« Ich warf einen Blick auf seinen Fuß. Länger durfte ich wirklich nicht warten, die Haut an seinem Fuß hatte schon eine komische Farbe.

Ich seufzte. Dann wählte ich Pauls Nummer.

»Wie seid ihr denn hier gelandet?« Pauls fassungsloses Gesicht nervte mich noch mehr als seine Frage.

»Keine Ahnung!«, schnauzte ich.

Ein unangenehmes Schweigen breitete sich zwischen uns aus. Neun Gesichter guckten mich vorwurfsvoll an, denn Paul hatte natürlich auch seine vierköpfige Gruppe mitgebracht.

Ich hob die Schultern. Musste ich es wirklich aussprechen? Sie schauten mich immer noch abwartend an. Also schön. Wenn er es unbedingt so wollte.

»Wir haben uns verlaufen«, murmelte ich.

»Mit der Karte?« Paul zog die Augenbrauen hoch. »Wieso hast du nicht angerufen? Dann hätte ich dir sagen können, wo es langgeht.«

»Aber es war eine Rallye«, protestierte ich. »Warum soll ich denn anrufen? Das war ja alles kein Problem, ich hätte den Weg schon noch gefunden.«

Frederick jaulte auf.

»Nach *keinem Problem* sieht mir das aber nicht aus.«

Die Bemerkung hätte Paul sich sparen können, aber ich verkniff mir die Antwort trotzdem.

Er kniete sich neben Frederick hin, tastete den Knöchel ab und bewegte ihn sanft. Frederick ließ das zwar über sich ergehen, schnitt dabei aber die schaurigsten Grimassen. Ganz schön tapfer.

Ich streckte auch einen Finger aus, um zu fühlen, ob der Knöchel heiß war. Doch vor mir zuckte er zurück, als hätte ich ihn eigenhändig vom Baumhaus gestoßen.

»Ist er gebrochen?«, fragte ich leise.

Paul schüttelte den Kopf. »Nee, nur doll geprellt.«

»Woher weißt du das denn? Das muss doch sicher geröntgt werden.«

»Wenn es gebrochen wäre, stünde der Fuß bestimmt ganz komisch ab.« Er verrenkte die Hände, um es mir zu zeigen, und Frederick wurde gleich eine Spur blasser. »Am besten bringen wir ihn zu meiner Oma, die kennt sich aus.«

»Kannst du dich vielleicht auf unsere Schultern stützen und so zurückhumpeln?«, fragte ich.

Frederick schüttelte panisch den Kopf. Eine Träne rollte über seine Wange, die beim Sturz einen ordentlichen Kratzer abbekommen hatte. Auch die Hose war zerrissen und einer seiner Schuhe fehlte. Mir graute jetzt schon davor, ihn in diesem Zustand abzuliefern. Wenn seine Mutter auch nur annähernd so tickte wie meine, konnte ich mich auf etwas gefasst machen.

»Natürlich kann er nicht laufen«, sagte Paul verdrossen. »Und humpeln auch nicht. So ein Mist! Und dabei hat die Rallye so gut angefangen. Wenn sich das rumspricht …«

Meine Güte, er hörte sich an, als wäre er der Manager von Redmoor. Warum spielte er sich bloß so auf?

»Schön, dann rufen wir eben einen Krankenwagen«, sagte ich und kramte nach meinem Telefon.

Keiner sagte etwas. Ich blickte auf. Wieder starrten mich alle an.

»Was ist?«

»Warum forderst du nicht gleich einen Rettungshubschrauber an?«, fragte Paul spöttisch. »Oder eine Drohne. Die kann hier besser landen.«

Die anderen kicherten, na ja, alle außer Frederick. Gut, der Vorschlag mit dem Krankenwagen war vielleicht auch nicht der allerbeste gewesen.

»Ist ja gut«, motzte ich. »Dann schlag etwas Schlaueres vor.«

Paul tätschelte Fredericks Schulter und stand auf.

»Los geht's. Helft mir mal, Malcolm und Minh-Khai.«

Er holte ein Taschenmesser und eine Rolle extrastarkes, extrabreites und was weiß ich noch für ein extrabesonderes Klebeband aus seinem Rucksack.

Im Handumdrehen baute er mit seinen Helferlein aus dicken Ästen und dem Klebeband eine Trage. Und die sollte halten?

»Vielleicht warten wir doch lieber auf Hilfe? Oder es rennt einer los und holt Leo?«

»Die Erwachsenen könnten doch auch nichts anderes machen«, entgegnete Paul. »Das bekommen wir auch selbst hin. Man muss nur wissen, was man tut.«

»Ach ja? Sag das mal dem Idioten, der dieses Baumhaus zusammengestoppelt hat. Das ist ja lebensgefährlich!«

»Der Idiot war ich.« Paul platzierte die Trage neben Frederick.

Oh, da hatte ich ja genau ins Schwarze getroffen.

»Ich finde, das alles hier gehört abgesperrt. Da kann doch sonst was passieren.«

»Quatsch!«, rief Paul. Seine Augen blitzten mich wütend an.

Ich glaube, eigentlich waren sie grün, aber jetzt verdunkelten sie sich, wie das Meer an aufgewühlten Tagen.

»Nur weil du so blöd bist, dich hier zu verlaufen! Wie kann man sich überhaupt in einem Garten verlaufen?«

»Garten?«

Ich stemmte die Hände in die Hüften und funkelte ihn an. »Das ist kein Garten, das ist die reinste Wildnis. Natürlich kann man sich hier verlaufen, so unterirdisch, wie das ausgeschildert ist.«

Paul schnaubte. »Wer sich hier verirrt, dem helfen auch keine Wegweiser.«

Das war ja wohl das Letzte. Am liebsten hätte ich ihn kräftig durchgeschüttelt, doch die Kleinen guckten jetzt schon abwechselnd von Paul zu mir, als wären wir bei einem Tennismatch.

Bevor ich etwas sagen konnte, stürzte ein schwarzer Blitz vom Himmel und setzte sich auf Pauls Schulter. Die Krähe! Mir blieb der Mund offen stehen, was leider eine winzige Fliege zum

Einflug nutzte. Ich hustete, bis ich sie wieder aus dem Rachen bekommen hatte, wobei mir Paul und die Krähe ungerührt zusahen.

Diese Krähe verfolgte mich. Was machte sie hier? Und dann noch auf Pauls Schulter?

»Ich habe sie als Vogelküken gefunden und aufgezogen«, beantwortete er meine unausgesprochene Frage und meckerte gleich darauf weiter: »Normalerweise stellen sich die Leute nicht so doof an und stolpern hier herum.«

»Ich bin nicht herumgestolpert.« So ein Angeber! »Ich war schon tausendmal in irgendwelchen Gärten. Aber das hier ist ja das reinste Dickicht.«

»Diesen Garten hat sich in den letzten sechzig Jahren die Natur zurückgeholt«, korrigierte Paul mich.

Meine Güte, er klang wie ein Professor.

»Und jetzt baut Nicola ihn wieder so auf, wie er früher gewesen ist.«

Ich hatte gedacht, Redmoor wäre einfach ein wunderschöner Garten. Dass der größte Teil Wildnis war, hatte Leo mir verschwiegen. Aber ich würde einen Teufel tun und Paul das wissen lassen.

»Mensch, das ist hier alles Natur und nicht der Hyde Park«, legte er nach.

Dieser eingebildete Blödmann!

»Kann ich mal kurz stören?«, fragte Malcolm zaghaft. »Wir haben Hunger und alle wollen wieder zurück. Und Frederick weint.«

Paul und ich fuhren herum. Vor lauter Streit hatten wir die anderen ganz vergessen.

»Natürlich«, sagte Paul verlegen. »Los, fasst mit an, wir legen ihn vorsichtig auf die Trage.«

Frederick schob sich darauf zurecht, bis er einigermaßen bequem lag. Paul und ich hoben das eine Ende an, Malcolm und zwei Mädchen aus Pauls Gruppe das andere. Dann trotteten wir im Gänsemarsch den Trampelpfad entlang.

Kapitel 7

»Wir lassen den Fuß für alle Fälle röntgen«, erklärte May. »Ich glaube nicht, dass er gebrochen ist, aber sicher ist sicher.«

Sie kniete neben Frederick und untersuchte den Knöchel. Nicola schaute ihr mit besorgtem Blick über die Schulter.

Wenn ich die beiden so nebeneinander sah, hätte ich eher auf May als Gutsbesitzerin getippt. Nicola hatte sich heute für ein schlabbriges Blümchenkleid entschieden, das wahrscheinlich niemals modern gewesen war. Pauls Großmutter dagegen trug eine schicke beigefarbene Stoffhose und einen weichen roten Pullover. Ihre silbrig grauen Haare waren mit einer Spange aufgesteckt. Sie hatte Frederick beruhigend zugelächelt und in derselben Sekunde waren seine Tränen versiegt. Kein Wunder! Bestimmt hätte sie auch bei einem Vulkanausbruch oder einem Erdbeben genau gewusst, was zu tun war.

»Wieso rufen sie keinen Krankenwagen?«, flüsterte ich Leo zu.

»Ach, bis der hier ist, dauert es eine halbe Ewigkeit«, antwortete Leo halblaut. »So geht es schneller. Frederick ist ja kein Notfall.«

So blass und käsig wie er aussah, war ich mir da nicht so sicher. »Und seine Eltern?«

»Die kommen direkt zum Krankenhaus. May hat ihnen schon Bescheid gesagt.«

Drüben auf dem Parkplatz wurden die anderen Kinder in die Autos ihrer Eltern verfrachtet. Natürlich hatte ich alles über Fredericks Sturz gebeichtet, aber zum Glück hatte sich niemand beschwert, jedenfalls bis jetzt nicht. Mum dagegen wäre längst Amok gelaufen.

May öffnete die hintere Tür ihres Kombis und Nicola und Leo halfen Frederick behutsam auf die Rückbank.

Zwei Minuten später brauste der Volvo durch den Torbogen. Drinnen saßen May und Frederick, nur leider nicht Paul.

»Und jetzt?«, fragte ich und bereute es im nächsten Moment. Denn Leo legte mir und Paul einen Arm um die Schultern und grinste irgendwie dämonisch.

Kurz darauf kniete ich mit Arbeitshandschuhen in einem Beet und zog sehnige, halb vertrocknete Pflanzenreste heraus, die sich mit aller Kraft an den Erdboden klammerten, um es mir so schwer wie möglich zu machen.

Paul hockte einige Meter von mir entfernt im Gras und machte das Gleiche, nur dass es bei ihm ganz locker aussah. Abgesehen davon ignorierten wir uns, so gut es ging.

Aus dem geöffneten Fenster des Bürohäuschens drangen Leos und Nicolas Stimmen. Anscheinend hatten sie gestern beim Freilegen des Abflusses eine geniale Idee für das Bewässerungssystem im Gemüsegarten gehabt. Jetzt platzten sie fast vor Begeisterung.

Hinter mir knirschte der Kies, dann eilte ein Mann an uns vorbei. Er war vielleicht Ende zwanzig, also ungefähr so alt wie Leo. Turnschuhe, Jeans, weißes Hemd und hellblauer Leinenschal – alles war perfekt aufeinander abgestimmt. Paul hörte sofort auf, die Pflanzen zu massakrieren, und rückte näher ans Fenster. Er sah auf einmal ziemlich angespannt aus. Das konnte interessant werden.

»Das alte Baumhaus ist zu gefährlich«, hörten wir den Mann im Büro sagen. »Nic, diesmal ist es glimpflich ausgegangen. Aber was, wenn wieder jemand herunterfällt und sich ernsthaft verletzt?«

Ich blickte verstohlen zu Paul. Kam ihm das nicht irgendwie bekannt vor? Doch Paul war nicht mehr da und im nächsten Moment tauchte er drinnen vor dem Fenster auf.

»Mein Baumhaus soll weg?«, fragte er fassungslos. »Aber es stört doch niemanden.«

»Carl, es ist überhaupt nichts Schlimmes passiert«, mischte Leo sich ein. »Außerdem steht das Baumhaus ganz am Rand des Gartens und dahin verirrt sich sonst kaum jemand.«

»Aber das Baumhaus muss sowieso weg, spätestens wenn wir dort alles restaurieren.« Carl strich über seinen Schal.

»Nicola hat gesagt, dass ein Teil des Gartens so bleiben darf, wie er jetzt ist«, sagte Paul aufgebracht.

Nicola trat zu ihm ans Fenster, dabei streifte mich ihr Blick. Eilig rupfte ich eine Blume aus. Ups, das war eigentlich eine von denen, die stehen bleiben sollten. Unauffällig verbuddelte ich die rote Blüte in dem Hügel aus Pflanzenabfällen, der sich mittlerweile auf der Schubkarre neben mir angesammelt hatte.

»Nic, ich mache mir einfach Sorgen«, erklärte Carl. »Wir

brauchen jeden einzelnen Besucher. Stell dir vor, wie viele wegbleiben, wenn ein Unglück passiert. Dann können wir hier alles dichtmachen.«

Nicola neigte den Kopf zur Seite. »Da hast du natürlich recht. Aber das Baumhaus steht nun mal schon ewig da und bisher hat es damit nie Probleme gegeben.«

»Ja, aber mittlerweile ist es ziemlich morsch«, meinte Carl.

»Das stimmt nicht«, rief Paul. »Ich habe die ganzen letzten Wochen daran gebaut.«

»Paul, jederzeit kann jemand auf das Baumhaus klettern und herunterfallen«, erwiderte Carl geduldig. »Da nützt es auch nichts, dass du schon einen Teil repariert hast.«

Hm, das war schon richtig. Aber dann meinte Leo: »Vielleicht sperren wir den unbefestigten Teil des Gartens erst einmal ab.«

Carl seufzte. »Das Gelände ist riesig. Weißt du, wie viel ein Zaun kostet?«

»Das ist wirklich viel zu teuer«, pflichtete Nicola ihm bei. »Das Geld reicht ja sowieso schon kaum.«

»Wir brauchen keinen Zaun. Wir spannen einfach ein paar dieser Flatterbänder vor dem verwilderten Bereich auf. Querfeldein schlägt sich kein Besucher durch.«

Paul berührte Nicolas Schulter. »Das wäre eine gute Lösung, oder?«

»Ich weiß nicht, ob das ausreicht.« Carl verschränkte die Arme.

»Hm, und was ist mit dem Wunschbrunnen? Und dem Steg am See?«, fragte Leo. »Da könnte auch jede Menge passieren.«

Wunschbrunnen? Steg am See? Da musste ich unbedingt hin.

»Ich finde, das ist etwas anderes«, entgegnete Carl. »Die sind doch Teil des ursprünglichen Gartens.«

Puh, die waren ja ganz schön am Diskutieren. Von wegen Gartenidylle und so.

»Wir nehmen erst einmal die Flatterbänder«, entschied Nicola. »Bitte versperrt damit die Zugänge so schnell wie möglich.«

»Dann kann das Baumhaus also bleiben?«, fragte Paul.

Nicola nickte. »Aber du reparierst umgehend die Leiter.«

»Wird gemacht«, versprach Paul.

Hinter mir schnaufte jemand. Ein übergewichtiges Paar versuchte, sich an der Schubkarre vorbeizuquetschen, und ich machte schnell Platz.

»Ich muss jetzt mit Charlene sprechen«, sagte Nicola, »sie will hier auch mithelfen, wenn sie Zeit hat.«

Kurz darauf verließ sie mit Carl und Paul das Büro und drei Minuten später kam auch Leo heraus.

»Wer ist eigentlich dieser Carl?«, fragte ich.

»Nicolas Neffe«, antwortete er, während er sich auf alle viere stellte und den Po in die Luft streckte.

»Kannst du den Hund noch?« Er beugte den Kopf so tief zum Boden, dass ihm die Haare über die Augen fielen. Ich kicherte. Wenn jemand nicht wie ein Yogi aussah, dann war es Leo! »Nee, ich glaube nicht.«

»Also wirklich! Da lässt man dich mal ein paar Monate allein und schon vernachlässigst du deine Yoga-Übungen.« Er ging wieder zurück in den Vierfüßlerstand und machte einen Katzenbuckel. Danach fiel er platt auf den Boden und richtete den Oberkörper auf.

»Kuh, Katze, Kobra«, zählte er auf und schnaufte dabei. »Komm schon, mach mit. Yoga ist toll. Und es ist die beste Medizin gegen deine Migräne.«

Huch, ich hatte ganz vergessen, mein Magnesium zu nehmen. Na ja, das hatte Mum zum Glück nicht mitbekommen.

Eine einzige Übung fiel mir noch ein. Ich kniete mich auf den Boden und beugte den Oberkörper vor, bis meine Stirn die Erde berührte.

»Ah, das eingerollte Blatt kennst du noch«, sagte Leo entzückt. »Die Arme kannst du neben deinem Körper ablegen. Siehst du, so.« Er bewegte meine Arme in die richtige Position.

Wir waren dermaßen konzentriert, dass wir kaum mitbekamen, wie plötzlich Paul vor uns stand.

»Leo, machen wir das mit dem Flatterband zusammen?«, fragte er.

Och nö, musste das jetzt sein? Ich setzte mich hin und verstrubbelte meine Haare, damit die Grashalme herausflogen. Leo sprang auf und klopfte Paul auf die Schulter. »Klar, aber jetzt geht es nicht.« Er schaute auf die Uhr. »Ich habe nachher noch einen Termin.« Er holte sein Portemonnaie aus einer der hundertdreißig Taschen seiner Cargohose. »Hier ist Geld fürs Café, Ruby, wir schaffen es zum Mittagessen nicht nach Hause.«

Schade, es war gerade so lustig gewesen! Für Paul hatte er nachher noch Zeit und für mich bestimmt wieder nicht. Am liebsten wäre ich ihm nachgelaufen, aber mein Magen grummelte und fand offensichtlich, dass sich »Café« gut anhörte.

Wenigstens hatte Leos Termin auch etwas Gutes, denn darüber hatte er völlig vergessen, mich mit weiteren Aufgaben zu versorgen.

Die Auslage im Café machte mich fast nervös. Eigentlich hatte ich gedacht, dass die Leute wegen des Gartens hier waren, doch das Angebot war eine ernsthafte Konkurrenz für die Blumenbeete. Fünf Minuten lang trat ich von einem Fuß auf den anderen und stierte Brownies, Haferkekse mit nussgroßen Schokostückchen und Himbeertörtchen an, bis ich mich für einen Scone in der Größe eines Tennisballs entschied. Der Kuchen war butterweich und bröckelte ein wenig, als ich ihn aufschnitt. Ich bestrich beide Hälften fingerdick mit Clotted Cream und häufte dann Erdbeermarmelade auf den sahnigen Rahm. Ich biss hinein und erschauerte. Es war der beste Scone meines Lebens, tausendmal köstlicher als die aus dem Supermarkt in London. Danach fühlte ich mich bereit für den Rest des Tages.

Zuerst marschierte ich zurück zum Bürohäuschen, denn ich brauchte einen neuen Lageplan.

Leos Büro war winzig, wahrscheinlich wäre es darin selbst einem Hobbit zu eng gewesen. Den meisten Platz nahmen ein Aktenschrank aus zerkratztem Metall und Berge von Unterlagen ein.

Zu meiner Überraschung thronte jedoch nicht Leo, sondern Charlene Bobbington hinter dem Schreibtisch.

»Hallo, du bist bestimmt Ruby. Schön, dich wiederzusehen«, begrüßte sie mich.

»Hallo, Mrs Bobbington, was machen Sie denn hier?«, platzte es aus mir heraus.

»Ach, sag einfach Bobby, das tun alle. Außer Nicola, die besteht auf Charlene, weiß der Himmel, warum.« Sie lehnte sich zurück, was der Schreibtischstuhl mit einem lauten Ächzen ertrug. »Ich helfe ab heute ein bisschen in Redmoor aus. Was kann ich denn für dich tun?«

Zwei Minuten später zuckelte ich mit einem neuen Plan los.

Zuerst stiefelte ich hinüber zum Torbogen und übertrug die Inschrift in meinen Notizblock:

Semper horto fruere,
sed considera:
periculum te expectat
ubique.

Was das hieß, würde ich sicher noch herausbekommen, doch zuerst war der Wunschbrunnen dran. Auf den war ich richtig neugierig. Ich breitete den Plan aus. Noch einmal würde ich mich ganz bestimmt nicht verlaufen.

Eine Stunde später hatte ich mich komplett verirrt. Wenigstens hatte ich diesmal keine vier Kinder im Schlepptau, aber mit Leo wäre mir das bestimmt nicht passiert. Warum musste er auch so beschäftigt sein! Viel lieber wäre ich jetzt mit ihm zusammen durch Redmoor gestreift.

Im Unterholz knisterte es. Brachte nur der Wind die Blätter zum Rascheln oder war da noch etwas anderes? Nirgendwo konnte ich einen Weg erkennen, um mich herum gab es nur Bäume mit tief hängenden Ästen und Dornensträucher. Der Boden war mit einer zentimeterdicken Laubschicht bedeckt. Es war die reinste Wildnis!

Ich bückte mich unter einem Ast hindurch, übersah dabei aber eine Brombeerranke und steckte prompt im Gestrüpp fest.

Nach einigem Gezerre gaben die Dornen endlich mein T-Shirt frei und ich stolperte vorwärts, bis mir einige Meter weiter ein brauner, knorriger Turm den Weg versperrte. Wie war ich denn vor der Baumkönigin gelandet? Ich legte den Kopf zurück und sah hinauf. Sie war wirklich gewaltig. Aus dem Augenwinkel bemerkte ich eine Bewegung im Gras. Was war das? Mir lief ein Schauer über den Rücken. Hier war doch niemand außer mir. Oder doch? Langsam trat ich einen Schritt zurück, dann noch einen. Nicht weit entfernt von mir zitterten die Gräser. Lag dort ein Tier auf der Lauer? Ein Fuchs? Ein Wildschwein?

Im nächsten Moment ertönte ein heiserer Schrei. Ich zuckte zusammen, dann entdeckte ich den Greifvogel über mir.

Wieder schrie er und schlagartig hörten die Bewegungen im Gras auf. Seltsam, was war da nur? Ich überwand mich und trat einen Schritt näher, dann noch einen. Eine Eule. Vor mir hockte tatsächlich eine Eule. Alles an ihr war rund: ihr Kopf, die schwarzen Knopfaugen, der aufgeplusterte Körper. Was machte sie hier im Gras? Und warum flog sie nicht weg? Ich kniete mich hin, doch sie wich sofort vor mir zurück. Wie hilflos sie aussah! Ob sie verletzt war? Ihre Federn waren zerzaust, aber alt kam sie mir nicht vor, eher wie eine Babyeule, allerdings eine ziemlich große.

Unbeholfen hüpfte sie von einem Fleck zum nächsten und wirkte dabei furchtbar planlos. Damit hatten wir schon mal etwas gemeinsam.

Ein Schatten fiel auf die Eule, denn der Greifvogel war zurückgekehrt. Sofort machte sie einen Satz ins nächste Gebüsch. Natürlich, wer wollte schon als Abendessen enden?

Ich sprang auf und fuchtelte mit den Armen, um den Greifvogel zu vertreiben.

»Hau ab! Such dir woanders dein Futter.«

Der Vogel kreiste noch einige Male über uns, stieß dann einen letzten durchdringenden Schrei aus und segelte weiter.

Ich wandte mich wieder der Eule zu. Ihre Federn sahen so

weich aus, und ich streckte mich, um sie mit den Fingerspitzen zu berühren, doch in der nächsten Sekunde hackte sie zu.

Tränen schossen mir in die Augen. Verflixt, tat das weh! Ich presste meinen Handrücken an die Brust, bis der Schmerz etwas nachließ. Jetzt hatte ich aber endgültig genug. Erst die verpatzte Rallye mit Fredericks Unfall, dann ließ Leo mich schon wieder allein, und nun ging auch noch dieses undankbare Eulenbiest auf mich los. Dabei hatte ich sie doch eben erst vor dem Greifvogel gerettet!

»Dann eben nicht!« Sollte sie doch sehen, wie sie allein zurechtkam, mir reichte es für heute!

Kapitel 8

Der Küstenpfad wand sich die Klippen entlang. Er war so schmal, dass ich aufpassen musste, wohin ich die Füße setzte, denn links ging es steil hinunter. Auf der anderen Seite wuchsen stachelige Büsche mit winzigen gelben Blüten. Es roch irgendwie vertraut, aber wonach?

Leo pflückte eine der Blüten und hielt sie mir unter die Nase. »Na, was ist es?«

Ich sog den süßen Duft ein und nun erkannte ich es. Ich liebe Kokos!

Er lächelte. »Hier wächst überall Ginster und der riecht tatsächlich nach Kokos.«

Nach einigen Metern ging es immer mehr bergauf.

»Gleich hast du es geschafft«, hörte ich seine Stimme über mir. »Von hier aus sehe ich schon den Drachenkopf.«

Ich keuchte und kämpfte mich die letzten Meter nach oben.

Und dann lag der *Dragon's Head* vor mir. Der Felsen ragte ein gutes Stück ins Meer hinein. Mit seinem weit aufgerissenen Maul sah er tatsächlich aus wie ein nimmersatter Drache, der von der hereinspritzenden Gischt nicht genug bekam.

Um mich herum war alles blau – der Himmel, das Meer –, und ich konnte kaum ausmachen, wo am Horizont das eine ins andere überging.

Landeinwärts erstreckten sich kilometerweit grasbewachsene Hügel. Weit und breit war niemand zu sehen, es gab noch nicht mal eine Spur von Menschen, wie ein Hausdach oder eine Antenne. Bloß einige Möwen segelten kreischend über uns, schossen dann pfeilschnell nach unten – haarscharf an den Zacken der Klippen vorbei –, setzten sich für einen Moment auf die Wasserfläche und stoben dann wieder auf.

Ansonsten waren wir allein mit dem Himmel und dem Ozean.

Ich stand nah an der Klippenkante und blickte mich um. Weit entfernt bewegte sich ein winziger weißer Fleck auf dem Wasser. Es war ein Segelboot. Rasch kam es näher und verschwand hinter einem lang gezogenen Felsvorsprung.

Diese Weite! Jeder Teil meines Körpers nahm sie in sich auf. Mit einem Mal war mir, als wüchsen mir Flügel aus den Schulterblättern, groß und stark genug, um mich über das Meer zu tragen. Ich schloss die Augen und spürte beinahe die Flügelschläge. Das Fliegen kostete Kraft, ich schwebte nicht einfach dahin, sondern kam anfangs nur mühsam voran. Doch nach einigen Metern nahm ich Fahrt auf und glitt über die Wasseroberfläche hinweg. Ganz nah kam ich den Wellen, fast konnte ich die Schaumkrönchen darauf berühren.

»Vorsicht.« Leo fasste mich an der Schulter und zog mich ein wenig zurück. Augenblicklich war der Zauber vorüber und meine Flügel schrumpften.

»Sieh mal, dort!« Er zeigte auf eine Stelle nahe des Drachenmauls. Ich kniff die Augen zusammen. Was schwamm denn da im Wasser? Zwei Rückenflossen! Ich fuhr zurück.

»Das sind ja Haie!«

Er lachte. »Ja, hier tauchen immer mal Haie auf. Es sind *Basking Sharks*, Riesenhaie. Die sind aber harmlos, sie ernähren sich nur von Plankton.«

Die beiden Finnen bewegten sich unaufhörlich, die Haie zogen unter Wasser ihre Kreise.

»Irgendwo hier müssen wir abbiegen, damit wir zum Steinring kommen, aber wo ist der Weg?«

Ich hörte, wie er nach einer Lücke in den Sträuchern Ausschau hielt und dabei immer wieder fluchte, wenn er sich an den Dornen des Ginsters stach. Währenddessen ließ ich die Haie nicht aus den Augen. Eine Möwe schaukelte einige Meter von der einen Flosse entfernt im Wasser.

»Ah, das muss er sein«, murmelte Leo.

Im selben Moment schoss ein weit aufgerissenes Maul auf die Möwe zu, die mit einem empörten Schrei davonflog. Wie bitte, sie fraßen nur Plankton?

»Der Hai ist gerade auf die Möwe losgegangen!«

»Ach, wahrscheinlich wollte er sie nur verscheuchen. Die fressen wirklich kein Fleisch.«

Na, wenn er sich da mal nicht täuschte.

»Kommst du? Wir müssen weiter.«

Warum hetzte er denn so? Ich wäre viel lieber geblieben, aber er zwängte sich bereits durch den Ginster.

Nach einigen Hundert Metern endete der Trampelpfad vor einer Koppel.

»Sieht nach einer Sackgasse aus.« Ich zeigte auf das Gatter, doch Leo kletterte einfach rüber.

»Ähm, die Weide ist schon besetzt!« In einer Ecke drängte sich eine Herde Kühe. Sie schauten uns misstrauisch an und muhten ein bisschen. Waren die groß! »Tun die nichts?«

Leo schüttelte den Kopf. »Nein, nur wenn ein Stier dabei ist, müssen wir aufpassen, aber ich sehe gerade keinen.«

Dass er keinen Stier sah, bedeutete noch lange nicht, dass da auch keiner war! Leider konnte ich unter den Bäuchen der Kühe nichts erkennen, dafür war die Entfernung zu groß. Ich wartete ein bisschen, aber es wagte sich nur ein neugieriges Kalb in unsere Richtung. Leo hatte schon fast die gegenüberliegende Seite erreicht, gleich würde er hinter der Hecke verschwinden. Am besten brachte ich das schleunigst hinter mich, also gab ich mir einen Ruck und raste an ihm vorbei über die Wiese. Zum Glück waren die nächsten beiden Weiden unbewohnt.

Der Pfad führte im Zickzack den Hügel hinunter zu einer Senke mit drei Felsen. Wie zwei Wächter nahmen die beiden schmalen Pfeiler den Steinring in ihre Mitte.

»Es heißt, der Stein habe besondere Kräfte«, erzählte Leo. »Du musst durch den Ring krabbeln und dir dabei etwas wünschen. Wenn ich mich recht erinnere, muss es dreimal in dieselbe Richtung sein.« Er warf den Rucksack ab und berührte sacht die Steine, bevor er sich hinkniete und sich vorwärtsschob. »Ganz schön eng! Mal sehen, ob mein Wunsch in Erfüllung geht. Jetzt bist du dran.«

Hm, was sollte ich mir wünschen? Wie immer fiel mir auf Anhieb nichts ein. Vielleicht etwas mit Mum und Dad? Oder mit Redmoor?

Ich beschloss, einfach an Mum und Dad zu denken. Irgendetwas Gutes würde schon dabei herauskommen. Ich hockte mich vor den Ring und sah hindurch. Hier waren Menschen vielleicht schon vor Tausenden von Jahren hindurchgekrabbelt. Merkwürdige Vorstellung! Ob sie sich dabei auch etwas gewünscht hatten? Ich fuhr über den glatten, kalten Stein.

»Ruby, willst du es probieren?« Leo sah auf seine Armbanduhr. »Wir müssen allmählich zurück.«

Warum drängelte er denn die ganze Zeit? Ich seufzte, dann krabbelte ich los und gleich darauf noch ein zweites und drittes Mal. Das ging so schnell, dass ich es gar nicht richtig genießen konnte, aber Leo war schon ein Stück vorgelaufen. Ich richtete mich auf und rannte hinterher.

»Was rennst du denn so?«, protestierte ich. »Es ist noch nicht mal Mittag.«

»Ich weiß, aber im Büro wartet dringende Arbeit auf mich. Und du wolltest doch sowieso den Garten weitererkunden.«

Klar wollte ich das – aber mit ihm! Ich kickte einen Stein weg.

Der Stein rollte weiter, als ich beabsichtigt hatte, und prallte gegen Leos Turnschuh. Erstaunt drehte er sich um, doch als er mein Gesicht sah, grinste er.

»Oje, tut mir leid. Ich nerve gerade ganz schön, oder?«

»Und wie!« Das konnte man wirklich nicht beschönigen.

Leo wanderte ein Stück weiter zu einem großen Felsen, der etwas verloren mitten auf der Wiese stand. Mit ein paar Handgriffen zog er sich hoch.

»Komm, wir machen eine Pause«, forderte er mich auf und rückte zur Seite.

Bei ihm hatte es ganz leicht ausgesehen, aber mir fiel das Klettern unerwartet schwer. Entweder rutschten meine Hände an dem glatten Stein ab oder meine Fußspitzen verloren den Halt.

Ich schnaufte erleichtert, als ich endlich oben war. Die Mühe hatte sich gelohnt. Der Ausblick war fast so überwältigend wie vorhin am Meer. Nur dass hier statt der Meereswellen grüne Hügel auf- und abstiegen, auf denen der Ginster besonders schön leuchtete.

Leo kramte in seiner Tasche und holte eine Tafel Schokolade heraus. Meine Lieblingssorte!

Wir saßen Schulter an Schulter und sahen schweigend zu, wie weiße Wolkenfetzen über den knallblauen Himmel huschten. Über uns schrie eine Möwe, zog einen kleinen Kreis und segelte dann weiter Richtung Küste. Zufrieden ließ ich mir das letzte Stück Schokolade im Mund zergehen. Jetzt war wieder alles gut.

Wenig später düsten wir in Rekordzeit vom Küstenwanderweg zurück nach Redmoor. Dort ging Leo sofort ins Büro, und ich begann, ziellos durch den Garten zu stromern.

Zwischen den Bäumen glitzerte etwas. Ich trabte den Hügel hinunter. Ob da unten der See war, von dem Leo vorhin gesprochen hatte? Noch eine letzte Biegung, dann stand ich vor einer großen Wasserfläche. Unglaublich, wie viele Seerosen darauf schwammen! Rosafarbene, knallpinke, gelbe und lila Tupfen schaukelten sanft auf und ab.

An meinem letzten Geburtstag hatten wir einen Bootsausflug unternommen, dort hatte es auch so viele Seerosen gegeben. Am liebsten hätte ich jetzt Mum und Dad den See gezeigt, aber wahrscheinlich interessierten sie sich sowieso nicht dafür, jedenfalls nicht wirklich. Außerdem hatten sie ihr Versprechen gebrochen. Diesmal wollten wir endlich länger bleiben, aber plötzlich hieß es, wir ziehen nach New York. Das war sogar ein anderer Kontinent. Und so weit weg von Leo!

Am Ufer pickte ein Vogel nach Grashalmen und flog damit zu einem Gestrüpp mitten im Wasser. Auf den zweiten Blick erkannte ich, dass es eine Landzunge sein musste – nein, es war sogar eine Insel! Die hätte ich mir zu gern mal angesehen, doch wie kam ich dorthin? Da war nur ein langer Holzsteg, doch er reichte längst nicht bis zur Insel.

Ein Platschen riss mich aus meinen Gedanken. Jetzt erst bemerkte ich das Ruderboot, das gerade um die Insel bog. In dem Boot saß jemand, aber irgendetwas stimmte nicht. Die Farbe war abgeblättert, und an einer Stelle war die Reling beschädigt, aber vor allem lag es ziemlich tief im Wasser.

Ich sprang über einen Baumstamm, der mir am Ufer den Weg versperrte, und versuchte, mehr zu erkennen. Blonde Haare, verwaschenes T-Shirt … das war ja Paul! Auch das noch! Was hatte der denn hier zu suchen?

Im Boot türmte sich ein Haufen Holzbretter. Aber warum paddelte er mit einer abgebrochenen Latte?

Ich rannte auf den Steg. Paul war nur noch wenige Meter von

mir entfernt. Mit zusammengebissenen Zähnen arbeitete er sich vorwärts. In dem Tempo schaffte er es niemals ans Ufer, denn die ersten Wellen schwappten schon ins Boot.

Gleich würde er absaufen! »Paul!«

Er fuhr herum und riss die Augen auf. »Guck doch nicht so, sondern hilf mir lieber mal! Kannst du mich rüberziehen? Ich bin zu schwer beladen.«

»Das kann man auch netter sagen! Deine ganzen Bretter geben dem alten Kahn ja wohl den Rest!«

Paul schnitt eine Grimasse. »Okay, okay! Hilfst du mir jetzt?«

Na schön, aber wie? »Wo sind überhaupt die Ruder?«

Jetzt grinste er verlegen. »Da war sowieso nur noch eins, aber das ist eben durchgebrochen, als ich beim Beladen aus Versehen ein paar Bretter draufgeworfen habe.«

Ha, dann passierte ihm also auch mal ein Schnitzer! So war er mir gleich viel sympathischer.

Es gurgelte, und eine kleine Wasserfontäne schoss ins Boot, ungefähr dort, wo sich seine Füße befinden mussten. Paul wich zurück und brachte damit den Stapel ins Wanken.

Etwas Schwarzes rauschte an mir vorbei und landete auf dem obersten Brett. Die Krähe!

»Nein, nicht!«, brüllte Paul und wedelte mit seinem Paddel. Er stand halb auf, um die Krähe zu verscheuchen, aber das hätte er besser nicht gemacht.

Er stieß gegen die oberen Bretter. Der Stapel wankte, dann rutschten die ersten vier herunter und klatschten ins Wasser, während die Krähe krächzend aufflog.

»Das Boot liegt viel zu tief. Kannst du nicht mehr Bretter rauswerfen?«

Er schüttelte energisch den Kopf. »Nee, die brauche ich doch noch.«

Ich streckte die Hand aus, aber natürlich war er dafür viel zu weit weg. »Gib mir mal eins der Bretter, dann ziehe ich dich rüber.«

Eine kleine Welle schwappte ins Boot und durchnässte Pauls Hose. Zugleich trieb eine Windböe das Boot wieder ein Stück vom Steg weg.

Er angelte sich ein besonders langes Brett und ächzte. »Die sind ganz schön schwer!«

Ich beugte mich so weit vor, wie ich mich traute. Endlich bekam ich das Brettende zu fassen. Ich glitt mit einer Hand ab, es pikte. Verdammt, jetzt hatte ich auch noch einen Splitter im Finger! Ich biss die Zähne zusammen und hielt trotzdem fest.

»Bleib einfach stehen, ich ziehe mich ran.« Er griff nach dem Brett und zog so kräftig, dass ich fast ins Wasser geflogen wäre. Ich stemmte die Füße in den Boden und lehnte mich zurück. Zentimeter für Zentimeter kam er näher heran.

»Oh Mann«, stöhnte Paul. Seine Fingerknöchel waren weiß, so fest klammerte er sich an das Brett. Nun war er fast bei mir. Ich ließ los und reichte ihm die Hand. Mit einem Satz sprang er auf den Steg und in der nächsten Sekunde warfen wir uns nach vorn und griffen gleichzeitig nach dem Bootsrand. Jetzt erst sah ich, wie viel Wasser schon ins Boot gelaufen war. Dass er damit überhaupt losgefahren war!

Pauls Jeans war klitschnass, doch er begann sofort, ein Brett nach dem nächsten auf den Steg zu ziehen. Ich half ihm und kurz darauf war alles ausgeladen.

Abgekämpft richtete er sich auf. »Danke«, murmelte er und

gab dem Boot einen Schubs. »Ich dachte, das würde es aushalten.«

»Warum liegen denn auf der Insel so viele Bretter herum?«
»Ach, die kommen von so einer alten Hütte. Die ist längst verfallen, aber einige Bretter sind noch gut.«

»Und damit willst du jetzt zum Baumhaus?«

Er nickte. »Daraus zimmere ich eine neue Leiter.«

»Ah.«

Wir saßen noch ein bisschen in der Sonne und schauten auf den See. Der Wind trieb kleine Wellen über die Oberfläche.

Ich ließ die Beine baumeln und musterte Paul verstohlen.

Er strich sich eine Haarsträhne aus dem Gesicht. Eigentlich sah er ziemlich gut aus. Sein schmales Gesicht mit der geraden Nase gefiel mir, aber am schönsten waren seine dunkelgrünen Augen, die mich an leuchtendes Moos erinnerten. Er guckte zwar ernst, aber längst nicht mehr so grimmig wie neulich.

Er seufzte und stand auf. »Ich mach mal weiter.«

»Soll ich noch mit anfassen?«

Er schüttelte den Kopf.

»Nö, das geht schon. Du hast bestimmt auch etwas anderes vor.«

Klar, mein Terminkalender war so voll, dass ich mich vor Aktivitäten kaum retten konnte. Schade, ich hätte ja mitgeholfen, aber offensichtlich hatte er daran kein Interesse.

Ich nickte ihm zu und schlenderte vom Steg, während er hinter mir die Bretter aufschichtete. Und wo sollte ich jetzt hin? Plötzlich fiel mir die Eule ein. Ich zog den Plan aus der Tasche. Der See war ganz nah beim Baumhaus. Vielleicht war sie ja noch da?

Ich hatte Glück. Die kleine Eule kauerte immer noch unter einem Baum im Gestrüpp. Wie gestern sah sie ganz zerrupft aus, aber auch irgendwie total süß. Aber was war mit ihren Eltern? Hatten die sie etwa verlassen? Oder war sie aus dem Nest gefallen?

Sie scharrte mit den Krallen im Boden. Ob sie Durst hatte? Vielleicht brauchte sie ja Wasser? Ich suchte ein bisschen herum, bis ich auf dem Trampelpfad einen Stein mit einer Kuhle fand. Besonders toll war das nicht, aber es musste genügen, denn ich wollte sie auf keinen Fall aus der Hand trinken lassen nach dem letzten Schnabelhieb.

Jetzt fehlte nur noch das Wasser.

Auf dem Weg zum See begegnete ich wieder Paul. Er war ganz rot im Gesicht und schleppte mühsam mehrere der nassen Holzbretter Richtung Baumhaus.

Gerade als ich auf seiner Höhe war, blieb er mit einem der Bretter an einem Zweig hängen. Ungeduldig riss er daran und einige Blätter rieselten zu Boden.

Selbst schuld, mit mir zusammen wäre das schneller und einfacher gegangen!

Ich lief einige Meter weiter, bis ich das Seeufer erreichte. Dort tauchte ich den Stein ins Wasser und flitzte zurück.

Vorsichtig stellte ich das Trinkgefäß vor der Eule ab – und natürlich hackte sie sofort wieder nach mir. Und sie fauchte! Zumindest klang das Geräusch wie eine Art Fauchen. Zutraulich war sie ja nicht gerade.

Ich setzte mich einige Meter von ihr entfernt hin und beobachtete sie. Doch sie trank nicht, sondern pickte nur im Boden herum. Entweder hatte sie etwas mit den Augen oder Hunger.

Aber was fraßen Eulen eigentlich? Irgendwelche kleinen Tiere wahrscheinlich.

Ich holte mein Telefon heraus und gab »Eulen« ein, und schon spuckte die Suchmaschine Tausende Einträge aus, doch bevor ich mir etwas näher ansehen konnte, machte die Verbindung schlapp. Kein Empfang mehr, das passierte mir in Redmoor ständig.

Verdrossen rupfte ich ein Büschel Gras aus und suchte in der Erde nach Regenwürmern, doch so weit oben ließ sich keiner blicken, ich musste weiter buddeln. Tatsächlich, einige Zentimeter tiefer fand ich drei Regenwürmer und präsentierte sie der Eule.

»Guten Appetit.«

Die Eule legte den Kopf schief und sah mich kurz an. Dann hackte sie auf die Regenwürmer ein, fraß jedoch keinen einzigen.

Gut, dass meine Finger diesmal außer Reichweite waren! Aber süß fand ich sie trotzdem, vor allem ihre großen dunklen Augen gefielen mir.

»Bis morgen, Eule«, sagte ich nach einer Weile und stand auf, denn Leo musste allmählich fertig sein mit der Arbeit.

Die Eule hockte auf dem Boden und beachtete mich nicht weiter. Anscheinend hatte sie wohl doch keinen Hunger. Vielleicht hatte ich ja morgen mehr Glück. Vorausgesetzt, der Greifvogel kam nicht zurück!

Auf dem Rückweg kam ich wieder am Baumhaus vorbei. Paul schmetterte gerade den nächsten Stapel Bretter vor dem Baumhaus auf den Boden. Ich zögerte. Sollte ich doch zu ihm rübergehen?

In diesem Moment bemerkte er mich. Er nickte mir zu, sagte aber nichts. Na schön, anscheinend wollte er immer noch keine Hilfe, also trottete ich über die Wiese und schlug den Trampelpfad zurück zum Hauptweg ein.

An einer Wegkreuzung einige Meter weiter stand eine Gestalt vor einem Baum. Ich blinzelte und sah noch einmal hin. Der Mann umarmte den Baumstamm. Also wirklich, hier war ja was los!

Als ich näher kam, erkannte ich Carl. Was machte er denn da? Ich hätte ihn nie für einen dieser Typen gehalten, die mit Bäumen kuschelten oder ihnen etwas erzählten.

Carl drehte sich um. Ach so – er hatte ein Maßband um den Stamm geschlungen.

»Hallo, du bist Ruby, stimmt's? Nic hat mir von dir erzählt.«

Er rollte das Maßband zusammen und steckte es in die Tasche.

»Misst du etwa alle Bäume aus?«, platzte es aus mir heraus.

»Nee, da würde ich ja brauchen, bis ich hundert bin.« Er grinste. »In diesem Bereich gibt es aber einige richtig dicke Bäume. Ich überlege mir, ob man damit etwas machen kann.«

»Was denn machen?«, wollte ich wissen, während wir gemeinsam den Hauptweg Richtung Herrenhaus entlangschlenderten.

»So ein alter Baumbestand ist schon etwas Besonderes, das kann man doch nutzen, bestimmt finden das viele Besucher toll. Nic rackert sich hier ganz schön ab, es ist wirklich großartig, was sie schon auf die Beine gestellt hat. Aber es wäre gut, wenn wir noch weitere Attraktionen hätten.«

Ich nickte. Das hatte ich inzwischen auch schon mitbekommen.

»Ich will ihr einfach gern helfen«, sagte er. »Und ich glaube, ich habe da schon eine Idee, was wir machen können.«

»Und was?«

Er lächelte geheimnisvoll. »Warte mal ein bisschen, noch ist es nicht spruchreif.«

Kapitel 9

»Was soll das heißen, Leo kümmert sich nicht? Er hat es doch versprochen!«

Oh nein, das lief total aus dem Ruder. Und das noch vor dem Aufstehen! Ich richtete mich im Bett auf und presste das Telefon ans Ohr.

»Mum, ich habe überhaupt nicht gesagt, dass er sich nicht kümmert«, flüsterte ich, damit Leo unser Gespräch nicht mitbekam. »Ich habe nur gesagt, dass er wenig Zeit hat. Er arbeitet eben viel.«

»Ja, und was machst du?«

Sie klang ungefähr so, als hätte man mich in der Sahara ausgesetzt.

»Wo ist Leo denn?«, fragte sie energisch. »Gib ihn mir doch mal.«

Auch das noch! »Äh, nein, das geht nicht. Er ist gerade im Bad.«

Soweit ich hörte, lag Leo immer noch im Bett und warf in regelmäßigen Abständen irgendwelche Sachen nach seinem

Wecker. Erst wenn alle Bücher, Pantoffeln und Kissen in seiner Reichweite aufgebraucht waren, würde er sich jammernd aus den Federn quälen. Manche Dinge änderten sich eben nie.

»Ich wette, er schläft noch«, sagte Mum trocken. »Aber egal. Fühlst du dich denn wohl? Du kannst jederzeit zurückkommen. Dann verbringen wir die Ferien doch zusammen. Wir wollen ja jetzt erst mal nach New York und dort eine Wohnung suchen. Unser Flug geht morgen Nachmittag. Ich buche dir ein Ticket dazu. Soll ich?«

»Nein!« Das wäre wirklich das Letzte. Ich war ja gerade erst angekommen. Da würde ich nicht gleich alles wieder hinschmeißen. Es gefiel mir ja bei Leo, wirklich. Er hatte nur so wenig Zeit. Ich wünschte, es wäre wie früher, da hatte er noch nicht so viel gearbeitet. Aber das würde ich Mum ganz bestimmt nicht auf die Nase binden.

Zu Hause hatte ich außerdem immer Programm. Ich musste zum Sport, in die Bücherei und hatte natürlich jede Menge Hausaufgaben auf. Außerdem gingen wir ins Museum oder einkaufen oder machten hundert andere Sachen. Irgendwie war ich dort nie so auf mich allein gestellt wie hier. Nur warum hatte mir das ausgerechnet bei Mum rausrutschen müssen? Jetzt musste ich die Sache wieder geradebiegen.

»Es ist alles super«, flötete ich. »Wir haben auch gestern schon einen Ausflug ans Meer gemacht.«

»Großartig.« Jetzt hatte Dad den Hörer übernommen. Als ich seine Stimme hörte, ging es mir gleich besser. »Du bist gerade mal ein paar Tage dort. Und das mit der Kinderrallye klang richtig toll.«

Und wie. Das Beste daran war, dass Fredericks geprellter Knöchel nicht operiert werden musste. Mann, war ich ein Glückspilz! Geistesabwesend fuhr ich mit einem Staubwedel über den Kaktus.

»Gib dir ein bisschen Zeit, Kleines. Leo und du müsst euch sicher erst wieder aneinander gewöhnen«, sagte Dad. »Habe ich dir erzählt, dass wir vielleicht schon eine Wohnung gefunden haben? Sogar mit Dachgarten. Du könntest deine Pflanzensammlung vor der Fensterfront unterbringen.«

Welche Pflanzensammlung? Meinte er den Kaktus? Oder hatte er noch mein Kinderzimmer von früher vor Augen? Ja, da hatte es noch Pflanzen gegeben, aber das war etliche Umzüge her.

»Ich will aber nicht nach New York. Ich will auch nicht mehr umziehen!«

»Ja, Kleines, ich weiß, wir sprechen noch einmal darüber, wie es in Zukunft weitergeht.« Wie immer ließ Dad sich nicht aus der Ruhe bringen. Nur hatten wir doch schon hundertmal über alles geredet. Und was hatte es gebracht? Nichts. Nein, ich musste das hier auf die Reihe bekommen. Leo und ich würden uns schon zusammenraufen. Ich musste ihm einfach wieder beibringen, wie er sich am besten um mich kümmerte.

Ich seufzte und kritzelte

Nach der Eule sehen

Futter finden

Wunschbrunnen anschauen

auf meinen Notizblock. Das würde ich heute ganz bestimmt schaffen.

»Ich muss Schluss machen, Dad. Leo ruft mich zum Frühstück.«

Tatsächlich hörte ich ihn gerade zur Dusche wanken. Besser, ich kochte heute den Haferbrei, sonst würde ich garantiert keinen bekommen, denn Leo musste pünktlich zu einer Besprechung in Redmoor sein.

»Mach's gut, Liebes«, sagte Dad, bevor ihm der Hörer aus der Hand gerissen wurde.

»Und melde dich jederzeit, wenn du etwas brauchst.« Das war Mum. »Soll ich nicht doch noch mal mit Leo sprechen?«

»Nein! Bis dann.«

Puh, das war geschafft. Mum würde heute Abend nicht auf der Matte stehen und mich wieder abholen wollen. Am besten schickte ich ihr später noch ein paar tolle Fotos von Leo und mir. Ich musste ihn nur so lange an einer Stelle festnageln, dass ich die Kamera benutzen konnte. Falls das nicht klappte, blieb mir immer noch eine Fotomontage.

Nach dem Frühstück fuhren wir direkt nach Redmoor. Leo verabschiedete sich ins Büro und ich machte mich auf den Weg zum Wunschbrunnen. Nach einem kurzen Blick auf den Plan fand ich ihn auf Anhieb. Allerdings hätte ich mir die Mühe sparen können. Das sollte ein Wunschbrunnen sein? Den hatte ich mir aber wirklich spektakulärer vorgestellt.

Er war ziemlich klein und der Rand oben war schon ganz bröckelig. Ich beugte mich vor und warf einen Blick über den Rand. Pechschwarz war es da unten und es roch ein wenig modrig.

Im nächsten Moment hörte ich ein Flügelschlagen und schon landete eine Krähe neben mir auf dem Brunnenrand. Ich wich ein Stück zurück. War das etwa schon wieder die Krähe von neulich?

Sie musterte mich aus ihren kleinen Augen. Wollte sie etwas von mir?

»Also, ich will jedenfalls nichts von dir«, sagte ich laut und beschloss, mich einfach nicht weiter um die Krähe zu kümmern. Ich hob einen Stein auf und umrundete den Brunnen, sodass ich dem Vogel jetzt gegenüberstand. Ich warf den Stein ins Wasser und lauschte. Nach einigen Sekunden hörte ich ein leises Platschen.

Hinter mir raschelte es und plötzlich tauchte Paul auf. Okay, jetzt war es klar, die Krähe gehörte ganz bestimmt zu ihm.

Er grinste schief, als er mich sah. »Hey.«

»Hey.« Ich wies auf die Krähe. »Fliegt sie dir nach?«

»Manchmal. Aber meistens hat sie Besseres zu tun.«

Er holte einige Walnusskerne aus der Hosentasche und warf einen hoch. Die Krähe stürzte sich darauf und fing ihn in der Luft auf. Danach setzte sie sich auf den Brunnenrand und krächzte.

»Wo du gerade da bist, kann ich dich gleich mal etwas fragen.« Ich holte meine Lieblingspostkarte aus der Tasche. »Kennst du den Baum hier?«

»Klar, der ist ganz in der Nähe. Soll ich ihn dir zeigen?«

»Das wäre super.«

»Eine Hand wäscht die andere.« Er grinste wieder. »Du hast gestern ja auch meine Bretter vor dem Absaufen gerettet.«

Im Gehen legte er sich eine Nuss auf den Kopf. Schon sauste die Krähe los und griff sich ihre Beute.

»Wie hast du ihr das denn beigebracht?«

»Mit vielen Nüssen und Kratzern. Willst du auch mal?« Er hielt mir die Nüsse hin.

Ich hob abwehrend die Hände. »Nee, lieber nicht.«

Wir umrundeten einen großen Rhododendron, hinter dem ein schmaler Weg über eine Blumenwiese führte.

»Mensch, schon wieder ein neuer Weg! Kennst du hier eigentlich alle Schleichpfade?«

»So ziemlich. Aber keine Sorge, warte noch ein paar Wochen, und dann geht es dir genauso. Das heißt ...« Er machte eine Pause.

»Hm?«

»Na, wenn du überhaupt noch so lange da bist. Die Ferien sind ja irgendwann zu Ende. Und dann bist du wohl weg.«

Mir wurde plötzlich kalt, obwohl wir mitten im Sonnenschein liefen. Wenn alles schiefging, dann stimmte, was er sagte. Dann würde ich in wenigen Wochen sonstwo auf diesem Planeten sein, aber ganz sicher nicht hier in Redmoor. »Keine Sorge, so schnell geht das nicht. Vorerst kannst du noch mit mir rechnen.« Ich drängte mich an ihm vorbei. »Du kannst jetzt wieder gehen, die Weide ist ja schon da vorn.«

Mitten auf der Wiese stand die Trauerweide. So schnell ich konnte, marschierte ich auf sie zu. Bloß weg hier von diesem Idioten.

»Gern geschehen!«, rief er hinter mir her, doch ich ignorierte ihn. Anscheinend konnte er es kaum erwarten, bis er mich wieder loswurde. Und vor allem: bis er Leo wieder für sich allein hatte. Von wegen! So schnell würde ich nicht aufgeben!

Die Weide war genauso schön wie auf der Postkarte, nein, noch hübscher, denn jetzt war ja alles in Farbe. Mit den langen, biegsamen Zweigen sah sie aus wie eines dieser Viecher aus der Muppetshow. Die hatte ich früher immer mit Leo geguckt. Er stand total auf dieses altmodische Zeug.

Ich kroch unter die Zweige und saß darin wie in einem Zelt. Das Sonnenlicht schimmerte zwischen den silbergrünen Blättern hindurch. In einem Feenpalast konnte es nicht schöner sein.

Endlich Ruhe! Von Paul hatte ich erst einmal die Nase voll. Ob er schon weg war?

Als Antwort kam nur das Krächzen der Krähe.

Kapitel 10

Am frühen Abend holte ich Leo im Büro ab und wir schlenderten schweigend zum Parkplatz.

»Hattest du es schön heute?«, fragte Leo, während er sich ins Auto faltete. Es war mir jedes Mal ein Rätsel, wie er seinen 1,90 Meter langen Körper in dem winzigen Sportwagen unterbrachte.

Ich überlegte kurz. »Ja, eigentlich schon«, erwiderte ich, selbst ein wenig überrascht. Ich hatte sogar die drei Sachen auf meinem Block abgehakt und das kam sonst ungefähr nur einmal im Jahr vor.

Zuerst hatte ich eine halbe Ewigkeit unter der Weide gesessen. Es war einfach fantastisch da, nirgendwo im Garten hatte ich mich bisher so geborgen gefühlt wie dort.

Den Rest des Tages hatte ich anschließend damit verbracht, ein paar Insekten für die Eule heranzuschaffen. Dafür hatte ich eine richtig gute Quelle gefunden. Ich hob einfach alle Blumentöpfe an und schob mit einem zusammengefalteten Blatt Papier die Kellerasseln darunter in eine Schale. Solange ich da war, fraß die Eule zwar nichts, doch sie ließ ihre Mahlzeiten hoffentlich nicht davonkriechen. Aber merkwürdig war es schon, dass sie so ganz allein war. Brauchte sie ihre Eltern nicht mehr? Wie versorgte sie sich bloß? Hoffentlich bekam sie wirklich genug zu fressen!

Auf jeden Fall hatte ich nun von der ganzen Schufterei einen Bärenhunger.

»Halten wir beim Asia Imbiss?«

Leo lächelte verschmitzt. »Heute gibt es etwas Selbstgekochtes. Wir sind zum Essen eingeladen.«

»Wo denn?«

»Überraschung.« Leo grinste breiter. Sosehr ich auch bohrte, mehr bekam ich nicht aus ihm heraus.

Leo nahm nicht die Straße Richtung Sheddington Hall, sondern bog kurz hinter Redmoor in einen Feldweg ein.

Hagebuttenhecken wechselten sich mit vermoosten Steinmauern ab, und der Weg war so schmal, dass zwei Autos unmöglich aneinander vorbeigepasst hätten.

Kurz darauf erreichten wir ein Dorf, na ja, eigentlich schien es mehr eine Ansammlung von Häusern zu sein, die sich allesamt um eine Kirche duckten. Manche waren schick herausgeputzt, aber die meisten hatten schon deutlich bessere Zeiten gesehen. Dasselbe ließ sich von den paar Bewohnern sagen, denen wir unterwegs begegneten. Die Straße machte einen Bogen und kurz darauf hielt Leo in einer Parkbucht.

»Von hier aus gehen wir zu Fuß«, sagte er und stieg aus. Wir waren in einer Sackgasse gelandet.

Ich atmete tief ein. Das Meer musste nah sein, die Luft war

ganz salzig, und ein Stück entfernt hörte ich ein Rauschen – Wellen, die an die Küste schlugen.

Leo öffnete ein Gatter und hielt es mir auf.

Wir schlenderten weiter, bis nach einer Biegung ein kleines Cottage auftauchte.

Ich strich mir die Haare aus dem Gesicht. Die schiefergrauen Dachschindeln waren schon ziemlich hinüber. Auch die blauen Fenster und die Tür mit dem roten Briefkasten daneben hätten sich bestimmt über einen frischen Anstrich gefreut. Rund um das Haus wogten hohe Gräser wie ein gelbgrünes Meer im Wind. Wie es wohl wäre, hier zu wohnen?

Ein Löwe aus Eisen hielt den Türklopfer in seinem aufgerissenen Maul. Leo hämmerte gegen das Holz, und im nächsten Moment wurde auch schon die Tür geöffnet – vor uns stand Paul.

Er grinste begeistert, als er Leo sah. »Komm rein.«

Mir nickte er kurz zu, doch unsere Begegnung vorhin bei der Wunschweide erwähnte er mit keinem Wort. Ich seufzte. Da hatte Leo sich ja etwas richtig Tolles einfallen lassen. Von allen Leuten mussten wir ausgerechnet den Abend bei Paul verbringen.

Bereits im Flur duftete es nach Feuerholz und Gewürzen.

»Oma hat Pasteten gemacht«, eröffnete uns Paul. »Das ist ihre Spezialität.«

Von außen wirkte das Haus alt und dunkel, doch innen war es erstaunlich hell. Die Abendsonne beleuchtete die schlichten weißen Holzmöbel und die Regale mit den vielen Büchern. Überall gab es etwas anzugucken, getöpferte Schalen, hübsche Figuren und kleine Stücke poliertes Treibholz. Alles war liebevoll arrangiert, nicht so ein chaotisches Sammelsurium wie bei Leo. Es war urgemütlich, was sicher daran lag, dass das Haus schon ewig bewohnt wurde. Bestimmt hatte sich hier jede Menge abgespielt: Leute hatten gelacht, miteinander gefeiert und auch gestritten. Plötzlich musste ich an die Jahresringe in einer Baumscheibe denken. Vielleicht waren das Haus und alles darin ja auch im Laufe der Jahre gewachsen, Schicht um Schicht – ganz anders als die Apartments, in denen wir immer lebten.

»Schön, dass ihr so spontan gekommen seid.« May umarmte Leo, reichte mir die Hand und lächelte.

»Wir essen unten, es ist ja noch warm«, sagte sie und wies auf zwei Tabletts auf dem Esstisch. Sie waren mit schlichtem blauem Geschirr und abgedeckten Schalen beladen, unter denen ein köstlicher Duft hervorzog.

»Das ist ja ein richtiges Festessen.« Leo rollte mit den Augen. Ich kicherte, denn neben Schlafen war Essen sein liebstes Hobby, auch wenn das wegen seiner Arbeit momentan entschieden zu kurz kam.

»Das ist ja wohl das mindeste«, erwiderte May. »Schließlich hast du Pauls Baumhaus gerettet.«

Oh nein, hoffentlich ging es nicht gleich noch um Fredericks Unfall!

»Ach was, du übertreibst«, sagte Leo und griff nach dem einen Tablett. Offensichtlich war er nicht zum ersten Mal hier. Für die Dauer eines Herzschlags fühlte ich mich ausgeschlossen.

»Ich habe doch nur gesagt, wie ich darüber denke«, fuhr er fort und deutete auf die zwei Wasserflaschen. Aha, das war also mein Part.

»Ja, aber die Idee mit den Flatterbändern kam auch von dir«, sagte May und nahm das zweite Tablett. »In dem Teil des Gartens haben schon wir als Kinder gespielt. Es wäre so schade, wenn das nicht mehr möglich wäre.«

Sie wandte sich an Paul. »Ob du es glaubst oder nicht, selbst dein Vater ist mit seinen Freunden durch Redmoor gezogen.«

Paul schwieg. Seltsam, warum sagte er denn nichts dazu?

»Verbringst du die Ferien eigentlich immer bei deiner Oma?«, fragte ich und folgte den anderen durch die Terrassentür.

Paul antwortete nicht sofort, und auch May und Leo verloren kein Wort. Huch, war ich mal wieder in ein Fettnäpfchen getappt? Das war eine meiner Spezialitäten.

»Nein, wieso?«, fragte Paul schnippisch. »Ich wohne bei meiner Großmutter. Ist das verboten?«

»Paul, das war nur eine Frage«, sagte May beschwichtigend und wandte sich an mich. »Paul lebt seit einigen Jahren bei mir. Mein Sohn Christopher ist beruflich oft unterwegs.«

»Er hüpft aber nicht wie deine Eltern von einem Büro zum nächsten«, sagte Paul. »Mein Vater arbeitet auf einer Ölplattform draußen auf der Nordsee.«

Moment mal, wieso wusste er von meinen Eltern? Was hatte Leo ihm sonst noch über uns erzählt?

Ich trat hinter den anderen auf die Terrasse. Sofort schlug mir ein kräftiger Wind entgegen. Aber die Aussicht war gigantisch! Nur wenige Schritte weiter toste die Gischt unter uns.

Einige Meter hinter der Terrasse führte eine unbehauene Treppe hinunter zum Meer. Jetzt erst wurde mir klar, dass das Haus ganz nah an einer Klippe lag.

Es ging steil nach unten und über mir ragten die schwarzen Felswände auf. So ähnlich musste es in einem Schornstein sein.

Ich klemmte mir die Flaschen unter den einen Arm und fuhr mit der anderen Hand über die Flechten an der Wand. Sie leuchteten knallgelb auf dem schwarzen Felsen.

Je tiefer ich stieg, umso mehr roch es nach Algen, und die Luft wurde feuchter. Ich fröstelte, denn ganz unten war die Sommerwärme verflogen, und eine kühle Brise wehte mir unaufhörlich entgegen. Die anderen waren schon vorausgegangen, und so blieb ich unschlüssig stehen, als ich den Strand erreicht hatte. Vor mir war ein Streifen Kies und dann schlugen schon die Wellen an das schmale Ufer. Wo sollten wir denn essen?

»Ruby, wir sind hier.«

Ich schnappte nach Luft. Einige Meter weiter formte sich aus dem Felsen eine breite Steinplatte, die ein Stück aufs Meer ging – es war wie eine natürliche Terrasse. Darauf stand ein himmelblauer Tisch mit einigen blauen und violetten Stühlen. Im Gegensatz zu den dunklen Felsen und dem Kiesstrand fiel hier die Abendsonne direkt auf die Steinterrasse. Wahnsinn! Was für ein toller Platz, um zu essen!

May verteilte bereits die Teller, auf denen sich die Pasteten türmten.

»Habt ihr schon von Carls neuester Idee gehört?«, fragte Leo belustigt. May zog die Augenbrauen hoch, während Paul den Kopf schüttelte und sich tief über seinen Teller beugte.

»Nein, was ist es?«, fragte ich neugierig.

»Er möchte ein weiteres Café bauen«, verkündete Leo. »Und zwar im Ananasgewächshaus.«

»Echt?« Paul prustete los. »Das ist ja noch eine halbe Baustelle.«

»Es soll alles neu werden.« Leo grinste. »Er will irgendwelche Spa-Getränke servieren, Health-Food und so weiter.«

»Hat er mit Bobby gesprochen?«, fragte May schmunzelnd.

Ich hätte ja gern mitgelacht, aber was war daran so lustig? Ich seufzte leise.

Es war wie früher in der Schule. Alle amüsierten sich und ich war mal wieder außen vor.

May wandte sich an mich. »Hast du sie schon kennengelernt?«

Ich nickte. »Ganz kurz im Zug und danach in Leos Büro.«

»Charlene Bobbington ist Nicolas beste Freundin«, verriet May. »Eine tolle Frau, aber auch ein bisschen … speziell. Ihr gehört der Kosmetiksalon im Ort. Wir haben einen Bäcker, einen Mini-Supermarkt und Bobbys Beauty Booster.«

»Das wäre bestimmt etwas für Mum. Sie steht doch auf so Schönheitssalons.«

»Die beiden würden sich blendend verstehen«, stimmte Leo mir zu.

Da war ich mir allerdings nicht so sicher. Mum wusste immer genau, was für alle das Beste war, und das musste sie den Leuten auch auf die Nase binden. Doch Bobby war bestimmt nicht der Typ, der sich gern reinreden ließ.

»Also eigentlich finde ich die Idee nicht schlecht«, sagte ich nachdenklich.

»Was? Dass wir Melissa mit Bobby bekannt machen?«, fragte Leo.

»Nein, ich meine Carls Idee. Die mit den Fitnessgetränken«, sagte ich. Oh, oh, das brachte mir wohl keine Pluspunkte bei Paul ein. Seine Augenbrauen zogen sich zu einem Balken zusammen.

»In London ist so etwas voll hip. So was mögen die Leute! Immer nur Kaffee oder Tee ist doch langweilig.«

»Und wer soll das bezahlen?«, fragte Paul. »Zwölf Pfund für ein Glas Fruchtsaft? So was geben nur hohle Großstädter aus.«

»Unsinn«, sagte ich entrüstet. »Ich glaube, das ist eine echte Marktlücke.«

»Carl glaubt das auch.« Leo schaufelte sich noch etwas von der Zucchini-Pilz-Pastete auf den Teller.

»So ein Quatsch«, schimpfte Paul. »Er will Redmoor in einen Freizeitpark verwandeln. Das hat doch nichts mehr mit dem ursprünglichen Garten zu tun.«

»Was ist so schlimm an einem Freizeitpark?«, konterte ich.

Paul sah mich verächtlich an. »Die Frage war ja klar«, murmelte er.

»So weit ist es nun wirklich nicht«, mischte sich May ein. »Carl will Nicola nur helfen, das ist großartig. Er arbeitet genauso hart wie wir alle. Und ich finde seine neueste Idee ziemlich gut. Das bringt ein bisschen Schwung nach Redmoor.«

»Darauf verzichte ich gern«, regte sich Paul auf. »Jahrelang war hier alles Wildnis und plötzlich kommt dieser Schnösel her und krempelt alles um.«

»Also, so nehme ich das überhaupt nicht wahr. Carl liegt das Anwesen eben sehr am Herzen«, widersprach May. »Obwohl der Besitz allein Nicola gehört.« Sie sah mich an. »Weißt du etwas über die Geschichte von Redmoor?«

»Nicht viel«, erwiderte ich.

May füllte sich noch etwas Salat auf. »Jahrhundertelang wurde Redmoor von der Familie Treddington bewirtschaftet, doch vor einigen Jahrzehnten verwilderte der Besitz immer mehr.«

»Warum denn?«

»Es fehlte schlicht an Geld und dann starb auch noch der einzige vermögende Haupterbe. Der Garten schrumpfte, bis Nicola vor einigen Jahren alles erbte.«

»Ich habe mir Fotos von damals angeguckt. Du kannst dir nicht vorstellen, wie es hier war«, sagte Leo. »Überall hatten sich Efeu und Dornengestrüpp ausgebreitet. Aus Redmoor war wirklich eine richtige Wildnis geworden, denn die Natur hatte sich fast alles zurückerobert.«

Oh doch, das konnte ich mir nur allzu gut vorstellen, schon allein, wenn ich an das Unkrautzupfen vor dem Büro dachte.

May nickte. »Kaum jemand hat noch gewusst, was für Schätze sich in Redmoor verbergen. Es gab ja so viele besondere Orte und Pflanzen. Doch dann ist Nicola gekommen und hat einiges wieder freigelegt. Natürlich nicht allein. So viele Menschen aus der Umgebung haben dabei geholfen. Es ist wunderbar, wie es nun wieder aussieht. Die ganzen Blumen locken so viele Tiere und vor allem Insekten an.«

»Und jede Menge Leute, die herumtrampeln und alles kaputt machen«, brummte Paul.

Leo lachte. »Na ja, ganz so ist es nicht. Außerdem brauchen wir die Besucher. Weder Nicola noch sonst jemand von uns hat genug Geld, um Redmoor zu restaurieren. Außerdem muss der Garten auf Dauer erhalten werden. Er ist ja auch für die Menschen da, sonst könnten wir alles gleich in ein Naturschutzgebiet verwandeln.« Er fuhr sich durchs Haar und zerzauste es dabei noch mehr, als es ohnehin schon war.

»Ja, aber wenn Carl einen Erlebnispark aus Redmoor macht, zerstört er alles.« Paul beharrte auf seiner Meinung. Wie konnte man nur so stur sein? Jetzt verstand ich auch Leos Job besser. Er musste sich also spannende Veranstaltungen wie die Kinderrallye ausdenken, damit sich möglichst viele Leute den Garten ansahen. Und wenn er keinen Erfolg damit hatte, wäre er wahrscheinlich seinen Job los. Denn ohne Einnahmen konnte Nicola ihn natürlich nicht bezahlen. Kein Wunder, dass er so unter Druck stand. So wild und groß wie Redmoor war, musste noch eine Menge Geld und Arbeit hineingesteckt werden.

Wir saßen noch lange zusammen, bis die Sonne irgendwann unterging. Schnell wurde es so kühl, dass wir ins Haus umziehen mussten.

May und Leo kümmerten sich um den Abwasch und Paul verschwand im Flur.

»Ruby, du brauchst hier nicht bei uns herumzustehen, geh ruhig nach oben, Pauls Zimmer ist im ersten Stock direkt gegenüber der Treppe«, sagte May und nickte Richtung Zimmerdecke. »Er hat auch ein Fotoalbum mit alten Bildern aus Redmoor, das interessiert dich vielleicht.«

Oh ja, allerdings. Aber ob ich bei Paul willkommen war? Nach der Diskussion am Anfang war es noch richtig lustig geworden, doch mit seinen wechselnden Launen kam ich wirklich nicht mit und ich war immer noch sauer wegen seines Spruchs bei der Weide. Dennoch – das Album wollte ich sehen, also ließ ich es auf einen Versuch ankommen. Was sollte ich auch sonst mit mir anfangen? Auf Strümpfen schlurfte ich die glatt polierte Holztreppe nach oben und klopfte an die angelehnte Tür.

»Komm rein«, hörte ich Pauls Stimme.

Vorsichtig schob ich die Tür auf. Sein Zimmer war ganz anders, als ich es mir vorgestellt hatte. Bücher um Bücher reihten sich an den Wänden. Dazwischen gab es Zeitschriften, eine Angel, ein Mikroskop, Werkzeuge und noch einiger anderer Krimskrams.

Ich hatte Spielekonsolen erwartet und einen riesigen Flachbildschirm, so wie bei allen anderen Jungen in unserem Alter, aber es dauerte mehrere Minuten, bis ich auf seinem Nachttisch den kleinen Laptop entdeckt hatte.

Paul lag auf dem Boden und bastelte an irgendeinem Holzding herum.

»Was wird das denn?«

»Eine Futterstation für Eichhörnchen.«

»Oh, wozu brauchen sie die denn? Legen die sich nicht ihre Nussvorräte selbst an?«

Paul schnaufte. »Klar, aber so kann ich sie besser beobachten. Ich will sie am Baumhaus anbringen.«

Er hämmerte auf einem Holzbrett herum. Wie da eine Futterstation draus werden sollte, war mir schleierhaft. Außerdem war das Ding so riesig, dass es für eine ganze Horde Eichhörnchen gereicht hätte. Ich wanderte durchs Zimmer und schaute mir die Poster an, auf denen Surfer riesige Wellen meisterten.

Auf einem Foto über seinem Bett stillte eine Frau ein Baby. Sie hatte die gleichen blonden Haare wie Paul.

»Meine Mutter«, sagte er knapp, als er meinen neugierigen Blick bemerkte.

»Oh, wo ist sie denn? Auch unterwegs wie dein Vater?«

Paul presste die Lippen zusammen. Er antwortete nicht, sondern drückte mir nur ein Stück Holz in die Hand. Was war denn jetzt schon wieder los?

»Kannst du das mal festhalten? Dann kann ich die beiden Teile verbinden.«

»Aber pass auf, wo du mit dem Hammer hinhaust.«

»Wieso, brauchst du deine Finger noch?« Paul trug auf eine Kante eine Schicht Leim auf, dann presste er zwei Holzbretter zusammen.

»Hier festhalten.«

Ich schnitt eine Grimasse und versuchte, nicht zu zucken, als der Hammer auf das Holz dröhnte.

»Danke, jetzt muss es erst mal trocknen.«

Nun konnte ich ihn nach dem Album fragen. »May meinte, du hättest alte Fotos von Redmoor.«

Etwas widerwillig kramte er in seiner Schreibtischschublade, holte das Album heraus und warf es auf sein Bett.

Ich schlug es sofort auf. Ein Schwarz-Weiß-Foto nahm die erste Seite ein. Darauf war das Herrenhaus von Redmoor abgebildet. Ein alter Mann stand zwischen den Säulen am Eingang und starrte herausfordernd in die Kamera. Etwas an ihm kam mir bekannt vor, dann konnte ich das volle Haar und die markanten Augenbrauen zuordnen. Bestimmt war das einer von Nicolas Vorfahren. Um ihn herum waren weitere Personen, die meisten in Uniform oder Arbeitskleidung. Ganz hinten rechts bei den Gärtnern stand eine junge Frau.

Paul tippte auf sie: »Das ist meine Uroma.«

»Ach, das ist schon so lange her?«

»Die Mutter von May war die erste Gärtnerin dort«, erzählte Paul. Der Stolz in seiner Stimme war nicht zu überhören. »Später ist sie sogar zur Obergärtnerin aufgestiegen. Das kam damals richtig selten vor.«

»Das ist wirklich toll. Und nach ihr hat May in Redmoor gearbeitet?«

Er nickte. »Da war der Garten aber schon viel kleiner.«

»Warum ist er überhaupt zugewachsen?«

»Weil kaum noch Geld da war«, antwortete er. »Sie haben den Garten immer wieder verkleinert, aber trotzdem reichten die finanziellen Mittel nicht aus, um die Gärtner zu bezahlen.«

»Wie traurig!«

»Oma hat irgendwann als Letzte noch für die Treddingtons gearbeitet und das für einen Hungerlohn«, fuhr Paul fort. »Aber schließlich war überhaupt kein Geld mehr da und Oma musste sich eine andere Stelle suchen. Erst seitdem Nicola Redmoor geerbt hat, hat sich alles geändert.«

Das war wirklich spannend. Redmoor war also in einen richtigen Dornröschenschlaf gefallen. Und nun erwachte der Garten wieder – und ich konnte dabei sein! Paul, Leo, May, Nicola und auch Carl arbeiteten alle für ein gemeinsames Ziel. Redmoor sollte wieder auferstehen, der Garten sollte wieder so strahlend schön wie früher werden. In diesem Moment hatte ich nur einen Wunsch. Ich wollte unbedingt dazugehören.

Kapitel 11

Diesmal erreichte ich die Lichtung mit dem Baumhaus auf Anhieb. Na also, ein paar Tage noch und ich würde mich hier im Schlaf zurechtfinden.

Ich überquerte die Wiese und schlüpfte ins Unterholz. Ein Stück hinter der Baumkönigin saß die Eule noch in ihrem Gestrüpp. Sie hatte zum Glück auch diese Nacht überstanden. Allerdings hockte sie noch genauso da, wie ich sie zuletzt verlassen hatte. Vielleicht sah sie sogar noch einen Hauch zerrupfter aus. Seltsam! Konnte sie denn gar nicht fliegen? Ich kniete mich vor sie hin und hob die Hand, ließ sie aber gleich wieder sinken, denn bestimmt mochte sie Streicheleinheiten immer noch nicht.

Es fühlte sich seltsam an, immer nur Eule zu sagen. Aber war es ein Mädchen oder ein Junge? Ein Junge, entschied ich spontan. Sollte ich ihm vielleicht einen Namen geben?

»Hm, ich finde, Spencer würde gut zu dir passen. Wenn du nichts dagegen hast, nenne ich dich jetzt so.«

Die Regenwürmer waren verschwunden. Aber ob in Spencers Bauch oder einfach in der Erde, konnte ich nicht sagen.

Eine Wolke schob sich vor die Morgensonne. Ich sah mich um. Hier verirrte sich wirklich niemand hin, aber trotzdem fühlte ich mich immerzu beobachtet. Und dazu war es auch noch so verflixt unübersichtlich.

Spencer raschelte in einem Häufchen Laub herum. Für ein Baby war er schon ganz schön groß. Ob er vielleicht doch schon ausgewachsen war? Er reichte mir fast bis ans Knie, so wie die Krähe gestern. Aber trotzdem wirkte er so hilflos, wie er auf dem Boden umherhüpfte. Wenn ich nichts unternahm, würde er bestimmt nicht lange überleben. Außerdem brauchte er unbedingt einen besseren Platz. Hier hatte er kaum eine Überlebenschance, denn das nächste größere Raubtier schnappte ihn sich bestimmt. Seine Eltern hatten ihn sicher verlassen, sonst würde er ja nicht hier allein auf dem Boden sitzen.

Plötzlich hatte ich die ideale Stelle vor Augen. Mitten im Garten, aber dennoch abgeschieden genug, dass uns niemand stören würde. Früher hätte ich bestimmt sofort Leo von der Eule erzählt, doch momentan hatte er sowieso kaum Zeit, um mir zu helfen. Da konnte Spencer auch ebenso gut mein Geheimnis bleiben, auch wenn ich mich dabei ein winziges bisschen unwohl fühlte. Schließlich hatte ich Leo noch nie etwas Wichtiges verschwiegen.

Ich hob die Hände und wollte ihn auf den Arm nehmen, doch er wich zurück und sperrte drohend den Schnabel auf. Wenn ich mir nicht noch einmal die Hand zerhacken lassen wollte, brauchte ich zuerst etwas für den Transport.

Eine Viertelstunde später schob ich mich um die Ecke des Ananasgewächshauses. In dem Schuppen neben dem Gewächshaus lagerte jede Menge Gartenkrempel. Hier hatten wir das Zeug für den Arbeitseinsatz vor dem Büro geholt.

Zuerst brauchte ich Handschuhe und am besten eine Kiste oder einen Eimer, in dem ich Spencer transportieren konnte.

»Wenn das so weitergeht, ist es vorbei, bevor es richtig angefangen hat.«

Ich duckte mich hinter einer Regentonne. Vor dem Schuppen stand Nicola und unterhielt sich mit einem Gärtner.

»Jetzt warten wir erst einmal ab«, sagte sie. »Wir haben doch gerade erst angefangen.«

Der Gärtner wies auf die kaputte Scheibe im Gewächshaus. »An allen Ecken und Enden müsste was gemacht werden, doch dafür fehlt das Geld.«

Nicola seufzte. »Das ist wirklich ein Problem. Wir brauchen dringend zusätzliche finanzielle Unterstützung. Morgen habe ich wieder einen Termin bei der Bank, da ergibt sich bestimmt etwas.«

Der Gärtner nickte bedächtig. »Und die kaputte Scheibe?«

»Um die kümmern wir uns ganz bald, aber momentan kann ich den Glaser nicht beauftragen.« Nicola hob die Hände. »Also gut, machen wir erst mal im Kräutergarten weiter.«

Die beiden verschwanden um die Ecke. Jetzt oder nie! Rasch überquerte ich den Vorplatz und huschte zum Schuppen. Die Tür war zwar nicht abgeschlossen, aber ich bekam sie trotzdem nicht auf. Sosehr ich auch daran rüttelte, das Ding klemmte.

»Kann ich dir weiterhelfen?«

Der Gärtner war zurückgekommen. Seine borstigen Haare waren von grauen Strähnen durchzogen, ebenso wie sein struppiger Vollbart, der jeden Zwerg neidisch gemacht hätte. Misstrauisch sah er mich an, was ich ihm nicht verdenken konnte. Einen guten Eindruck hatte ich nicht gemacht, aber das musste ich eben jetzt wieder glattbügeln.

Ich knipste ein strahlendes Lächeln an und ging zum Angriff über.

»Hallo, wir haben uns noch gar nicht kennengelernt.« Ich griff seine Pranke und schüttelte sie kräftig.

»Ich bin Leos Nichte Ruby.«

Der Gärtner reagierte nicht, sondern blickte nur auf seine Hand, als stecke diese gerade im Maul einer geifernden Hyäne. Vielleicht ließ ich jetzt besser los.

»Leo arbeitet vorn im Büro«, erklärte ich. »Er macht die Pressearbeit für Nicola Treddington.«

Seine Miene hellte sich auf, allerdings nur um eine Nuance. Anstatt einer stürmischen Gewitternacht waren wir nun bei einem wolkenverhangenen Abend angelangt.

»Leo schickt mich. Ich … äh … er möchte einen Karton, äh,

eine Kiste. Zum Transportieren.« Jetzt geriet ich doch ein wenig ins Stottern. Das konnte ich doch besser! »Er braucht eine Kiste und meinte, hier würde ich sie finden.« Ich rüttelte wieder auffordernd an der Türklinke. »Ob Sie mich wohl in den Schuppen lassen könnten?«

»Hm.« Dann sagte er eine Weile nichts. Es sah aus, als kämen wir nicht weiter, aber dann rührte sich doch etwas.

»Das nächste Mal sagst du vorher Bescheid«, knurrte er und drückte die Türklinke herunter, die mit einem Mal ganz leicht aufschwang. »Hier laufen alle möglichen Leute herum. Da soll sich nicht jeder an unseren Gartengeräten bedienen.«

»Ist klar«, erwiderte ich brav, betrat den Schuppen und drehte mich um. »Vielen Dank. Ich ziehe die Tür dann einfach hinter mir zu, wenn ich gehe, in Ordnung? Sie wollen ja sicher wieder an Ihre Arbeit?«

Der Gartenzwerg räusperte sich. »Das ist richtig. Aber bring nichts durcheinander«, schärfte er mir ein. »Und schließ die Tür ordentlich hinter dir, wenn du gehst. Und nicht an die Behälter mit den Totenköpfen gehen, klar?«

Ich nickte. Natürlich, ich war doch kein Kleinkind.

Sobald er verschwunden war, sah ich mich um. Die Holzregale schienen uralt zu sein, aber sie waren sauberer als die Bücherregale in Leos Wohnzimmer. Auf den Brettern stapelten sich Blumentöpfe, Siebe, Trichter, Messer und alle möglichen Werkzeuge. Sie erinnerten mich an Folterinstrumente, aber wahrscheinlich traktierte man mit dem Zeug nur irgendwelche Pflanzen. An dem kaputten Plastikeimer in der Ecke konnte Spencer sich verletzen, doch unter einem Tisch fand ich eine Holzkiste und ein Paar extradicker Handschuhe – genau das, was ich brauchte.

Spencer wich zurück, als ich die eingepackten Hände nach ihm ausstreckte. Er zappelte und wehrte sich, als ich ihn ergriff. Und noch bevor ich reagieren konnte, schlitzte er mir mit seinen Krallen die zwei Zentimeter meines Unterarms auf, die der Handschuh nicht bedeckte. Ich biss die Zähne zusammen und steckte ihn in die Kiste. Dort hockte er wie erstarrt. Hoffentlich war das alles so richtig. Ganz sicher war ich mir nicht, aber was hatte ich für eine Wahl? Ich konnte ihn doch nicht hierlassen.

»Jetzt bekommst du ein feines Zuhause«, raunte ich ihm zu.

Spencer wirkte nicht überzeugt. Es wurde auch nicht besser, als ich losmarschierte.

Fauchend wackelte er von einer Seite der Kiste zur anderen. Bestimmt hasste er es, dass er jetzt so durchgeschüttelt wurde, aber ich konnte es ja nicht ändern.

Auf dem Hauptweg war eine Reisegruppe unterwegs. Das auch noch! Denen wollte ich Spencer nicht präsentieren, also machte ich einen Umweg durch den Dschungel. An der Hängebrücke klemmte ich mir die Kiste unter den Arm und stellte mich dem schwankenden Ding. Mir wurde schlecht, als ich nach unten sah. Ich wollte lieber nicht wissen, wie tief es hier hinunterging. Herausfinden konnte ich es sowieso nicht, selbst wenn ich gewollt hätte, denn der ganze Boden war mit hohen Farnen bedeckt. Ich umklammerte Spencers Kiste fester. Hauptsache, er fiel nicht heraus! Meter für Meter hangelte ich mich voran, bis ich die Hängebrücke endlich bewältigt hatte. Von hier aus war es nur ein Katzensprung bis zu den Hängematten-Bäumen oberhalb des Tals, wo ich bei der Rallye mit den Orgelpfeifen gestrandet war.

Mit letzter Kraft schlurfte ich durch die dicke Laubschicht.

Meine Arme waren so lahm, dass sie zitterten. Spencer war ganz schön schwer auf die Dauer!

Ich stellte die Kiste mit ihm ab und sah mich um. Die Blätter an den Bäumen waren riesig und die Äste reichten bis zum Boden. Darunter konnte sich Spencer gut verstecken und außerdem kam ich hier auch viel schneller hin als an seinen alten Platz.

»Jetzt kann ich mich viel besser um dich kümmern«, versprach ich. Spencer rutschte unruhig von einer Ecke der Kiste in die andere.

Ich stellte sie direkt unter einen Baumstamm und holte ihn heraus. Besonders glücklich sah er nun auch nicht aus, aber bestimmt würde er sich schnell einleben. Jetzt brauchte er nur noch etwas zu trinken. Davon gab es zum Glück genug, denn gleich um die Ecke war der Wunschbrunnen.

Es war einfach perfekt. Spencer hatte es trocken und gemütlich und war in Sicherheit.

Ich legte mich auf den Bauch und stützte den Kopf auf die Hände. Spencer hüpfte durchs Laub. Er steuerte einen Ast an, der nur eine Handbreit über dem Boden hing. Ob er da raufwollte? Nein, er setzte sich nur direkt davor und plusterte die Federn auf. Ich kicherte. »Du siehst einfach süß aus!« Er schaute mich aus seinen dunklen Augen an. Was er jetzt wohl dachte?

Kapitel 12

Eine mattgelbe Mondsichel hing über den Baumwipfeln. Ich konnte den Weg vor mir gerade noch ohne Taschenlampe erkennen. Trotzdem überlief mich eine Gänsehaut, als wir am Pavillon vorbeikamen. Wer wusste schon, was da jetzt im Finsteren alles lauerte? Zum Glück ging Leo direkt vor mir. Mein ganzes Leben hatte ich in Städten verbracht, dort wurde es nie richtig dunkel. Ob ich mich an die Schwärze hier jemals gewöhnen würde?

»Findest du auch wieder zurück?«, fragte ich sicherheitshalber nach einer Weile.

Leo lachte. »Keine Bange, ich kenne mich aus.« Er wies auf einen dunklen Fleck. »Guck mal, das ist der Wunschbrunnen.«

Ach, hier waren wir inzwischen! Na, der Brunnen war ja keine Sensation gewesen. Aber jetzt konnte ich Leo gleich mal meinen neuen Lieblingsplatz zeigen.

»Komm mit.« Ich nahm ihn bei der Hand und führte ihn um den Rhododendronbusch zur Weide.

»Oh, die kenne ich ja noch gar nicht!«

»Sieht super aus, nicht wahr? Drinnen ist es wie in einem Zelt.«

»Ah, also eine Art Baum-Tipi? Das muss ich mir ansehen.« Er krabbelte auf allen vieren unter die Trauerweide, bis er mit dem Kopf gegen den Stamm stieß. »Schön hast du es hier. Auch wenn ich kaum reinpasse.« Er setzte sich hin und zog die Beine an.

Ich umfasste meine Knie und lehnte mich an ihn. Eine Weile horchten wir auf die Geräusche.

»Was zirpt denn da so?«

Leo verlagerte sein Gewicht ein wenig. »Das sind Grillen. Den

Krach machen aber nur die Männchen, sie locken damit Weibchen an.«

Ich lehnte den Kopf gegen den Baumstamm und sog die Abendluft ein. All diese Gerüche! Als ich mit Paul hier gewesen war, hatte es nicht so intensiv geduftet wie jetzt.

»Sag mal, was ist eigentlich mit Pauls Eltern? Warum wohnt er bei seiner Oma?«

Leo zögerte. »Na, wie gesagt, sein Vater ist viel unterwegs, da ist Paul besser bei May aufgehoben.« Er schwieg einen Moment. »Tja, das ist alles nicht einfach für ihn, auch wenn er May sehr gernhat. Aber sein Vater ist ziemlich streng, und die beiden streiten viel, wenn er mal da ist. Einmal habe ich mitbekommen, dass er Paul verbieten wollte hierherzukommen, solange seine Noten in der Schule nicht besser werden.«

»Das ist aber gemein!«

Er nickte. »Ich finde, er setzt Paul ziemlich unter Druck, anstatt sich einfach mal um ihn zu kümmern, aber natürlich kann ich das nicht so offen sagen.«

Oje, das klang schlimm. Der Arme! Und was war mit seiner Mutter? Doch bevor ich fragen konnte, ächzte Leo: »Mir schlafen die Beine ein. Wollen wir weiter?« Umständlich robbte er aus der Weide. »Wir können noch zum See gehen, bevor wir nach Hause fahren.«

Tolle Idee! Der See sah im Mondschein bestimmt zauberhaft aus.

»Aber vorher gucken wir uns den Sternenhimmel an«, meinte Leo und zeigte nach oben. »Vielleicht siehst du eine Sternschnuppe.«

Ich legte den Kopf in den Nacken. Der Himmel war übersät

von Sternen. Das bekam ich in der Stadt nie zu sehen, dafür war die Lichtverschmutzung viel zu groß. Doch hier funkelte es überall, nur eine Sternschnuppe entdeckte ich leider nicht.

Wir schlenderten weiter, ich hielt mich an Leos Unterarm fest und sah immerzu nach oben. Dieser Sternenhimmel war wirklich unglaublich! Er sah so lebendig aus, wie eine eigene Welt. Und das war es ja auch! Wenn jetzt eins der Lichter näher gekommen und vor uns im Gras als Raumschiff gelandet wäre, hätte es mich nicht gewundert. Am liebsten wäre ich selbst mitten in die Sterne hineingesaust.

»Meinst du, ihr bekommt den Garten wieder genauso hin, wie er früher mal war?«

»Ich hoffe es wirklich.« Leo räusperte sich. »Aber manchmal bin ich mir nicht sicher, ob wir das schaffen werden.«

»Wie meinst du das? Wegen der vielen Arbeit?«

»Die ist noch das geringste Problem. Nein, weil wir einfach viel zu wenig Geld haben. So einen Garten wieder auf Vordermann zu bringen, ist sagenhaft teuer. Weißt du, ab und zu heuert Nicola sogar eine Spezialistin an. Die gräbt dann nach alten Gartenschildern oder analysiert an einigen Stellen die Erde, um herauszufinden, welche Pflanzen da früher gewachsen sind.«

»Das ist ja toll!«

»Ja, aber wie gesagt, das alles ist ziemlich kostspielig. Ich zerbreche mir seit Wochen den Kopf, aber ich habe noch keine Idee gehabt, wie wir eine gute Geldquelle auftun können.«

Er seufzte. »Ich würde wirklich ungern hier weggehen, es ist der erste Job, der mir so richtig gut gefällt.«

»Klar, ist ja auch viel besser als Pizza ausfahren oder Nachhilfe geben.«

Sein Gelächter dröhnte durch die Nacht.

»Psst, sonst schrecken wir noch etwas auf.«

»Was sollen wir denn aufschrecken? Guck mal, da vorn ist schon der See.«

Die Oberfläche war tiefschwarz, bis auf den silbrigen Schimmer, den das Mondlicht darauflegte. Ganz in unserer Nähe hörte ich ein lautes Rufen. Ich fuhr zusammen. So einen Ton hatte ich noch nie gehört, es klang unendlich traurig, und zugleich fühlte ich mich wie in einem Gruselfilm. Mir lief eine Gänsehaut über den Rücken.

»Was ist das?«

»Ein Käuzchen. Klingt es nicht wunderschön?«

»Ja, schon, aber auch echt gruselig.«

Ob Spencer auch so rufen konnte? Bisher hatte er ja kaum einen Ton von sich gegeben.

Da blinkte plötzlich am Ufer gegenüber etwas auf und auch im Gebüsch neben uns funkelte es.

»Guck mal, sind das Tieraugen?« Meine Finger krallten sich in Leos Pullover.

»Au, nicht so doll. Ja, das sind Tiere, aber da leuchten nicht Augen, sondern die Hinterteile.«

»Willst du mich veräppeln?«

»Nein, das sind Glühwürmchen. Die Hinterteile der Männchen blinken, damit sie besser bei den Weibchen landen können. Oder so ähnlich.«

»Ach so.« Na, die waren ja wirklich ganz harmlos. Puh, war das eben ein Schreck gewesen. »Sie leuchten in den Büschen wie kleine Lampions. Das wäre echt schön, wenn ihr hier mal welche aufhängen würdet.«

Leos Augen glänzten. »Hm, das können wir wirklich mal machen.«

»Ja, dann trauen sich auch Leute wie ich in den Garten, die im Dunkeln ein bisschen Schiss haben.«

Leo tippte mir auf die Schulter. »Du, das ist gar keine schlechte Idee. Genau das machen wir.«

»Welche Idee denn?«

»Na, dass wir abends im Dunkeln was im Garten veranstalten.« Er bückte sich, hob einen Stein auf und warf ihn dicht über das Wasser. Der Stein ditschte viermal, nein fünfmal auf der Oberfläche auf. Leo warf die Arme in die Luft. »Ruby, das ist großartig!«, rief er. »Soviel ich weiß, gibt es das in anderen Gärten kaum, höchstens mal ein Konzert, aber das ist ja nichts Besonderes. Wir dagegen werden abends richtig originelle Sachen machen, damit die Besucher den besonderen Zauber von Redmoor erleben.«

An so etwas hatte ich noch gar nicht gedacht. Das würde bestimmt spannend werden. »Wow, das ist super! Und was genau hast du vor?«

»Darüber muss ich erst mal in Ruhe nachdenken, aber da fällt mir sicher etwas ein.«

»Vielleicht könnte man einen Laternenumzug durch den Garten machen.«

»Ja, warum nicht?«

Wir setzten uns auf den Holzsteg und ließen die Beine herunterbaumeln.

»Kann man dadrin eigentlich schwimmen?«

»Ich weiß nicht, das habe ich noch nie ausprobiert.«

»Können wir das morgen früh mal machen? Bitte, Leo!«

Er lachte. »Na klar, warum nicht? Morgen Vormittag habe ich sowieso frei, das passt doch gut.«

Wie schön! Erst diese tolle Nachtwanderung und morgen früh dann Schwimmen – wie es aussah, wurde Leo wieder ganz der Alte.

Sonnenstrahlen weckten mich am nächsten Morgen. Vor dem Dachfenster leuchtete ein knallblauer Himmel. Ich griff nach dem Block und notierte meine Ideen für heute:

Im See baden

Spencer besuchen

Nett zu Paul sein

Meine umzugswütigen Eltern waren auch nicht gerade einfach, aber um den strengen Vater beneidete ich ihn wirklich nicht.

Mit einem Satz sprang ich aus dem Bett. Wo war mein Badeanzug? Und hatten wir noch saubere Handtücher?

Zwei Minuten später sprang ich mit den Badesachen unterm Arm die Treppe hinunter, immer zwei Stufen auf einmal. Ich riss die Küchentür auf und eine süß duftende Mondscheibe flog an mir vorbei.

»Bonjour, Madame, est-ce que vous voulez une crêpe?«

Leo stand am Herd und hantierte mit einer Bratpfanne. Um den Kopf trug er einen Turban aus einem hellblauen Küchenhandtuch. Carrot saß auf einem Stuhl und ließ ihn nicht aus den Augen.

»Ich versteh nur Pfannkuchen, aber den nehme ich.«

Auf dem Tisch fehlten noch Apfelmus und Zucker. Und natürlich Zimt.

»Das steht alles unten im Schrank«, meinte Leo.

Mir lief das Wasser im Mund zusammen, während ich die Sachen zusammensuchte. Da hämmerte jemand gegen die Hintertür, und bevor ich aus dem Küchenschrank krabbeln konnte, hörte ich eine Stimme. Vor Schreck rumste ich mit dem Kopf gegen das Holz. Was machte Paul denn hier?

»Sorry, das hätte ich fast vergessen.« Leo schlug sich an den Kopf. »Dabei haben wir das vor ewiger Zeit ausgemacht.«

Ich kam auf die Beine und knallte das Glas mit dem Apfelmus auf den Küchentisch. »Hab ich was verpasst?«

Paul hob eine Augenbraue, sagte aber nichts.

Leo wandte sich zu mir um. »Entschuldige Ruby, aber Paul und ich sind heute zum Klettern verabredet. Aber das ist ja kein Problem.«

»Ach nein, und wieso nicht?« Das Problem stand doch mitten in der Küche und hatte einen Namen, der mit P anfing.

Leo lächelte strahlend. »Ruby, du kommst einfach mit.«

Er schwenkte die Bratpfanne, in der bereits die nächste Portion Teig blubberte. »Magst du auch einen Pfannkuchen, Paul?«

»Klar.«

Wie bitte? Er platzte hier einfach so rein und dann futterte er mir auch noch mein Frühstück weg? »Aber wir wollten doch im See baden!«

»Das machen wir demnächst, versprochen«, tröstete mich Leo. »Tut mir leid, dass ich gestern Abend nicht dran gedacht habe, aber das Klettern mit Paul steht schon lange fest.«

Na klasse, damit konnte ich gleich zwei Punkte auf meiner Liste streichen. Das Baden fiel aus und ganz sicher würde ich zu Paul heute nicht mehr nett sein.

»Ist das eine gute Idee?«, fragte Paul. »Ich meine, ist sie überhaupt schon auf Bäume geklettert?«

Als ob ich gar nicht anwesend wäre! »Natürlich bin ich schon auf Bäume geklettert!« Früher war ich liebend gern mit Leo in Bäumen herumgeturnt – na ja, wahrscheinlich waren es eher Büsche gewesen –, aber seitdem war ich nicht gerade zum Kletterass mutiert.

»Ganz falsch ist die Frage nicht«, wandte Leo ein.

Mir fielen fast die Ohren ab. Was meinte er denn damit?

»Wir haben eine richtige Ausrüstung fürs Baumklettern, mit Seilen und Klettergurt und so. Das ist ein bisschen anders als früher unsere Kletterbäume im Park, Ruby.«

Paul beobachtete mich, während ich gleichzeitig versuchte, aus ihm schlau zu werden. Er schien ängstlich zu sein, nein, er war besorgt. Etwa um mich? Aber nein! Er wollte bloß viel lieber allein mit Leo losziehen. Träum weiter!

»Kein Problem, ich habe in einer Schule mal einen Kletterkurs gemacht«, sagte ich lässig. »Ich weiß, wie man mit der Ausrüstung umgeht.«

Das eigentliche Problem kam ja auch erst danach. Bis zum Ende des Kurses war ich nie über zwei Meter Höhe hinausgekommen.

Paul verzog enttäuscht das Gesicht. Fein, dann waren wir ja schon zu zweit.

»Ja, aber so eine Kletterwand bewältigt doch jeder«, sagte Paul. »Bäume sind viel schwieriger!«

»Bäume sind überhaupt kein Problem für mich«, fauchte ich. »Mich stören nur Idioten, die darin herumturnen.«

»Das sehe ich ganz genauso«, zischte Paul.

Eine Stunde später hing ich drei Meter über der Erde und umklammerte den Baumstamm wie ein höhenkrankes Faultier. Nur Zentimeter vor meiner Nase klebte ein daumengroßer, pummeliger Körper regungslos an der Rinde. Über den Rücken zog sich ein hellgelber Strich und überall standen winzige Borsten ab. Noch nie war ich einer Raupe so nahe gekommen, was woanders sicher witzig gewesen wäre.

»Bist du da angewachsen? Ich komme jetzt hoch.«

Ich riskierte einen Blick nach unten. Leo grinste von einem Ohr zum anderen. Ich antwortete mit einer Grimasse, die hoffentlich meine ganze Verachtung für diese Situation zum Ausdruck brachte.

»Es kann gar nichts passieren. Du bist doch gesichert.«

Was für ein Trost!

Geschickt schloss er ungefähr dreiunddreißig Karabinerhaken und kletterte dann in Windeseile zu mir hoch.

»Hey, Leo! Kommst du?«

Paul turnte in der Baumkrone herum, als wäre er dort aufgewachsen. Auch Leo zog sich geschmeidig höher. Immerhin, zwei von drei Leuten hatten hier gerade eine Menge Spaß.

»Komm hoch! Die Astgabel hier ist wie ein Sessel geformt. Da kannst du eine Pause machen«, rief Leo mir zu.

Ich schüttelte den Kopf. Nein, das war wirklich nichts für mich.

»Wir können sie ja später abholen«, meinte Paul. »Von hier aus kommen wir direkt auf den nächsten Baum. Wollen wir eine Runde drehen?«

Er tat wirklich alles, um mich loszuwerden. Mühsam stemmte ich mich hoch. Meine schwitzigen Hände glitten immer wieder an der Rinde ab, trotzdem hievte ich mich todesmutig Stück für Stück weiter, bis ich diesen Ast-Sessel erreichte.

Er war erstaunlich gemütlich und die Aussicht gigantisch.

Ein Stück weiter überragte die Baumkönigin alles andere. Selbst unser Kletterbaum konnte ihr nicht das Wasser reichen, dabei war er auch nicht gerade klein.

Inzwischen waren Leo und Paul so weit geklettert, dass ich sie kaum noch sehen konnte. Es war so gemein! Eigentlich sollte ich jetzt mit Leo im See planschen und stattdessen schwitzte ich hier oben im Grünzeug. Am liebsten hätte ich Paul dafür eins ausgewischt, nur wie? Hier im Baum war er mir meilenweit überlegen. Verflixt! Doch da kam mir ein Gedanke.

»Leo, ist dir eigentlich schon was zu den Abendveranstaltungen eingefallen?«, rief ich.

Leos Gesicht tauchte zwischen den Blättern auf. Hing er jetzt kopfüber im Baum?

»Ach, gut, dass du mich daran erinnerst. Vor dem Einschlafen hatte ich tatsächlich schon ein, zwei Ideen.«

Hatte ich es doch gewusst! Das war genau das richtige Thema, um ihn abzulenken.

»Was denn für Veranstaltungen?«, fragte Paul. »Doch nicht so ein Wellnesskram, wie Carl immer machen will?«

»Nein, gar nicht. Was haltet ihr von Nachtwanderungen oder Dinner auf der Insel im See? Man könnte auch in der Grotte Schauergeschichten vorlesen. Und natürlich kleine Konzerte organisieren, die Mondscheinsonate und so.« Leo sprudelte fast über vor Begeisterung, doch plötzlich erstarrte sein Gesicht.

»Ach du Schande, das hätte ich fast vergessen!«

»Was denn?«, fragte ich verwirrt.

»Nicola hat gleich einen Termin bei der Bank.« Er seilte sich eilig ab. »Hört mal, ich laufe sofort los und versuche, sie zu erwischen. Wenn ich ihr von den Abendveranstaltungen erzähle, kann sie das Konzept gleich in der Bank vorstellen. Das macht bestimmt einen guten Eindruck.«

»Und was ist mit unserer Klettertour?«, fragte Paul.

»Wir machen demnächst weiter«, rief Leo. »Jetzt muss ich los. Wenn ich mich beeile, bekomme ich die erste Veranstaltung vielleicht schon nächstes Wochenende hin. Drückt mir die Daumen!«

Mit diesen Worten entschwand er wie ein Waldgeist. Paul glotzte ihm verdutzt hinterher. Tja, so kann's gehen. Beim nächsten Mal würde er mich vielleicht nicht unterschätzen.

Aber wie kam ich jetzt wieder hier weg? Vor dem Abstieg graute mir noch mehr als vor dem Aufstieg, und von Paul würde ich sicher keine Hilfe erwarten können – abgesehen davon, dass ich ihn nach seinen Bemerkungen vorhin sowieso niemals gefragt hätte.

Kapitel 13

Mrs Big lag vor dem Café und begrüßte mich schwanzwedelnd. Völlig erschöpft schleppte ich mich zu ihr auf die Veranda und sank zu Boden. So schnell würde mich niemand mehr auf einen Baum bringen – der Abstieg war eine einzige Quälerei gewesen. Aber jetzt war es geschafft und nun konnte der angenehme Teil des Tages beginnen.

»Na, durftest du nicht mit zur Bank?« Ich kraulte den riesigen Hundekopf und Mrs Big legte sich wie auf Knopfdruck mit einem behaglichen Grunzen auf die Seite. »Das kann ich gar nicht verstehen, dass sie dich nicht mitgenommen haben. Ein Blick von dir genügt ja wohl, damit jeder Bankfuzzi das Geld über den Tresen schiebt.«

Mrs Big brummte zustimmend, dann nahm sie vorsichtig meine Hand in ihr Maul. Was war das denn? Brauchte sie einen Kauknochen? Doch sie zog die Hand nur behutsam an ihre Seite. »WUFF!«

Ich kicherte. »Was, da willst du auch gekrault werden? Du bist ja schlau!«

Gehorsam machte ich weiter, bis einige Minuten später ein Fahrrad vor die Veranda rollte. Mrs Big und ich hoben gleichzeitig den Kopf: Die Bäckerin brachte Kuchennachschub fürs Café!

Die zierliche Frau wuchtete ein Tablett aus dem Fahrradanhänger und trug es Richtung Kücheneingang. Unter der durchsichtigen Folie erkannte ich lauter Köstlichkeiten. Mir lief das Wasser im Mund zusammen, doch im nächsten Moment biss ich mir vor Schreck auf die Zunge. Mrs Big stieß mich rüde um und jagte an mir vorbei. Sie schoss über den Vorplatz. Leider kam ihr dabei die Bäckerin in die Quere. Mrs Big rammte sie einfach aus dem Weg und hetzte weiter, direkt auf ein Eichhörnchen zu. »Oh nein!«, schrie die Bäckerin entsetzt, und das Tablett segelte im hohen Bogen durch die Luft. Ich sprang auf und versuchte, es zu fangen, doch zu spät! Es knallte auf den Boden, die Folie platzte auf, und die süßen Kunstwerke klumpten aneinander.

Das Eichhörnchen floh im Zickzack über den Platz. Mrs Big bellte, Speichelfäden tropften ihr aus dem Maul. Als die beiden auf mich zurasten, rettete ich mich hinter eine Regentonne. Von dort aus beobachtete ich, wie das graue Tierchen einen Baumstamm hinaufflitzte.

»Mrs Big!«, brüllte Nicola, die in diesem Moment mit Carl um die Ecke bog. Leo war nicht bei den beiden.

Mrs Big machte eine Vollbremsung. Sie knurrte dem Eichhörnchen noch eine letzte Warnung zu, dann trottete sie brav zurück und sank erschöpft zu Boden, direkt neben die Bäckerin.

»Bleib mir bloß vom Leib!«, zeterte die Bäckerin und rückte ein Stück weg.

Ich kniete mich hin und versuchte, den Kuchenbrei zurück aufs Tablett zu schieben.

»Also, ich finde, sie ist echt gut erzogen«, sagte ich, um ein bisschen die Stimmung aufzulockern.

Doch dafür war Nicola gerade gar nicht empfänglich.

»Es tut mir unendlich leid«, entschuldigte sie sich bei der Bäckerin. Die klopfte sich den Staub vom Kleid und schimpfte: »Können Sie nicht besser auf Ihren Köter aufpassen? Jetzt muss ich den ganzen Weg nach Sheddington Hall radeln und mich erst einmal umziehen. So kann ich doch niemandem etwas anliefern! Und dann muss ich noch mal hierher und Ihnen ein neues Tablett bringen.«

»Wie gesagt, es war alles keine Absicht«, versuchte Nicola sie zu beschwichtigen.

»Das gibt eine saftige Rechnung«, drohte die Bäckerin und riss mir das Tablett aus den Händen.

Nicola runzelte die Stirn. »Was soll das heißen?«

»Nun ja, Sie müssen natürlich für den entstandenen Schaden bezahlen. Dazu will ich das Geld für die Reinigung haben. Und natürlich einen angemessenen Betrag dafür, dass Ihr Hund mir so einen Schreck eingejagt hat.«

»Ich würde es nicht übertreiben«, schimpfte Nicola los. »Halten Sie mich für naiv? Ich lasse mich doch von Ihnen nicht ausnehmen wie eine Weihnachtsgans!«

»Dann hat das alles ein Nachspiel«, drohte die Bäckerin erneut. »Ich spreche mit meinem Chef. Und vielleicht gehe ich auch zur Polizei.«

»Wegen eines Kuchentabletts?« Jetzt platzte Nicola der Kragen. »Wenn das so ist, wollen wir bestimmt nicht länger mit Ihnen zusammenarbeiten.«

»Das beruht ganz auf Gegenseitigkeit«, kreischte die Bäckerin, sprang aufs Rad und brauste davon.

»Verdammt!« Nicola schlug sich gegen die Stirn. »Warum habe ich mich so hinreißen lassen? Wir brauchen den Saftladen doch!«

»Die Kuchenlieferungen sind sowieso ganz schön teuer«, sagte Carl.

Nicola raufte sich die Haare. »Ja, aber sie sind weit und breit die besten. Ich wette, die Hälfte der Leute kommt nur wegen der Scones hierher.«

»Kann schon sein, aber vielleicht wäre das jetzt die Gelegenheit, um an ein paar Schrauben zu drehen«, meinte Carl. »Wir können doch selbst eine Backstube eröffnen. In der Küche ist genug Platz und dann können wir damit richtig groß werben. Selbst gebackene Kuchen kommen bestimmt super an.«

»Ach, Carl, wie sollen wir das denn organisieren?«, rief Nicola. »Ich kann doch jetzt nicht noch eine Bäckerin einstellen, dafür fehlt uns das Geld. Außerdem sind die Kuchenlieferungen aus Sheddington Hall großartig, wir kriegen es bestimmt nicht besser hin. Nein, mir bleibt nichts anderes übrig, als auf Knien zu betteln, dass sie uns weiterbeliefern.«

»Vielleicht können wir jemanden von da abwerben?«, versuchte Carl es ein letztes Mal.

»Und wie bezahlen wir den? Du hast doch eben mitbekommen, wie es in der Bank gelaufen ist. Sie haben uns nicht gerade mit Geld überschüttet, im Gegenteil! Wir müssen pünktlich alle Kredite abzahlen, sonst sieht es schlecht aus.«

Ich streichelte Mrs Big und versuchte, möglichst unbeteiligt auszusehen.

Nicola atmete aus. »Ich muss rüber ins Museum, wir sehen uns gleich«, sagte sie gepresst und pfiff Mrs Big zu sich.

Carl stiefelte in die entgegengesetzte Richtung. Er sah ein bisschen niedergeschlagen aus. Oje. Sein Vorschlag war vielleicht nicht der beste gewesen, aber er gab sich wirklich Mühe. Doch irgendetwas sprach immer gegen seine Ideen – das musste ihn ja ziemlich frustrieren.

Vor mir lag noch der Kuchenmatsch auf der Folie. Ich steckte einen Finger hinein und probierte. Gar nicht schlecht! Ein oder zwei Törtchen waren sogar noch ganz in Ordnung, die konnte ich mitnehmen. Ich wickelte sie in ein Taschentuch ein. Jetzt musste ich aber los zu Spencer. Vielleicht hatte er ja auch Hunger, da wollte ich ihn nicht länger warten lassen.

Schon von Weitem hörte ich wildes Gebell. Wahrscheinlich zerrte mal wieder ein Hund seinen Besitzer kreuz und quer durch den Garten.

Ich hielt auf die Hängematten-Bäume zu, deren richtigen Namen ich bisher noch nicht herausbekommen hatte.

Doch bevor ich zwischen den herunterhängenden Zweigen abtauchen konnte, bog ein Paar um die Ecke. Sie stritten heftig und übertönten dabei fast das Kläffen des Hundes, das aus allen Richtungen zugleich zu kommen schien.

Um das Handgelenk des rotgesichtigen Mannes baumelte eine Hundeleine mit zerrissenem Halsband.

»Habe ich es nicht gesagt? Ein Geschirr wäre hundertmal besser gewesen. Es war nur eine Frage der Zeit, bis dieses Halsband reißt«, grollte der Mann.

»Warum hast du ihm dann keins umgelegt?«, erwiderte die Frau schnippisch. »Es ist dein Hund und nicht meiner. Ich wollte ihn von Anfang an nicht.«

Die beiden blieben stehen und gifteten sich weiter an. Anscheinend war ihnen der Kläffer entwischt. Zum Glück waren sie so mit sich beschäftigt, dass sie gar nicht bemerkten, wie ich vor ihrer Nase hinter den dichten Blättern verschwand.

Ich ging ein paar Meter und hielt Ausschau nach Spencers Baum. Mit einem Mal hatte ich ein ungutes Gefühl.

Ich beeilte mich, denn nun wollte ich so schnell wie möglich zu Spencer. Als ich vor dem Baum mit seiner Kiste stand, bekam ich einen Schreck. Wo war er?

Ich suchte alles ab und entdeckte ihn schließlich auf dem untersten Ast des Nachbarbaumes. Zum Glück war ihm nichts passiert! Doch irgendwie verhielt er sich seltsam. Er presste sich mit aufgeplusterten Federn an den Stamm und wackelte unaufhörlich mit dem Kopf. Und er zitterte! Was war denn los mit ihm? War er krank geworden?

Im selben Moment knurrte etwas hinter mir, und das ziemlich bedrohlich. Ein Schäferhund?

Ein Bassett.

Seine Schlappohren berührten fast den Boden und seine Triefaugen schauten mich treuherzig an. Irre hässlich und doch beinahe niedlich. Wäre da nicht dieses Knurren gewesen. Ich schluckte. Jetzt öffnete der Bassett sein Maul und zeigte, dass auch er Vorfahren unter den Wölfen hatte.

»Georgie!«, keifte die Frauenstimme von eben. Es klang, als stünde sie direkt am Rand der Hängematten-Bäume. »Georgie, komm sofort bei Fuß!«

Georgie dachte nicht daran. Er rührte sich nicht vom Fleck und fletschte die Zähne. Ich trat einen Schritt vor Spencer, ohne dabei den Hund aus den Augen zu lassen.

»Georgie! Du kommst jetzt sofort mit«, befahl der Mann.

Anscheinend hatten die beiden endlich begriffen, wo ihr Liebling steckte.

Ich schaute ihn finster an. »Verpiss dich, du kleiner Scheißer.«

Doch Georgie machte einen Satz auf uns zu. Ich wollte ausweichen, stolperte dabei aber über die Kiste und fiel rückwärts hin.

Georgie reckte sich Richtung Spencer. Der flatterte wild mit den Flügeln und stieß mit dem Schnabel nach dem Hund, doch der Köter ließ sich nicht einschüchtern.

»Nein!«

Ich hechtete nach vorn, packte Georgie an seinem Nackenspeck und schleuderte ihn zur Seite. Georgie drehte sich blitzschnell um und knurrte mich an, entschied sich aber dann für den Rückweg. Er sauste unter den Zweigen hindurch zur Wiese, wo er lautstark empfangen wurde.

»Du hast uns eine halbe Stunde an der Nase herumgeführt und wer weiß was angestellt, du verrückte Töle«, schimpfte der Mann, und dann stiefelten die drei endlich davon.

Erleichtert atmete ich auf. Das war knapp gewesen. Dass ich mich getraut hatte, den Bassett anzufassen! Aber wäre ich nur ein bisschen später gekommen, wäre von Spencer nicht mehr viel übrig geblieben. Ich betrachtete ihn von allen Seiten, was ihm anscheinend nicht gut gefiel. Immer wieder hackte er mit seinem Schnabel nach mir.

»Wenn ich nur wüsste, ob du gefressen hast.« Allmählich machte ich mir Sorgen. Wenn er die Regenwürmer nicht vertilgt hatte, musste er furchtbaren Hunger haben. Wie lange konnte eine Eule ohne Nahrung aushalten? Ich holte mein Telefon heraus und gab »Eulen« ein. Die Seite lud und lud, aber es passierte trotzdem nichts. Die Internetverbindung hier konnte man wirklich vergessen.

Jetzt würde ich erst einmal neues Trinkwasser holen. Und dann musste ich mir etwas einfallen lassen, wie ich Spencer zum Fressen bringen könnte.

Das sollte nicht allzu schwierig werden. Mir persönlich begegneten sie ja fast nie, aber dennoch musste es sie geben: die *simplen* Fragen, denen die Antworten nur so zufliegen. Eine äußerst seltene Kategorie.

Kapitel 14

Ich besorgte in einer Regentonne bei den Gewächshäusern frisches Wasser und platzierte die Steinschale in Spencers Nähe. Der Arme sah immer noch ganz schön mitgenommen aus. Er guckte noch nicht mal hoch, als ich kam. Vielleicht bildete ich es mir ein, aber er wirkte dünner als gestern und noch verlassener. Die feinen Federn auf dem Kopf waren zerzaust und seine dunklen Augen hatten einen roten Rand.

Es büxte zwar nicht alle Tage ein jagdlustiger Bassett aus, aber Spencer war trotzdem furchtbar schutzlos. Es gab ja auch noch andere Gefahren, wie Katzen oder so. Ich musste unbedingt mehr über Eulen erfahren.

Ohne nachzudenken, streckte ich die Hand aus, doch bevor ich sein Gefieder berührte, schnappte er nach mir. Diesmal erwischte es meinen Handballen. Die Haut riss auf und winzige Blutstropfen quollen hervor. Mist, das brannte!

»Du weißt auch nicht, wer deine Freunde sind, was?«

Echt schade, aber egal. Spencer brauchte Hilfe, das war sonnenklar.

Auch bei Tageslicht wirkte das Herrenhaus ein bisschen düster. Der quadratische Hauptteil war massiv wie ein Klotz. Vor zweihundert Jahren hatte sich einer von Nicolas Ahnen weder um Schönheit noch um Ausgewogenheit geschert und den Seitenflügel angebaut. Dieser war erstaunlicherweise etwas weniger heruntergekommen als der Rest, obwohl er seit mindestens fünfzig Jahren nicht bewohnt wurde. Wenn alles lief wie geplant, würde es auch künftig keine neuen Bewohner geben, denn Nicola wollte demnächst aus dem Seitenflügel ein kleines Naturkundemuseum machen. Sie schien gerade da zu sein, denn Mrs Big lag wie eine überdimensionale Fußmatte quer auf der obersten Stufe vor dem Eingang.

Als ich eintrat, wehte mir der Geruch von frischer Farbe entgegen. Es dauerte eine Weile, bis sich meine Augen an das Dämmerlicht gewöhnt hatten und ich Einzelheiten an der Decke über mir erkannte. Auf den dunkelblauen Untergrund waren Hunderte goldene Sterne gemalt. Bis auf den Großen Wagen kannte ich die Sternbilder nicht, aber das machte nichts. Die Wirkung war einfach unglaublich.

Auch die Fenster gefielen mir. Sie bestanden aus buntem Glas, das sich zu feinen Bildern zusammensetzte. Es war fast wie in einer Kirche.

Im nächsten Moment schepperte es laut, als ich gegen einige herumstehende Lackdosen stieß. Aus einer Ecke tauchte Nicola auf.

»Oh, hallo, Ruby, willst du dich hier ein bisschen umsehen?«

Sie lächelte und sah aus, als würde sie sich über meinen Besuch freuen. Das war keine schlechte Ausgangsbasis.

Ich nickte. »Wenn ich darf? Oder soll ich lieber bis zur Eröffnung warten?«

Bitte nicht! Ich musste unbedingt etwas über Eulen herausfinden, und zwar jetzt! Und ohne Internetverbindung blieb mir nur noch das Museum.

»Natürlich nicht.« Nicola lachte ihr tiefes Lachen, das in dem riesigen Saal widerhallte. »Du bekommst eine Privatführung durch mein Museum.«

Überall im Saal stützten Säulen aus gelbrotem Marmor die Decken. Dazwischen waren Schaukästen aus dunklem Holz verteilt. Ich trat an einen heran und blinzelte verwirrt, als ich ins Dunkle blickte.

»Warte, ich mache Licht.« Nicola verschwand hinter einer schmalen Tür, die sich kaum von der cremefarbenen Tapete abhob, und betätigte einen Schalter. Sofort blitzten Scheinwerfer auf und beleuchteten die Schaukästen.

Ich zuckte zusammen, denn plötzlich fand ich mich Auge in Auge mit einem Uhu wieder. Seine orangegelben Augen leuchteten wie kleine Flammen und darüber standen buschige Federohren wie Antennen ab. Der massige Körper war leicht nach vorn gebeugt, so als ob er sich gleich auf mich stürzen würde. Er saß auf einem abgesägten Baumstamm und war ungefähr halb so groß wie ich.

Mein Herzschlag beruhigte sich allerdings schnell wieder, als ich feststellte, dass es sich um einen ausgestopften Uhu handelte. Der würde keiner Fliege mehr etwas zuleide tun.

Auch aus den anderen Schaukästen blickten mir ausgestopfte Tiere entgegen. In einem Kasten waren Dachse vor ihrem Bau untergebracht, in einem anderen säugte eine Fuchsmutter ihre Jungen. Dazwischen waren in gläsernen Vitrinen glitzernde Mineralien und versteinerte Schnecken ausgestellt, die sich spiralförmig über riesige Steine ausbreiteten. Es gab Schautafeln, wie der Garten früher ausgesehen hatte, und auf einem Podest stapelte sich jede Menge altertümliches Werkzeug. Woher hatte Nicola nur all den Krempel?

»Er lag auf dem Dachboden, in den Gewächshäusern und bei mir im Haus herum«, beantwortete sie meine Frage. »Ich stehe nicht so auf Hirschgeweihe über dem Esstisch, deshalb habe ich erst einmal alles abgebaut, als ich nebenan eingezogen bin. Aber ich finde, die Sachen sind zu schade, um nur im Keller zu verrotten.«

Ich schlenderte von einem Kasten zum nächsten, wobei das Parkett unter jedem Schritt ächzte. Die Schaukästen waren beeindruckend, nur diese vielen toten Tiere waren gruselig. Was sollten die alle hier?

»Die Tiere waren ja schon tot«, sagte Nicola entschuldigend und blieb vor einem Reh stehen. »Wie gesagt, eigentlich hasse ich ausgestopfte Tiere als Dekoration. Aber es käme mir wie Verschwendung vor, wenn man sie nicht mehr ausstellen würde. Außerdem müssen wir uns bei ihnen keine Gedanken machen, dass wir sie einsperren, ob die Käfige groß genug sind und wie wir Futter und Tierarzt bezahlen sollen. Und viele Kinder wissen heutzutage kaum noch, wie sie einen Fuchs von einem Dachs unterscheiden sollen.«

»Ich finde es richtig toll«, sagte ich und meinte es vollkommen ernst, auch wenn mir die ausgestopften Tiere immer noch etwas unheimlich waren.

Nicola strahlte. »Das freut mich. Schau dich gern um. Ich muss jetzt die Plattform dahinten fertig streichen, sonst trocknet mir die Farbe ein.«

Sie verschwand hinter einer Säule, und kurz danach hörte ich das gleichmäßige Geräusch einer Farbrolle, die schwungvoll über Holz fährt.

Sofort machte ich mich auf die Suche. Abgesehen von dem Uhu hatte ich zwar jede Menge Tiere gesehen, aber leider keine Eulen mehr.

Ich begann den Rundweg noch einmal von vorn. Die Fenster waren fast bodentief und neben der Tapetentür gab es noch einen weiteren Ausgang. Ich stellte mich auf die Zehenspitzen und sah durch die Scheibe in der Hintertür. Vor mir lag eine Terrasse, die von niedrigen Palmen umgeben war. Einige Meter weiter erkannte ich das Dach des Pavillons, in dem ich an meinem ersten Abend gesessen hatte.

Als ich mich wieder umdrehte, entdeckte ich sie endlich. Wie hatte ich sie vorher übersehen können? Zwischen einer Glasvitrine und einem ausgestopften Wildschwein wimmelte es nur so vor Eulen. Sie thronten mit ausgebreiteten Flügeln auf steinernen Sockeln, schmiegten sich an Felsbrocken oder klammerten sich an abgesägte Äste. Ihre durchdringenden Blicke starrten mich forschend an. Wie lebendig sie aussahen! Es war, als könnten sie jederzeit aus dem Saal fliegen. Sie alle hatten gelebt und waren frei umhergestreift, doch das war nun für immer vorbei. Vielleicht waren sie ja alt oder krank gewesen, aber irgendwie glaubte ich das nicht. Sie taten mir leid, auch wenn sie das nicht mehr spüren konnten.

Ich schlenderte zwischen ihnen hindurch. Wie unterschiedlich sie waren! Ein Sperlingskauz war gerade mal so groß wie meine Hand, der Uhu dagegen war ein echter Riese. In einer Ecke neben einer leuchtend weißen Schneeeule blinkte ein alter Computer.

Ich berührte die Maustaste und auf dem Bildschirm blätterte sich ein Eulenverzeichnis auf. Langsam scrollte ich herunter. Bei jeder Eule standen die wichtigsten Informationen: Wo sie lebte, was sie fraß, wie sie jagte und sich fortpflanzte.

Die meisten Eulen in Nicolas Museum waren hier gar nicht

heimisch. Bei uns gab es nur sieben Eulenarten, weltweit waren es über zweihundert.

Mein Magen meldete sich und erinnerte mich daran, dass seit den Törtchen schon wieder eine Weile vergangen war. Ob ich noch mal schnell ins Café laufen sollte? Doch da fiel mir Spencer ein. Zuerst musste ich meine Mission erfüllen!

Ich trat noch einmal an die Schaukästen heran und studierte Eule für Eule. Welche von ihnen sah Spencer am ähnlichsten?

Während ich sie genau betrachtete, verlor ich jedes Zeitgefühl. Mit einem Mal knarrte das Parkett hinter mir und Nicola bog mit einem Farbeimer und einem verschmierten Lappen um die Ecke.

»Ah, du interessierst dich für Eulen?«

Ich nickte. »Irgendwie schon.«

Nicola lächelte. »Ich auch. Obwohl sie an manchen Orten und zu manchen Zeiten als Unglücksbringer galten.«

»Wirklich?«

Nicolas Gesicht verdüsterte sich. »Ja, es hieß, wer eine Eule hörte, würde bald sterben. Selbst mein Großvater hielt sie für Todesboten. Vielleicht hat er ja deswegen so viele von ihnen erlegt.«

»Die armen Eulen.«

»Das finde ich auch«, sagte Nicola überzeugt. »Abgesehen davon, bevorzuge ich eine andere Deutung. Im alten Griechenland waren Eulen das Zeichen für Weisheit. Die Göttin Athene hatte sogar eine Eule als Begleittier.«

Hinter uns wurde die Flügeltür aufgezogen und Carl steuerte auf uns zu. Mrs Big trottete gemütlich neben ihm her.

»Platz!«, befahl Nicola streng. Mrs Big schnaufte und drehte sofort wieder um.

»Du bist ja fast fertig«, staunte Carl.

»Ja, wir eröffnen nächste Woche«, erwiderte Nicola und lächelte. »Dann ist wieder ein kleiner Teil von Redmoor fertig.«

»Ich bin gespannt, wie viele Leute sich hierherverirren.« Carl schaute sich abschätzend um. »Ich glaube ja nicht, dass so ein Museum noch zeitgemäß ist.«

»Ach was«, widersprach Nicola. »Manche Dinge ändern sich gar nicht so sehr. Und außerdem verbinden wir hier altes Material mit neuer Technik, das ist doch spannend.«

»Na ja, neu ist der Computer dahinten nicht gerade.« Carl hob die Augenbrauen. Anscheinend führten sie diese Diskussion nicht zum ersten Mal.

»Ich habe eben mit jemandem vom Bauamt telefoniert. Wir haben grünes Licht bekommen und können mit dem Brückenbau zur Insel anfangen.«

Nicolas Miene hellte sich auf. »Das sind ja gute Nachrichten! Wir müssen uns aber noch mal die Kalkulation ansehen, hast du kurz Zeit?«

Puh, jetzt wurde es mir zu langweilig, außerdem wartete Spencer bestimmt schon auf mich. Na gut, das vielleicht nicht gerade, aber ich wollte trotzdem nach ihm sehen.

»Ruby, ich soll dich von Leo noch an den Friseurtermin heute Nachmittag erinnern«, sagte Nicola zum Abschied.

»Danke, den habe ich nicht vergessen.« Ich winkte den beiden noch einmal zu, dann eilte ich um die Sockel mit den Eulen herum. Zuerst musste ich meine neuen Erkenntnisse in die Tat umsetzen. Doch an der Eingangstür fing mich Mrs Big ab.

»Nein, du kannst leider nicht mit«, sagte ich bedauernd, als sie sich mir anschließen wollte. Bestimmt waren ihr die Kalkulationen auch zu langweilig, aber noch eine weitere Hundebegegnung wollte ich Spencer nicht zumuten.

Ich schlenderte durch die Einfahrt des Herrenhauses und umrundete den Pavillon.

Die Ohren hatten den Ausschlag gegeben. Ich hatte eben alle Eulen miteinander verglichen und zum Schluss waren nur noch der Waldkauz und die Waldohreule übrig geblieben. Doch Spencer hatte keine Puschelohren, also musste er ein Waldkauz sein. Außerdem war er sehr wahrscheinlich ein Ästling. So hießen junge Eulen, die aus dem Nest geklettert oder gefallen waren. Wie alt er genau war, konnte ich zwar nicht sagen, aber sein Gefieder sah fast so aus wie das von älteren Waldkäuzen, daher war er bestimmt beinahe ausgewachsen.

Das alles hatte ich herausgefunden, während Nicola mit Streichen beschäftigt gewesen war.

Gerade als ich die Waldkauzdatei hatte schließen wollen, bemerkte ich noch einen Textkasten. Den hätte ich besser früher gelesen: Waldkäuze fraßen gern Mäuse. Außerdem lebten sie am liebsten in Bäumen. Je älter und dicker die Bäume waren, umso besser.

Leider traf beides überhaupt nicht auf die Hängematten-Bäume zu. Sie waren keinesfalls dick genug für Baumhöhlen.

Und das bedeutete nur eins: Uns stand ein weiterer Umzug bevor.

Ich seufzte. Den Eulen dadrinnen im Museum konnte ich leider nicht mehr helfen. Aber für Spencer konnte ich noch etwas tun!

Kapitel 15

Spencer war nicht gerade begeistert, als ich ihn wieder in die Kiste bugsierte. Er verpasste mir einen langen Kratzer auf dem Arm und fauchte entrüstet.

»Tut mir leid, Kleiner, aber wir müssen wieder zurück«, entschuldigte ich mich. »Hätte ich das vorher gewusst, hätte ich dir das alles erspart.«

Hinter meinem linken Auge pochte es. Ich fasste mir an den Kopf und presste die Fingerspitzen an die Schläfen. Keine Migräne jetzt! Das konnte ich gerade überhaupt nicht gebrauchen!

Ich schlich zum Rand der Hängematten-Bäume und spähte hinaus. Niemand war hier, also los!

Während ich mit Spencer durch den Garten huschte, ärgerte ich mich unaufhörlich über mich selbst. Warum war ich nicht gleich auf die Idee gekommen, mehr über Eulen herauszufinden? Das wäre viel schlauer gewesen. So hatte ich ihn nur unnötig gequält.

Du hast es ja bloß gut gemeint, versuchte ich, mich zu trösten, doch eigentlich wusste ich genau, dass das Quatsch war.

Jetzt konnte ich es jedenfalls nicht mehr ändern. Hauptsache war doch, dass nun alles richtig lief!

Nicht weit von der Baumkönigin setzte ich die Kiste auf dem Boden ab. Vor uns stand ein Baum, dessen Äste wie bei den Hängematten-Bäumen fast bis zur Erde reichten, allerdings war sein Umfang dreimal so dick. Das sollte doch für eine Baumhöhle reichen, auch wenn ich momentan keine entdecken konnte.

Dumm war nur, dass ich die Handschuhe bei den Hängematten-Bäumen vergessen hatte. Noch einmal quer durch den Garten laufen und sie holen wollte ich nicht, aber mir die Hände zerhacken lassen ebenso wenig. Was mir schließlich einfiel, war nicht gerade der Gipfel der Kreativität.

Ich zog mein Shirt aus, schlang es um meine Hände und sprach mir noch ein bisschen Mut zu. Dann griff ich in die Kiste. Es ratschte und ein Fetzen lila Stoff hing in Spencers Krallen. Eilig riss ich die Hände zurück, mein T-Shirt wollte ich doch später noch anziehen!

Beim nächsten Versuch bekam ich ihn besser zu fassen und setzte ihn schnell auf einen Ast knapp über dem Boden.

Spencer hüpfte so weit wie möglich von mir weg, während ich meine Hände auswickelte und mir wieder das Shirt überstreifte.

Ein wenig ratlos sahen wir uns an. Wie sollte es jetzt weitergehen? Ich musste ihm auf jeden Fall Futter suchen. Aber wie lange würde ich ihn so versorgen können?

Seit vorhin wusste ich auch, was er fraß – und genau das war das Problem! Mit Würmern und Insekten musste ich ihm nicht kommen – er brauchte Mäuse. Ausgerechnet! Wo sollte ich die denn herbekommen?

Vielleicht ging es ihm hier ja besser als bei den Hängematten-Bäumen. Vielleicht aber auch nicht.

Ob ich das Richtige tat?

Spencer schmiegte sich in eine Astgabel und schaute mich aus dunklen Augen an.

Ich legte mich auf den Bauch und stützte die Hände auf das Kinn. Seine grau-braunen Federn waren ein bisschen weniger aufgeplustert, aber er sah immer noch aus wie ein fedriger Ball.

Da entdeckte ich noch etwas: Ziemlich genau in der Mitte prangte ein dunkler Fleck auf seiner Brust. Der war mir vorher gar nicht aufgefallen! Er sah niedlich aus, als wäre Tinte aus einem Füller gespritzt oder als hätte er mit Brombeermarmelade gekleckert. Keine der Eulen im Museum hatte so einen Fleck gehabt. Ich lächelte. Spencer war wirklich einzigartig.

Er rückte noch ein wenig auf dem Ast hin und her, dann schloss er die Augen. Was machte er denn jetzt? Schlafen?

Die Sonne schien durch das Laub der Bäume hindurch und sprenkelte den Waldboden. Ein Specht hämmerte auf Holz ein, aber abgesehen von den gleichmäßigen Schlägen war es ganz friedlich. Ich rollte mich auf die Seite und zog die Knie an. Nach der Kletterpartie heute Vormittag war ich jetzt auch ein bisschen müde. Ich schloss die Augen und spürte die warmen Sonnenstrahlen auf den Lidern. Mit einem Mal fand ich es in diesem Gartenteil gar nicht mehr so unheimlich. Im Gegenteil: Es war so schön, hier bei Spencer zu sein!

Ich war tatsächlich eingedöst! Als ich aufwachte, schlief Spencer noch immer. Er sah ganz entspannt aus, also konnte ich ihn sicher unbesorgt allein lassen. Die Sonne war inzwischen weitergewandert und unter den Bäumen war es schattig geworden.

»Tschüss, bis morgen«, verabschiedete ich mich leise, um ihn nicht aufzuwecken. »Ich muss Leo helfen, aber morgen kümmere ich mich um die Mäuse. Versprochen!«

Ich widerstand dem Versuch, über seinen weichen Flaum zu streicheln, und flitzte los, einmal quer durch den Garten. In zehn Minuten musste ich am Eingang stehen, damit Leo pünktlich zum Friseur kam.

»Da bist du ja«, begrüßte er mich erleichtert. »Ein Glück, dass ich diesmal nicht allein hinmuss.«

»Leo, du lässt dir nur ein bisschen die Haare stutzen und bekommst keine Wurzelbehandlung beim Zahnarzt!«

»So fühlt es sich aber an«, sagte er jämmerlich und fuhr sich durch die Locken. Sie standen wild in alle Richtungen ab.

»Mir gefällt es ja so. Müssen die denn wirklich ab?«

»Nur ein bisschen. Ich bin doch jetzt ein seriöser Pressesprecher und Veranstaltungsmanager. Da müssen auch die Haare sitzen.« Er grinste, doch unter seinen Sommersprossen war er ziemlich blass.

»Schön, dann mal los. Je eher du es hinter dir hast, umso besser.« So war es jedenfalls früher immer gewesen. Seitdem ich mich erinnern konnte, hatte ich Leo zum Friseur begleitet, und anschließend gab er immer eine Riesenportion Eis aus – weil er es wieder einmal überstanden hatte.

Wir hatten so viel Zeit miteinander verbracht! Seit dem Ende seines Studiums war das zwar ein bisschen weniger geworden, aber wir hatten uns trotzdem noch oft gesehen, und das, obwohl Mum und Dad seitdem ständig mit mir umgezogen waren. Doch seitdem Leo in Redmoor arbeitete, waren wir noch kein einziges Mal beim Friseur gewesen.

Der Friseursalon lag in der Hauptstraße direkt neben Bobbys Beauty Booster, und sobald wir aus dem Auto stiegen, schoss Bobby nach draußen.

»Hallo, ihr Lieben! Wollt ihr euch beide die Haare machen lassen?«

Leo warf mir einen warnenden Blick zu. Ich lächelte harmlos

und sagte: »Nein, ich bin nur so mitgekommen.« Den Zusatz *zur moralischen Unterstützung* verschwieg ich, sonst hätte ich mir das Eis nachher verspielt.

»Warum habt ihr Nicola nicht gleich mitgebracht? Sie braucht dringend eine neue Frisur! Aber bevor sie hierherkommt, bringt sie lieber ihr Riesenvieh von Hund zum Scheren. Also wirklich!« Kopfschüttelnd begleitete Bobby uns nach drinnen und brachte uns persönlich zu unserem Platz. Bis dahin war es nicht weit, denn in den schmalen Raum passten gerade mal ein mit Flaschen und Tiegeln überladener Tresen, ein Waschbecken auf Rollen und zwei Frisierstühle. Die Wände waren mit Postern von glücklichen Models mit perfekten Haaren gepflastert. Ihre Frisuren wirkten allerdings ziemlich altertümlich. Wann waren zuletzt Dauerwellen modern gewesen?

Ich sah mich um. »Außer uns ist ja gar keiner hier! Wo sind denn die Friseure?«

Bobby machte eine Verbeugung, dass ihre grauen Haare durch die Luft flogen und die Flaschen auf dem Tresen wackelten.

»Die Friseurin, c'est moi!« Mit dramatischer Geste wies sie sich auf die Brust.

Ich staunte. »Aber warum hast du dann zwei Läden?«

Bobby lachte. »Das sieht doch fast schon wie ein Beauty-Imperium aus, findest du nicht? Zumindest in diesem Nest hier.«

Sie drückte Leo auf den hinteren der beiden Frisierstühle. Hoffentlich bemerkte sie nicht, wie er die Armlehnen umklammerte. Das war ja fast schon peinlich.

»Die ehrliche Antwort lautet: Beide Läden sind winzig«, fuhr sie fort. Sie zog einen giftgrünen Umhang aus einem Korb und warf ihn Leo um. Seine Gesichtsfarbe wechselte von Käsig zu Dunkelrot. Lag es am Farbton des Umhangs oder daran, dass Bobby ihn beim Zubinden fast strangulierte?

»Wie beim letzten Mal, Schätzchen?«, fragte Bobby.

Leo nickte und schloss die Augen, als sie das Waschbecken heranzog und ihm die Haare abbrauste.

»Ich könnte dir auch noch eine Kur verpassen, das macht dein Haar schön geschmeidig.«

Doch Leo winkte nur ab. Bobby rubbelte seine Haare trocken, dann nahm sie die größte Schere vom Tresen, die ich je gesehen hatte. Normalerweise sorgte Leo sich beim Friseur darum, dass er hinterher total blöd aussehen könnte. Doch anscheinend machte ihm hier noch etwas anderes Sorgen. Wenn ich mir die Riesenschere so ansah, verstand ich seine Panik gleich noch ein bisschen besser.

Ich setzte mich auf den anderen Stuhl direkt vor dem Schaufenster und sah nach draußen.

»Oh, da ist ja Carl!«

»Tatsächlich!« Bobby guckte mir über die Schulter, schnitt dabei aber unaufhörlich weiter.

Leo begann, leise zu summen, doch das ging zum Glück in unserem Geplauder unter.

»Er sieht ziemlich beschäftigt aus«, stellte ich fest. Carl ging auf der anderen Straßenseite auf und ab und telefonierte dabei. Er gestikulierte wild mit einer Hand.

»Gut so«, entgegnete Bobby. »Hoffentlich kommt auch etwas heraus dabei.«

»Wieso?« Im nächsten Moment biss ich mir auf die Lippe. Die meisten Erwachsenen verschlossen sich sofort wie eine Klappmuschel, wenn man zu neugierig wurde. Außer Leo natürlich. Doch zum Glück schreckte meine indiskrete Frage auch Bobby nicht ab.

»Sagen wir mal, er hatte bisher kein glückliches Händchen. Obwohl er als jüngster Sohn komplett verwöhnt wurde, wie Nicola mir erzählt hat.«

Mannomann, sonst waren Erwachsene nicht so freigiebig mit den Informationen!

Bobby legte die Schere weg und griff nach einer Dose Haarspray. Leo blinzelte, kniff aber sofort die Augen wieder zusammen, als ihn der klebrige Nebel traf.

»Den Schulabschluss und das Studium hat Carl nur mit Mühe geschafft«, sagte Bobby. »Und bei allen Jobs danach ist er rausgeflogen oder von selbst gegangen.«

Draußen hatte Carl inzwischen sein Gespräch beendet, tippte aber schon die nächste Nummer ein.

»Jedenfalls ist Nicola seine letzte Chance. Ihre Schwester hat sie gebeten, dass sie ein Auge auf Carl hat. Ich hoffe, er vermasselt das nicht.«

Das hoffte ich auch. Carl lehnte an der Hauswand und sprach ins Telefon. Dabei lächelte er so glücklich, als hätte er soeben im Lotto gewonnen.

»Fertig.« Bobby riss den Umhang ab, was Leo ein kurzes Keuchen entlockte. Schwankend stand er auf und fasste sich an die Haare.

»Der Kopf ist ja noch dran«, sagte er schwach.

Ich knuffte ihn in die Seite. »Siehst spitze aus.«

Leo bückte sich, um in den Spiegel schauen zu können. »Finde ich auch.« Jetzt sah er gleich viel glücklicher aus.

Bobby strahlte. »Gern geschehen. Hoffentlich kommst du bald mal wieder.«

Na, vor Weihnachten würde das bestimmt nichts werden. Ich wartete, während Leo bezahlte und Bobby ein üppiges Trinkgeld gab. Doch als die beiden anfingen, über das Wetter zu palavern, schlüpfte ich durch die Tür und überquerte die Straße, denn Carl hatte eben sein Telefon in die Tasche seines Jacketts gesteckt. Vielleicht bekam ich ja heraus, warum er so zufrieden aussah.

»Hallo!«

»Oh, hallo, Ruby.« Carl sah überrascht auf und ließ dabei eine Broschüre fallen.

Ich hob sie für ihn auf.

»Was ist denn das?«, fragte ich, als ich sie ihm zurückgab. Auf dem Foto war ein riesiges Geländer abgebildet, ein bisschen wie eine Brücke.

»Das ist ein Wipfelpfad«, erklärte er bereitwillig und schlug den Flyer auf. »Siehst du, hier sind noch welche. Diese sind ziemlich klein, aber den hier, den finde ich toll. Was sagst du dazu?«

Das Geländer erinnerte mich eher an eine Achterbahn, so gewaltig war es. Dagegen wirkten die Bäume auf dem Foto direkt winzig.

»Der ist ganz schön groß«, antwortete ich.

»Eben.« Carls Augen glänzten. »Je größer, desto besser. Was meinst du, wie weit man von da aus gucken kann. Und wie viele Leute dort entlanglaufen können!«

»Aber es sieht ganz schön hoch aus.« Für jemanden wie mich mit Höhenangst wäre das wahrscheinlich auch nichts.

»Ja, das ist ja der Sinn der Sache«, entgegnete Carl vergnügt. In diesem Moment traten Leo und Bobby vor die Tür.

Carl nickte ihnen zu, dann sagte er: »Du, ich muss los, wir sehen uns.«

»Klar«, erwiderte ich und lief hinüber zu Leo. Wir hatten ja schließlich auch etwas vor. Jetzt wurde unser Friseurbesuch eiskalt gefeiert.

Kapitel 16

Das braungraue Bündel lag vor dem Pavillon und rührte sich nicht. Trotzdem sprang ich mit einem Satz auf die nächstgelegene Bank. Es war nicht so, dass ich Angst vor Mäusen hatte. Nein, das nicht. Panik drückte es viel besser aus. Doch bei dieser Maus war ziemlich schnell klar, dass sie nicht mehr herumwuseln würde. Sie war eindeutig mausetot.

Ich überwand mich und hüpfte von der Bank. Sicherheitshalber schlug ich einen großen Bogen um die Maus, doch dabei drängten sich im Vorbeigehen einige unappetitliche Einzelheiten auf. Die Eingeweide quollen seitlich aus dem Bauch und der Schwanz schien mir kürzer als üblich. Ich guckte schnell weg. Bestimmt war ich jetzt genauso käsig wie Leo gestern vor seinem Friseurbesuch! Doch im nächsten Augenblick erinnerte ich mich wieder an meine aktuelle Mission.

Mäuse fangen stand da seit heute früh ganz oben auf dem Notizblock. Und darunter noch zweimal *MÄUSE.* Denn bei dieser

Herausforderung brauchte ich garantiert keinen zweiten und dritten Tagesordnungspunkt mehr.

Also rannte ich los, auch wenn mir schon bei dem bloßen Gedanken an das, was gleich kommen würde, schlecht wurde. Glücklicherweise war der Schuppen nicht weit und die Tür war nur angelehnt. Der Gärtner mit dem Zwergenbart verschwand gerade im Gewächshaus, also schlüpfte ich in die Hütte und schnappte mir den erstbesten Spaten.

Zwei Minuten später stellte ich mich meiner Mission. Nichts konnte mich daran hindern, sie zu erfüllen. Höchstens vielleicht mein Ekel.

Die pralle Morgensonne hatte die Maus nicht ansehnlicher gemacht. Meine Fußsohlen kribbelten. Am liebsten hätte ich den Spaten ins Gebüsch geschmissen und wäre weggerannt, doch da sah ich wieder Spencer vor mir und den trüben Blick in seinen Knopfaugen.

Nein, ich musste es tun, ich durfte ihn nicht im Stich lassen.

Vorsichtig schob ich den Spaten unter den Mäusekörper. Er war überraschend widerspenstig. Spencers Mahlzeit rutschte mir immer wieder herunter und bei jedem neuen Versuch wurde der Leichnam ein bisschen matschiger. Beim Anblick der Blutspuren auf dem Metall musste ich mich fast übergeben. Doch bevor ich die Maus ganz verhunzte, bekam ich sie mit einem Stein als Hebel endlich auf den Spaten.

Im Schweinsgalopp raste ich zu Spencers Baum. »Frühstück!«, rief ich. Spencer flatterte aufgeregt mit den Flügeln. Nun brauchte ich nur noch einen geeigneten Platz, wo ich ihm sein köstliches Mahl servieren konnte. Der Ast war zu schmal, aber ich hatte auch wenig Lust, Spencer wieder vom Baum zu heben.

»Was machst du denn da?«

Ich fuhr herum, wobei die Maus in Schräglage geriet und vom Spaten rutschte. Sie landete punktgenau auf Pauls rechtem Turnschuh. An seiner Stelle wäre ich schreiend davongerannt, aber Paul hob nur eine Augenbraue und wiederholte: »Was zum Geier machst du hier?«

Eigentlich war es ja nicht zu übersehen, aber ich konnte gern noch ins Detail gehen.

»Einen Leichentransport.« Dabei rückte ich unauffällig näher an Spencer heran. Hoffentlich verhielt er sich ruhig und verriet sich nicht. Und hoffentlich fuhr er nicht die Krallen aus. Für die zarte Haut an meinem Nacken hatte ich noch Bedarf.

»Ruby, warum läufst du mit einer toten Maus herum?«

Darauf wusste ich auf Anhieb keine Antwort, zumindest keine ehrliche.

»Was geht dich das an?« Lahm, ziemlich lahm, aber unter dem Druck fiel mir gerade nichts Besseres ein.

Hinter meinem Rücken raschelte es und Paul bekam große Augen. Anscheinend hatte er etwas gesehen. Eine gelungene Geheimoperation sah leider anders aus.

»Was ist das denn?«

»Eine Elfe.«

Paul runzelte die Stirn. Okay, für Spaß war er wirklich nicht zu haben.

»Eine Eule.« Jetzt war es raus.

»Darf ich mal?« Behutsam kratzte ich die Maus von Pauls Turnschuh und bugsierte sie wieder auf den Spaten, wobei ich diesmal anstelle des Steins Pauls Schuh als Hebel benutzte. Dann hielt ich Spencer das Spatenblatt mit der Maus hin und der ließ sich nicht lange bitten. Sein Schnabel fuhr herunter und im nächsten Moment war nur noch ein Restchen Mäuseschwanz übrig.

»Du fütterst die Eule?« Paul baute sich vor mir auf. »Sag mal, spinnst du? Das ist kein Kuscheltier.«

»Gut, dass du es sagst, es wäre mir überhaupt nicht aufgefallen. Aber guck sie dir an, sie braucht Hilfe. Ich rette sie nur vor dem Verhungern.«

»Wenn sie Hunger hat, wird sie sich schon etwas holen.«

»Nein, du Schlaumeier, das tut sie nicht. Ich beobachte sie jetzt seit Tagen und sie hat noch nichts gefressen.«

»Vielleicht ist sie ja krank.«

»Ist sie nicht. Sie muss einfach nur fressen und fliegen lernen.«

»Und das Fliegen willst du ihr etwa auch beibringen?«

Als Antwort rammte ich den Spaten in die Erde.

Leider ließ Paul sich von meinem Stirnrunzeln nicht entmutigen, dabei mussten meine Augenbrauen schon den Haaransatz erreicht haben.

»Wirklich, Ruby, das ist ein wildes Tier. Die kommen wunderbar allein klar, man muss sie nicht verhätscheln. Am besten lässt du sie in Ruhe.«

»Aber Spencer braucht Hilfe!«

Pauls Augen wurden schmal. »Spencer? Du hast der Eule auch noch einen Namen gegeben? Also behandelst du sie ja doch wie ein Haustier.«

»Das tue ich nicht! Und was geht dich das überhaupt an? Spar dir bloß deine Ratschläge! Du rennst die ganze Zeit hier in Redmoor herum und spielst dich auf, als wäre es dein Garten.«

»Quatsch! Niemand kann die Natur besitzen.«

»Und was ist mit deiner Krähe? Die hast du doch auch gerettet!«

»Die Krähe ist frei und macht, was sie will.«

»Wie, und der Ästling hier nicht? Siehst du vielleicht Fesseln? Habe ich ihn an den Baum gebunden?«

»Nein, das nicht, aber du fütterst ihn und gibst ihm sogar einen Namen.«

»Bis auf den Namen hast du genau dasselbe mit der Krähe gemacht.« Ich wich keinen Millimeter zurück. Er würde mir kein schlechtes Gewissen verpassen!

»Trotzdem, wilde Tiere sollte man nicht einfach so zähmen. Leo sieht das genauso.«

Ich schnaubte. Ausgerechnet er wollte mir etwas über Leo erzählen? Wenn sich da jemand auskannte, dann ich. Schließlich hatte Leo mich quasi aufgezogen.

»Ich weiß, was Leo denkt«, fauchte ich. »Viel besser als du übrigens. Ich kenne ihn schon mein Leben lang.«

Paul schwieg und sah zur Seite. Aha, das hatte gesessen.

Ich verschränkte die Arme. »Hast du nicht noch etwas anderes zu tun? An deinem Baumhaus herumpuzzeln oder einen Mammutbaum besteigen oder so? Was willst du überhaupt hier?«

Das brachte ihn kurz in Verlegenheit. »Jedenfalls habe ich dir nicht hinterherspioniert, falls du das meinst. Ich habe dich zufällig gesehen, als ich zum Baumhaus wollte. Und da ich dir sowieso etwas von Leo ausrichten soll, musste ich hierherkommen.« Er straffte die Schultern. »Wir wollen heute Abend ans Meer fahren und ein Lagerfeuer machen.«

»Wer ist wir?«

»Na, wir drei. Leo wollte nur, dass ich dir Bescheid sage.«

Na toll. Ich bekam Bescheid. Aber konnte mich nicht mal jemand fragen?

Paul starrte mich abwartend an. »Und was soll ich ihm jetzt sagen? Bist du dabei?«

Ich verdrehte die Augen. »Natürlich.« Was sollte ich auch sonst tun? Die Alternative war, allein auf Leos Couch zu sitzen. Da war mir der Strandausflug dann doch lieber.

Am späten Nachmittag verabschiedete ich mich von Spencer, um Leo und Paul am Eingang zu treffen. Auf den Ausflug freute ich mich mittlerweile, auch wenn ich auf Pauls Gesellschaft gern verzichtet hätte.

Als ich am Herrenhaus vorbeikam, hörte ich Gemurmel aus einem geöffneten Fenster. Bevor ich weitergehen konnte, sprang Mrs Big von der Treppe. Schwanzwedelnd lief sie auf mich zu und stellte sich so hin, dass ich unmöglich an ihr vorbeikonnte.

»Wuff!«

»Heißt das: *Streicheleinheiten, aber sofort!?*«, fragte ich und zog zärtlich an ihrem Schlappohr.

»Wuff!« Und schon presste sie sich etwas enger an meine Beine. Ich grinste und begann, sie durchzukraulen.

Mit einem Mal verstand ich die Stimmen deutlicher.

»Nic, ich habe ein völlig neues Konzept für Redmoor entwickelt«, sagte Carl gerade. »Es ist eine richtige Attraktion, nicht so etwas Langweiliges wie Klassikkonzerte bei Vollmond. Es wird vor allem junge Leute und Familien anlocken.«

»Wir machen doch jetzt schon viel für Familien. Leo hat sich auch wieder etwas Neues überlegt«, antwortete Nicola, »Gutenachtgeschichten am Wunschbrunnen und Lampionfeste zum Beispiel.«

»Hoffentlich ist er damit erfolgreicher als mit seiner Kinderrallye«, entgegnete Carl. Das klang ein bisschen abfällig, so hatte ich ihn bisher noch nie erlebt.

»Mir ist jedenfalls ein Knüller eingefallen«, schob er nach und wanderte am Fenster vorbei. »Wir bauen einen Wipfelpfad.«

Oh, deshalb also die Broschüre gestern! Ob er deswegen so viel telefoniert hatte?

»Wie kommst du denn darauf?«, fragte Nicola. War sie eher skeptisch oder neugierig? Ich stellte mich auf die Zehenspitzen und versuchte, ins Zimmer zu linsen, doch Mrs Big latschte im selben Moment auf meinen Fuß.

»Autsch, geh runter«, flüsterte ich und versuchte, sie wegzuschieben, doch eher hätte ich wahrscheinlich die chinesische Mauer bewegt.

»Wir haben diesen herrlichen alten Baumbestand«, schwärmte Carl. Er war gerade wieder vor dem Fenster aufgetaucht und gestikulierte wild mit den Händen. »Ehrlich gesagt, hat mich das Baumhaus auf die Idee gebracht. Mit einem Wipfelpfad lässt sich der verwilderte Teil des Gartens prima nutzen. Es vergehen doch noch Jahre, bis wir das alles bereinigt haben. Aber mit dem Wipfelpfad haben wir die Möglichkeit, schon bald jede Menge Geld zu machen. Wir können die Eintrittsgelder erhöhen. Oder wir verkaufen extra Karten für diejenigen, die nur auf den Wipfelpfad wollen. Damit heben wir uns von all den anderen langweiligen Gärten ab.«

Mit einem leisen Schnaufen drückte mir Mrs Big ihren Kopf in die Hand.

»Du musst von meinem Fuß gehen!« Doch sie leckte mir nur über den Handrücken und bewegte sich immer noch keinen Millimeter.

»Ich finde die anderen Gärten überhaupt nicht langweilig«, sagte Nicola entschieden. Sie lehnte sich mit dem Rücken zu mir gegen das Fensterbrett. Hoffentlich drehte sie sich nicht um! »Wir müssen deren Konzept doch nicht schlechtmachen.«

»Ja, das stimmt natürlich«, lenkte Carl ein, »aber wir brauchen etwas ganz Besonderes, um uns von der Konkurrenz abzuheben, sonst können wir gleich einpacken. Also, was hältst du davon? Soll ich Louis anrufen? Er ist der beste Architekt hier. Bestimmt konstruiert er uns einen tollen Weg durch die Baumwipfel. Ein Gerüst aus Stahl oder meinetwegen auch aus Holz, wenn dir das besser gefällt. Wir bauen breite Stege und vielleicht einen Aufzug, dann können sogar Rollstuhlfahrer und Familien mit Kinderwagen in die Baumkronen. Wäre das nicht großartig?«

»Warte noch, ich lasse mir das erst mal durch den Kopf gehen«, bremste Nicola ihn aus und verschwand aus meinem Sichtfeld. Ich hörte etwas plätschern und Sekunden später schlenderte sie mit einer Tasse durch den Raum. »Eigentlich hatten wir beschlossen, dass der wilde Teil vorerst so bleibt. Wir haben im Rest noch genug zu tun. Und ganz billig wird der Wipfelpfad auch nicht werden.«

Allmählich schlief mir der Fuß ein, und abgesehen davon, musste ich hier langsam mal weg, bevor mich jemand beim Lauschen ertappte.

»Aber es ist eine super Investition.« Ein Smartphone summte, und Carl sagte: »Lass uns nachher weitersprechen.« Offensichtlich war er noch nicht bereit aufzugeben. »Mit dem Wipfelpfad können die Besucher Redmoor von oben sehen, ganz ohne Klettern. Das ist doch großartig!«

Hm, das war allerdings ein Argument. Wenn ich beim Klettern nicht so mit meinem Bammel vor der Höhe beschäftigt gewesen wäre, hätte ich die Aussicht viel mehr genossen. Plötzlich erschien mir Carls Idee irgendwie verlockend. Auf einem Steg furchtlos über den Baumwipfeln wandern wäre wirklich grandios. Und über eine stabile Treppe käme man auch viel leichter nach oben, als selbst auf die Bäume zu klettern.

Mit einer letzten Kraftanstrengung drückte ich Mrs Big weg und schüttelte meinen Fuß. Ich musste jetzt schnell los. Ein sonniger Strandspaziergang erwartete mich.

Kapitel 17

Das Wasser glitzerte in der Abendsonne. In dem goldenen Licht sah das Meer wie verzaubert aus. Es hätte mich nicht gewundert, wenn plötzlich eine Nixe aufgetaucht wäre und uns zugewunken hätte.

Die Bucht war zwar klein, aber dafür war der Sand dort umso schöner. Er leuchtete hellgelb und rieselte fein zwischen meinen Fingern hindurch. Leider endete der Strandspaziergang schon nach einer Viertelstunde vor einer Felsenklippe und wir mussten wieder umdrehen. Aber es war ja auch toll, einfach nur am Wasser zu sitzen.

Die meiste Zeit war das Meer ganz glatt, nur ab und zu schlug eine einzelne Welle krachend gegen einen Felsen. Nicht weit von uns entfernt saß ein schwarzer Vogel bewegungslos auf einem Stein. Plötzlich schoss er vor und tauchte unter. Es dauerte einige Sekunden, bis er wieder an die Wasseroberfläche kam. In seinem Schnabel glitzerte es. Ob er einen Fisch gefangen hatte?

»Das ist ein Kormoran«, erklärte Leo, der meinem Blick gefolgt war. »Sie sind exzellente Taucher.«

Ich beobachtete den Vogel noch eine Weile, doch er stürzte sich kein zweites Mal in die Fluten, also streckte ich mich im Sand aus und stützte das Kinn auf die Hände. Neben mir war Paul damit beschäftigt, einen Kreis aus Steinen zu legen. Leo holte inzwischen das Holz für das Lagerfeuer aus seinem Rucksack.

»Was gibt es eigentlich zum Abendbrot?«, fragte ich und schielte zu den anderen Rucksäcken. Da waren bestimmt ein paar leckere Sachen drin.

Leo grinste. »Heute sorgen wir zur Abwechslung mal selbst für unser Abendessen.«

»Oh, wir kochen Spaghetti mit Tomatensoße auf dem Feuer? Oder bestellen wir eine Pizza an den Strand?«

Paul kicherte kurz, was ihm einen tadelnden Blick von Leo einbrachte.

Die Feuerstelle war fertig und musste nur noch angezündet werden. Leo holte eine Angel aus einer Hülle und wedelte damit vor meiner Nase herum.

»Nein, heute fangen wir unser Abendbrot – es gibt Fisch!«

»Echt jetzt?« Ich hatte noch nie frischen Fisch direkt aus dem Meer gegessen, geschweige denn, selbst einen gefangen. Ich setzte mich auf und sah gespannt zu, wie Paul einen Köder am Angelhaken befestigte. Dann warf er die Angel aus, als hätte er noch nie etwas anderes gemacht.

Das dauerte jetzt bestimmt noch ein Weilchen. Ich häufelte etwas Sand zu einem Turm auf, dann baute ich noch eine Rinne drumherum. Muscheln und flache Steine verzierten den Turm und ein Stück Holz führte als Zugbrücke über den Burggraben.

Plötzlich spritzten mir Wassertropfen ins Gesicht und eine Stimme brüllte: »Ich hab einen!«

Paul riss an seiner Angel, dabei blieb die Schnur an einem Stein hängen und spannte sich. Er zerrte daran und lehnte sich mit dem Oberkörper zurück. Wenn er so weitermachte, würde er noch hintenüberkippen.

»Nein, warte, sie reißt gleich.« Leo trat zu ihm und befreite die Schnur mit einem gezielten Ruck, sodass Paul sie aufspulen konnte. Kurz darauf kam ein kleiner Fisch zum Vorschein, etwa so groß wie meine Hand.

»Davon sollen wir satt werden?«, fragte ich entgeistert.

Paul schnaubte. »Dann sorg doch selbst fürs Abendessen.«

»Nein, danke.« Wenn es so weiterging, wären wir vor Mitternacht bestimmt nicht satt.

Der Rauch des kleinen Holzfeuers stieg mir in die Nase.

Leo legte Pauls großartigen Fang auf einen flachen Stein und reichte mir sein Taschenmesser. »Hier, du darfst ihn ausnehmen.«

Ich schreckte zurück. »Ich?«

»Klar. Sag bloß, bei deiner umfangreichen Ausbildung haben deine Eltern das Ausnehmen und Zubereiten von Fischen vergessen? Ich muss ein ernstes Wörtchen mit Melissa sprechen.«

Ich grinste. Mum und Dad ließen tatsächlich keine Gelegenheit aus, mich mit mehr oder weniger nutzlosem Wissen vollzustopfen. Ich hatte einen Qigong-Kurs belegt und konnte Papierkraniche falten, »Guten Tag, sehr erfreut« auf Indonesisch sagen und natürlich auch mit Stäbchen essen. Selbst in den Ferien trieben sie immer noch irgendein Seminar auf, bei dem ich mich weiterbilden konnte. In dieser Hinsicht war es absolut entspannt bei Leo. Tatsächlich hatte mir seit über einer Woche niemand mehr einen Vortrag gehalten, jedenfalls wenn ich Paul nicht mitzählte.

Aber wie sollte ich jetzt diesen Fisch ausnehmen?

Ich berührte ihn mit dem Zeigefinger. Er war glitschig, wie erwartet, aber wenigstens zappelte er nicht mehr.

»Du machst hier einen Schnitt«, erklärte Leo und deutete auf den Bauch, »dann fährst du mit der Klinge hinein, und die Eingeweide gleiten quasi von selbst heraus.«

Puh. Das hörte sich eklig an.

Als ich aufblickte, traf mich Pauls spöttischer Blick. »Das machst du nie, wetten?«, raunte er.

Ich zog die Augenbrauen zusammen. »Mache ich wohl«, zischte ich.

»Ach stimmt, du hast ja Übung. Bei der Maus kamen auch schon die Eingeweide heraus. Du kannst die Innereien ja deinem neuen Haustier mitbringen.«

Jetzt war Pauls Grinsen unübersehbar fies. Dieser kleine Mistkerl!

»Halt bloß die Klappe!«

Zum Glück hatte Leo von unserem Schlagabtausch nichts mitbekommen. Er spitzte mit einem zweiten Messer einige

Stöcke an. Ich war mir noch nicht sicher, ob ich ihm von Spencer erzählen sollte oder nicht. Aber das würde allein ich entscheiden und nicht Paul!

Entschlossen nahm ich das Messer und atmete aus. Was war schon dabei? Einen Fisch ausnehmen – das hatten Menschen seit Jahrmillionen gemacht. Ich packte den Fisch und zerdrückte ihn dabei fast. Er war wirklich sehr klein.

Dann pikte ich die Messerspitze in den Bauch, doch das hatte keinerlei Auswirkungen. Erst beim dritten Versuch gelang es mir, den Bauch aufzuritzen. Zum Glück flutschten die Organe dann tatsächlich von selbst heraus.

»Sehr gut«, sagte Leo und reichte mir einen der dünnen Stöcke. »Jetzt aufspießen und braten.«

Das auch noch! Ich seufzte. Aber roh wollte ich den Fisch auch nicht essen.

Der Wind drehte und nun wehte mir der Rauch des Feuers ins Gesicht. Meine Augen brannten so, dass ich mich umsetzen musste, und dann gleich noch mal, als der Wind erneut die Richtung wechselte. Doch irgendwann saß ich gemütlich am Feuer und kurz danach breitete sich ein Duft nach gebratenem Fisch aus.

Plötzlich war alles gut. Es war nicht ganz so, wie ich es mir vorgestellt hatte, aber es war trotzdem gut.

Die Brandung war stärker geworden. Ich schloss die Augen und hörte dem Rauschen der Wellen zu.

Leo reichte mir einen Teller mit Fischen. Jetzt erst merkte ich, wie hungrig ich war.

Vorsichtig pulte ich das weiße Fleisch von den Gräten.

»Mhm, lecker.« Wann hatte mir das letzte Mal etwas so gut

geschmeckt? Abgesehen von den frischen Scones im Café natürlich.

»Sag ich doch.« Leo grinste, doch dann wurde er plötzlich ernst.

»Was ist denn?«, fragte ich besorgt.

»Ach, nichts.« Doch sein Gesichtsausdruck war alles andere, nur nicht glücklich. Im Gegenteil, seine Stirn war gerunzelt, und wie er da auf dem Stein saß, schien er plötzlich furchtbar angespannt.

Auch Paul hatte das bemerkt. »Aber irgendetwas ist doch, Leo. Worüber hast du denn eben nachgedacht?«

Leo seufzte. »Euch kann man wohl nichts vormachen, wie?«

Paul und ich sahen uns an. Ausnahmsweise waren wir uns einig. Mit Leo stimmte etwas nicht, aber er wollte es uns nicht sagen. Und das wiederum bedeutete, dass wir beide nun alles daransetzen würden, es herauszubekommen. Da ging es Paul ebenso wie mir, das erkannte ich sofort.

»Mir sagst du doch auch immer, ich soll alles erzählen, wenn mich was bedrückt«, legte Paul los.

»Genau, mir hast du das auch schon hunderttausendmal gepredigt«, feuerte ich nach. Wenn es um die gute Sache ging, war ich durchaus bereit, mich auf Pauls Seite zu schlagen. Auch wenn sich das total komisch anfühlte, schließlich hatten wir uns vorhin erst gestritten.

»Na schön, na schön!« Leo hob die Hände. »Ich kapituliere.«

Er rückte näher ans Lagerfeuer und schwieg einen Moment, doch diesmal ließen wir ihn in Ruhe.

»Es ist wegen Redmoor«, begann Leo. »Nicola hat mir erzählt, dass uns ihre Hausbank vorerst keinen weiteren Kredit bewilligt.

Und die anderen Banken, bei denen sie war, geben uns kein Geld. Erst mal sollen wir Einnahmen vorweisen, um zu zeigen, dass sich der Garten selbst finanzieren kann.« Er schluckte. »Aber das braucht natürlich Zeit und das scheinen diese Banker nicht zu verstehen. Dabei haben wir morgen Abend unsere erste Veranstaltung. Ich bin sicher, die wird ein voller Erfolg.« Er schüttelte den Kopf. »Ich weiß nur nicht, ob wir lange genug durchhalten, bis wir dauerhaft genügend Einnahmen bekommen. Ob Nicola finanziell so lange durchhält, meine ich. Ich mache mir wirklich große Sorgen.« Er suchte nach Worten.

Wieder sahen Paul und ich uns an. Das gab es doch nicht! Leo war immer so zuversichtlich, doch heute Abend hier am Meer war er ganz anders als sonst, so traurig und irgendwie auch müde. Das beunruhigte mich und Paul schien es genauso zu gehen.

»Klar, ich werde sicher irgendwo anders auch einen guten Job finden. Aber Redmoor ist etwas Besonderes. Die Leute sind mir ans Herz gewachsen. Und ich habe das Gefühl, hier kann ich wirklich etwas bewirken. Es ist sinnvoll, den Garten zu restaurieren, ich glaube, mit all den kleinen Oasen machen wir viele Leute sehr glücklich. Und auch die Tiere. Seitdem wir mit der Restaurierung begonnen haben, wimmelt es nur so davon. Natürlich jede Menge Vögel, aber es gibt auch Füchse, Fledermäuse, Schlangen und alle möglichen anderen Tiere. Vor einigen Wochen habe ich abends sogar einen Dachs gesehen, was wirklich selten vorkommt, die sind nämlich richtig scheu.«

»Das bleibt auch alles erhalten«, sagte Paul leise. »Wirklich, Leo, wir kämpfen dafür, und dann klappt es auch. Das sagst du doch selbst auch immer. Wir schaffen das.«

In diesem Moment mochte ich ihn richtig gern. Ich hätte nie gedacht, dass er so feinfühlig sein konnte.

»Bestimmt hast du recht, Paul.« Leo lächelte uns an, doch so richtig freudig kam das nicht rüber.

Ich fasste nach seiner Hand.

»Ich hoffe einfach, es ist mit Redmoor nicht schon vorbei, bevor es überhaupt begonnen hat«, sagte er leise.

Kapitel 18

Am nächsten Morgen erwartete uns im Büro eine Überraschung. Statt wie üblich High Heels trug Bobby heute Gummistiefel.

»Was ist denn hier los?«, fragte Leo, doch anscheinend meinte er nicht Bobbys Fußbekleidung, sondern die Ladung Plastikeimer, die sie eben in den Flur schleppte.

»Nicola hat mich in der Frühe angerufen. Sie hat einen Arzttermin und musste dringend weg, deshalb hat sie mir Bescheid gesagt. Heute Nacht ist irgendetwas an der Leitung kaputtgegangen, nun steht die Hälfte der Büroräume unter Wasser.«

»Verflucht, das auch noch!«, schimpfte Leo. »Dabei wollte ich mit der Planung der Abendveranstaltungen weitermachen. Die erste ist doch schon nachher. Jetzt muss ich mich auch noch um diesen Mist hier kümmern.«

Er stapfte mit finsterer Miene an uns vorbei in sein Büro.

»Das ist wirklich Pech«, meinte Bobby zu mir, »aber soll ich dir mal eine uralte Weisheit verraten?«

»Unbedingt!« Für so etwas war ich immer empfänglich, besonders wenn es von jemandem wie Bobby kam.

Sie zwinkerte mir zu. »Nichts Schlechtes, wo nicht auch etwas Gutes wäre.«

»Na, da bin ich gespannt, was das Gute ist«, brummte Leo, der gerade mit einem triefenden Wischlappen aus dem Büro kam. »Jedenfalls ist es hier wärmstens willkommen.«

Nachdem ich Leo und Bobby geholfen hatte, das meiste Wasser zu beseitigen, düste Bobby eilig in ihren Salon, während Leo sich um einen Klempner kümmerte. Ich nutzte die Gelegenheit und stattete Spencer einen Besuch ab.

Heute saß er schon einen Ast höher als gestern.

»Du fängst ja an zu klettern wie ein Äffchen«, neckte ich ihn. »Das würde ich mir gern mal ansehen. Zeigst du es mir?«

Spencer guckte mich aus seinen glänzenden Augen an und rührte sich nicht.

»Immerhin fauchst du mich nicht mehr an, ich finde, das ist ein Fortschritt.«

Ich hatte mir eine Decke von zu Hause mitgebracht und zog ein Buch aus dem Rucksack. »Stört es dich, wenn ich ein bisschen lese?«

Spencer drehte den Kopf zur Seite.

»Heißt das vielleicht nein?« Ich schlug das Buch beim Lesezeichen auf und vertiefte mich in die Geschichte. Zwischendurch schielte ich immer wieder zu Spencer hoch. Er hatte die Augen geschlossen und schien zu schlafen.

Ein Käfer landete auf meiner Buchseite und spazierte über das Blatt. Ich musste unbedingt noch Futter für Spencer organisieren. Doch einen winzig kleinen Moment würde ich noch hierbleiben. Es war einfach zu schön!

Die Schlange vor den Kassen wand sich bis zum Parkplatz. Leo verteilte Fackeln an alle Besucher. »Geht ihr beide am Schluss des Zugs?«, fragte er und drückte mir und Paul je eine Fackel in die Hand.

»Ja, klar«, sagten Paul und ich wie aus einem Mund. Wir guckten uns kurz an, dann kicherten wir.

»Ich bin echt froh, dass es ihm wieder besser geht«, raunte ich Paul zu.

»Und ich erst«, sagte er leise. »Ich habe mich schon gewundert. Das passt gar nicht zu ihm.«

»Eben. Aber zum Glück sind jede Menge Leute da, die bei der Fackelwanderung mitmachen wollen. Das bringt Geld in die Kasse.«

Wir schauten hinüber zu Bobby, die eine Eintrittskarte nach der anderen verkaufte und jedem Besucher noch einen lustigen Spruch mit auf den Weg gab.

»Guten Abend, Louis, heute verkaufe ich mal die Karten.«

Mensch, den kannte ich doch!

Es war der Schaffner aus dem Zug, der soeben grinsend seine Karte in Empfang nahm. Anscheinend war er auch ein Gartenliebhaber. Gut so, denn je mehr Leute sich für Redmoor interessierten, umso besser war es.

»Hoffentlich fällt diesmal niemand vom Baumhaus«, sagte Carl im Vorbeigehen und zwinkerte mir zu.

»Was ist denn mit dem Wipfelpfad?«, fragte ich neugierig.

»Noch nichts.« Er seufzte. »Nic denkt weiter darüber nach.«

Kurz darauf versammelten sich alle um Leo und Nicola in einem Halbkreis.

»Schön, dass Sie gekommen sind«, begann Nicola ihre Ansprache. »Ich hoffe, wir erleben einen besonderen Abend hier in Redmoor Garden.«

Wie immer machte sie nicht viele Worte und so setzte sich der Zug kurz darauf in Bewegung.

Die Sonne war schon untergegangen und Bäume und Büsche warfen im Mondlicht lange Schatten. Immer wieder hielt jemand an, um sich etwas anzusehen oder an einer Blüte zu riechen, aber zum Glück blieben alle einigermaßen zusammen. Ich kam mir vor wie ein Hütehund, der eine Herde Schafe vor sich hertreibt.

Als wir das Buchsbaum-Labyrinth erreichten, platschte es laut. Jemand war mit dem Fuß im Wasserbecken gelandet.

»Nichts passiert, nichts passiert«, rief der Schaffner und schüttelte unter dem Gelächter der anderen seinen Schuh aus.

Jetzt im Mondschein dufteten die Blumen in den Kübeln besonders süß. Zum Glück war das Abflussproblem inzwischen endgültig erledigt.

Paul und ich zuckelten einträchtig nebeneinanderher. Heute hatte ich schon viel weniger Angst im Dunkeln als bei meiner Nachtwanderung mit Leo. Lag das an den vielen Leuten? Aber wir waren ja schon ein ganzes Stück zurückgefallen. Vielleicht machte mir auch das Fackellicht Mut. Was auch immer es war – ich freute mich jedenfalls darüber.

»Kann ich dich mal was fragen?«

Ich warf Paul einen Blick zu, doch er sah ganz ernst aus, nicht so spöttisch wie sonst.

»Klar.«

»Leo hat mir erzählt, dass ihr ziemlich oft umgezogen seid. Musstest du dann jedes Mal die Schule wechseln?«

»Ja, ziemlich oft sogar.«

»Mein Vater will jetzt auch, dass ich die Schule wechsle.« Er zog die Augenbrauen zusammen. »Dafür müsste ich aber jeden Tag eine Stunde Bus fahren. Für eine Strecke! Dann hätte ich kaum noch Zeit für Redmoor.«

»Mhm, das hört sich ziemlich blöd an.«

»Wie ist das denn so, wenn man in eine neue Schule kommt? Ist es sehr schlimm?«

»Kommt drauf an, wie der Anfang so ist. Meistens eigentlich nicht. Es nervt halt, weil du niemanden kennst und eine Weile brauchst, bis du kapierst, wie alles läuft.«

Ja, das waren die guten Schulwechsel. Aber ein paar Mal war der Einstieg auch richtig mies gewesen. Einmal sogar besonders. Es war der erste Schultag in einer neuen Klasse. Ich hatte seit vier Tagen Durchfall gehabt, weil ich wegen des Wechsels so aufgeregt war. Mum und ich betraten das Schulgebäude, einen grauen Betonklotz. Aus irgendeinem Grund brachte sie mich nicht wie sonst ins Sekretariat, sondern direkt in den Klassenraum, wo der Unterricht bereits begonnen hatte. Mir wurde mein Platz zugewiesen und auch dahin begleitete mich Mum. Vielleicht hatte sie Angst, dass ich es vor Schwäche nicht schaffen würde. Sie stellte den Rucksack neben mich, strich mir zärtlich übers Haar und sprach die verheerenden Worte: »Mach's gut, Liebling.« Und damit war ich geliefert. Ich blickte meinen Mitschülern in die Augen und wusste sofort, wer mir in den folgenden Monaten das Leben schwer machen würde.

An dieser Schule sehnte ich zum ersten Mal den nächsten Umzug herbei.

Paul berührte mich am Arm und riss mich damit aus meinen Gedanken. »Hör mal.«

Ich lauschte. »Oh, das ist ein Käuzchen!«

Die Rufe waren so schaurig und wild und rätselhaft, dass ich dem Käuzchen ewig hätte zuhören können. Das Licht der Fackeln beleuchtete Pauls Gesicht. Er lächelte – da war ja ein Grübchen in seiner Wange. Wir standen so nah beieinander, dass ich seinen Geruch wahrnahm, eine Mischung aus Erde, Waschmittel und irgendeinem Kraut. Pfefferminze vielleicht?

Nach einer Weile ebbten die Rufe ab. Die Eule musste weitergeflogen sein. Schweigend schlossen wir uns wieder dem Zug an.

Kapitel 19

In der späten Nachmittagssonne schimmerten die Zweige der Trauerweide silbrig grün. Ich kam mir fast vor, als wäre ich unter Wasser. Irgendwo in einem der Äste zwitscherte eine Amsel und etwas weiter weg antwortete eine andere.

Ich fühlte mich rundum wohl. Die Wanderung mit den Fackeln war viel schöner gewesen, als ich erwartet hatte. Nachdenklich drehte ich die Postkarte mit dem Mädchen vor der Weide in den Händen. Wer sie wohl war? Zumindest hatte ich ihren Lieblingsort gefunden, denn das war er bestimmt gewesen, so glücklich, wie sie auf dem Bild aussah. Sicher hatte sie ebenso hier gesessen, auch wenn die Zweige auf dem Foto nicht ganz bis zum Boden reichten. Hoffentlich fand ich noch ein bisschen mehr über sie heraus. Wen konnte ich dazu befragen?

»Ruby?«

Ich steckte den Kopf zwischen den Zweigen hervor. »Hi, Paul.«

Er lächelte mir zu, kam jedoch nicht näher. Ob er manchmal auch hier saß? Wahrscheinlich verbrachte er die meiste Zeit im Baumhaus.

»Sag mal, könntest du vielleicht mit anfassen?«, fragte er. »Wir wollen doch hinter dem Spielplatz das neue Hühnerhaus eröffnen. Oma kümmert sich darum, aber sie bräuchte jetzt Hilfe. Es sind nur ein paar Handgriffe, dann ist es fertig.«

»Natürlich«, antwortete ich und ging mit.

»Ach, danke, dass ihr mir helft«, sagte May, als wir kurz darauf vor dem Hühnerhaus standen. »Ich werde auf meine alten Tage ehrgeizig. Für das Lampionfest soll alles schön sein, außerdem brauchen die Hühner endlich ein ordentliches Zuhause.«

Sie drückte mir einen Hammer in die Hand und wies auf das Dach, während sich die Hühner und der Hahn in eine Ecke des Geheges verzogen.

»Macht ihr hier weiter?«, fragte sie. »Ich hole noch Material.«

Ich hievte ein Stück der schwarzen Abdeckung auf das Dach. Paul reichte mir Nägel und hielt die Pappe fest, als plötzlich etwas auf dem Dachfirst landete. Seine Krähe musterte uns aus schwarzen Knopfaugen. Als ich den ersten Nagel einschlug, flog sie auf die Erde und scharrte mit den Krallen im Sand. Ich hämmerte den nächsten Nagel ins Holz, rutschte aber ab und traf meinen Daumen. Verflucht, tat das weh! Am liebsten wäre ich wie Rumpelstilzchen durch die Gegend gehüpft, aber das konnte ich mir gerade noch verkneifen.

»Sollen wir tauschen?« Paul grinste freundlich.

Ich lutschte am Daumen und versuchte gleichzeitig, den Kopf zu schütteln. »Geht schon.«

Nun trauten sich die Hühner näher und pickten um uns herum im Boden. Während ich ihnen zusah, bemerkte ich einen hellen Schimmer im Gras.

»Was ist das?«

»Ein Hühnerei. Manchmal legen sie ihre Eier abseits vom Haus hin, um sie zu bebrüten«, erklärte Paul.

»Oh, wie süß, dann schlüpft da vielleicht ein Küken raus?« Ich hockte mich hin und streckte die Hand danach aus, um das hellgrüne Ei zu berühren. So eine Farbe hatte ich bei einem Hühnerei noch nie gesehen.

Im nächsten Moment rauschte die Krähe im Sturzflug herunter. Erschrocken zog ich die Hand zurück. Die Krähe zögerte keine Sekunde und packte das Ei.

»Nein, lass das!« Ich hechtete hinterher, doch die Krähe war schneller. Mit dem Ei in den Klauen flog sie hinter den Zaun. Jetzt war sie außerhalb meiner Reichweite.

Hilflos sah ich zu, wie ihr Schnabel auf das Ei hinabsauste. Mit einem einzigen Hieb hackte sie es in Stücke.

Die Schale zerbrach und jede Menge Eidotter und etwas Dunkles, Festeres flossen hinaus.

»So ein Biest!«

»Wieso das denn?«, fragte Paul. »Das ist doch völlig natürlich.«

»Aber da war ein Küken in dem Ei.« Und dieses Küken würde nie leben. Wie konnte ihm das egal sein?

»Ja, und? Sie muss doch auch etwas fressen.« Paul beschäftigte sich schon wieder mit der Dachpappe. »Du fütterst die Eule doch auch.«

»Das ist etwas völlig anderes. Ich verfüttere tote Mäuse.« Jedenfalls wenn ich welche finden konnte.

»Und die Krähe nimmt sich, was sie kriegen kann. Im Gegensatz zu deiner Eule ist sie nämlich frei.« Paul starrte mich herausfordernd an.

»Ist Spencer etwa angebunden?«

»Nein, aber er kann nicht fliegen, das ist ein himmelweiter Unterschied. Er klettert nur ein bisschen herum, aber weit kommt er nicht. Die Krähe dagegen ist freiwillig hier, sie kann jederzeit weg.«

Die Krähe nickte heftig, als wolle sie ihm recht geben.

»Eben, Spencer kann nicht fliegen. Und wenn ich ihm kein Futter geben würde, müsste er sterben.«

»Das weißt du doch gar nicht! Vielleicht vertreibst du auch nur seine Eltern.«

»Seine Eltern sind aber nie aufgetaucht. Ohne mich wäre er verhungert.«

»Träum weiter«, sagte er höhnisch. »Du bist nicht unersetzlich, weißt du. Keiner ist das.«

So eine Frechheit!

»Wenn sich hier einer für unersetzlich hält, dann bist das ja wohl du«, zischte ich. »Du predigst immer, was richtig und was falsch ist. Aber damit machst du es dir verdammt leicht, genau wie dein Vater.«

Ich donnerte den Hammer auf den Boden, und zwei Hühner stoben gackernd auf. Sollte er den Kram doch alleine machen.

»Was weißt du schon von meinem Vater?«, brüllte Paul mir nach.

Ich drehte mich noch einmal um. »Genug, um zu kapieren, dass du genauso selbstgerecht bist wie er!«

Eine Brombeerranke umschlang meinen Fuß, als ich vom Trampelpfad auf die Lichtung stürmte. Ich stolperte, fiel der Länge nach ins Gras und landete mitten in einem Maulwurfshügel. Na toll! Ich spuckte Erdkrümel aus und fuhr mir über das Gesicht. Wahrscheinlich war es dreckverschmiert, außerdem hatten die Dornen meine Wade total zerkratzt. Aber immer noch hätte ich am liebsten auf etwas eingedroschen.

Dieser verflixte Paul! Immer wusste er alles besser! So ein Angeber! Ich ballte die Fäuste und da fiel mein Blick auf das Baumhaus.

Im Abendlicht thronte es wie ein Raumschiff inmitten überirdischer Strahlen auf der Wiese. In diesem Moment sah es überhaupt nicht klapprig aus, sondern wirkte wie ein geheimnisvoller Ort außerhalb der Zeit.

Ich trat einen Schritt darauf zu. Das war Pauls Reich, und irgendetwas juckte mich, dort einzudringen. Wenn er es wüsste, wäre er bestimmt stinksauer, doch er würde es ja nie erfahren. Abgesehen davon: Ich konnte tun und lassen, was ich wollte. Von allen Leuten war Paul wirklich der Letzte, von dem ich mir etwas verbieten ließ!

Ich zögerte kurz, dann stieg ich auf die unterste Sprosse. Paul hatte in den letzten Tagen eine richtige Leiter gebaut, sodass ich nun bequem auf die Plattform gelangte. Sogar eine Brüstung und ein Sonnensegel hatte er angebracht.

Über eine halbhohe Wand ragte ein Zweig mit Blättern ins Baumhaus. Die letzten Sonnenstrahlen beleuchteten die feinen Adern in jedem Blatt.

Oben betrachtete ich staunend die Umgebung. Gut dass ich mich getraut hatte! Von hier aus konnte ich nicht nur die Baumkönigin und einen Teil des Sees erkennen, ich entdeckte sogar die schwarzen Dachschindeln des Herrenhauses. Kein Wunder, dass Paul so gern hier war. Die Sonne ging allmählich unter und der Abendhimmel wurde Stück für Stück dunkler.

Ich legte mich auf die Plattform und hörte den Grillen zu, als ich aus dem Augenwinkel eine Bewegung wahrnahm. Hastig richtete ich mich auf und stieß dabei mit dem Kopf gegen eine Dose. Nein, es war irgendetwas aus Holz, doch bevor ich es zu fassen bekam, donnerte es auf die Plattform. Sonnenblumenkerne und andere Körner prasselten heraus. Ich griff nach dem Ding, doch es glitt mir aus den Händen und rollte über die Kante der Plattform. Unten knallte das Teil auf einen Baumstumpf. Um den Stamm lagen zersplitterte Holzstücke, mehr war davon nicht übrig. Oh nein! Das hatte ich ja toll hinbekommen. Warum hatte Paul das Holzding auch nicht richtig befestigt? Trotzdem hatte ich ein schlechtes Gewissen, denn bestimmt investierte er einen Haufen seines Taschengeldes in diese Bude.

Demnächst musste ich ihm das beichten, aber heute nicht mehr. Ich tastete mit den Fußspitzen nach der obersten Sprosse. Nicht weit entfernt spazierte eine Gestalt über die Wiese. Es war Nicola. Sie stapfte durch das hohe Gras und sah aus, also ob sie über einem größeren Problem brüten und mitten in einem

Fragenlabyrinth stecken würde. Die *labyrinthischen* Fragen sind ziemlich vertrackt. Man grübelt über die Antworten nach und alles scheint furchtbar kompliziert. Doch in Wirklichkeit gibt es gar nicht so viele Möglichkeiten. Im Gegenteil. Es führt immer nur ein Weg zur richtigen Antwort – eben wie bei einem Labyrinth. Aber diesen Weg muss man erst einmal finden!

Ich arbeitete mich Stufe für Stufe den Baum hinunter. Inzwischen war ich schon häufiger während der Dämmerung in Redmoor unterwegs gewesen, aber ganz wohl war mir immer noch nicht dabei.

Vielleicht konnte ich mit Nicola zurückgehen. Ich hob den Arm und wollte mich schon bemerkbar machen, als mir der Atem stockte. In der Nähe der Baumkönigin löste sich ein Schatten und glitt auf sie zu. Nicola ahnte nichts, aber wie auch? Der Schatten machte keinerlei Geräusche. Ich klebte auf der Leiter und starrte auf die ausgebreiteten Schwingen. Es musste eine Eule sein, aber warum drehte sie nicht ab? Sie war schon kurz vor Nicola, doch immer noch flog sie mit unverminderter Geschwindigkeit weiter.

Spencer, schoss es mir durch den Kopf, aber das konnte nicht sein. Spencer schien mir viel kleiner und er konnte auch noch nicht fliegen.

Jetzt war die Eule fast bei Nicola.

»Nicola!«

Sie drehte sich zum Baumhaus um, aber es dauerte einen Moment, bis sie mich erkannte.

»Runter!«, rief ich und winkte heftig, doch sie begriff immer noch nicht. Mit kräftigen Flügelschlägen segelte die große Eule auf sie zu.

»Vorsicht!«

»Ruby, was ist denn los?«, fragte Nicola. Da schoss die Eule dicht über sie hinweg. Eine Kralle streifte Nicolas Hinterkopf, sie schrie auf und duckte sich endlich weg. Schützend hielt sie die Hände vor die Augen. Die Eule flog einen kurzen Bogen, dann kam sie zurück. Diesmal berührte sie Nicola nicht, sondern umkreiste sie nur, bevor sie abdrehte und zurück zum Waldrand flog.

Landete sie in der Baumkönigin? Vielleicht, aber genau konnte ich es nicht erkennen. Ich sprang die letzten Stufen hinunter und rannte zu Nicola, die immer noch völlig verdutzt auf der Wiese stand.

»Was war denn das?«, fragte sie verwirrt und fuhr sich durchs Haar. Sie war kreidebleich im Gesicht.

»Du blutest ja«, sagte ich statt einer Antwort.

Sie betrachtete ihre Fingerspitzen. Ein Blutstropfen zeichnete sich darauf ab. Sie kramte in ihrer Hosentasche nach einem Taschentuch und tupfte sich die Stelle am Hinterkopf ab, an der die Eule sie gestreift hatte.

»Was war denn das?«, wiederholte sie. Allmählich kehrte die Farbe wieder in ihr Gesicht zurück.

»Eine Eule. Sie war ziemlich groß.« Ich breitete die Arme einen halben Meter aus. Oder war sie noch größer gewesen?

Nicola schüttelte den Kopf. »Wenn du es nicht mitbekommen hättest, würde ich denken, ich hätte das eben geträumt.«

»Nein, ich habe es auch gesehen.«

Für mich hatte es fast wie ein Angriff gewirkt, doch das verschwieg ich lieber. Es klang einfach zu verrückt. Seit wann griffen Eulen Menschen an?

»Ob es ein Versehen war? Es ist ja noch hell, vielleicht hat die Eule sich erschrocken, weil sie zu früh aufgewacht ist.«

»Kaum vorstellbar, aber es könnte natürlich trotzdem sein«, sagte Nicola.

Wir sahen uns an. Bestimmt glaubte sie ebenso wenig daran wie ich.

Sie seufzte. »Kommst du mit zurück? Ich werde morgen mal Paul fragen, vielleicht hat er eine Idee dazu. Sein Baumhaus steht ja gleich da vorn.«

Paul, Paul, immer wieder Paul. Warum fragten alle Leute immer nur ihn um seine Meinung? Bestimmt wusste ich inzwischen viel mehr über Eulen als er.

»Hast du seine Krähe auch schon kennengelernt?«, fragte Nicola, während wir den Trampelpfad entlanggingen. »Er hat sie als Küken nach einem Sturm gefunden.«

Ich nickte stumm.

Nach dem Abendessen verkrümelte ich mich sofort ins Bett. Bevor ich einschlief, beschrieb ich noch den Notizblock für den nächsten Tag.

Mäuse für Spencer

Paul das Holzding beichten

Ersatz besorgen?

Anschließend lag ich noch eine Weile wach und grübelte über die Sache auf der Lichtung nach. Warum war die Eule auf Nicola losgegangen? Warum ausgerechnet Nicola? Lag es an ihrem roten Pullover? War die Eule verwirrt vom Licht? Bestimmt gab es irgendeine Erklärung. Das musste es!

Aber würde Spencer dann vielleicht auch eines Tages auf mich losgehen? Eigentlich hoffte ich, dass wir uns näherkommen würden. Ich wollte mich zu gern mit ihm anfreunden. Wenn Paul das mit einer Krähe gelungen war, würde ich es doch mit einer Eule schaffen.

»Nacht, Kaktus«, sagte ich leise und kuschelte mich unter die Bettdecke.

Hatte sie sie nur gestreift? Oder war es ein Angriff gewesen?

Kapitel 20

Die Holztreppe knarrte, als ich barfuß hinunterschlich. Ich blieb stocksteif stehen, doch Leos Schnarchen ließ die Wände wackeln. Also war alles im grünen Bereich!

Ich tappte in die Küche und postierte mich mit Handfeger und Schaufel vor der Katzenklappe. Wie fast jeden Morgen dauerte es nicht lange, bis Carrot hereinkam. Im Gegensatz zu seinem Mitbewohner war er außerordentlich pünktlich.

Heute früh hatte ich Glück: Er brachte Leo ein Geschenk mit nach Hause.

Mich hätte es kein Stück gefreut, wenn mir jemand eine tote Maus auf die Fußmatte geworfen hätte, doch Leo lobte Carrot jedes Mal überschwänglich dafür.

Jedenfalls hatte er das getan, doch seit ein paar Tagen erreichten ihn Carrots Geschenke nicht mehr, denn ich fing sie vorher ab.

Ich musste mich fast übergeben, als ich die Mausleiche auf

die Schaufel fegte und in eine alte Brotdose beförderte. Ich wickelte die Dose in eine Plastiktüte und verstaute sie in meinem Rucksack.

»Miau!« Carrot starrte mich vorwurfsvoll an.

»Jetzt reg dich nicht auf, du bekommst doch was dafür«, sagte ich und holte einen Hering aus dem Kühlschrank.

Zwei Stunden später packte ich die Brotdose vor Spencers Baum aus. Über mir hörte ich heftiges Flügelschlagen und lautes Gekrächze. Was war denn da los? Das Blattwerk war so dicht, dass ich nichts erkennen konnte. Kam das von Spencer? Ich hatte ihn noch nie solche Geräusche machen hören. Es klang eher nach einer Krähe.

Ein ungutes Gefühl breitete sich in mir aus. Ich stieg auf den untersten Ast und schob ein paar Zweige zur Seite. Erschrocken fuhr ich zurück. Weiter oben kämpfte Spencer mit einem Vogel. Er ging immer wieder auf die kleine Eule los. Wenn das nicht Pauls Krähe war!

»Weg da! Hau gefälligst ab!«

Spencer hüpfte auf dem Ast hin und her und hackte immer wieder nach der Krähe, doch die war wendig und schnell. Sie flog kurz auf, nur um sich dann erneut auf ihn zu stürzen. Wollte sie ihn fressen? Aber er war doch fast so groß wie sie!

Irgendwie musste ich die beiden trennen, aber ich durfte nicht mit den Händen dazwischengehen.

Ich griff nach einem abgeknickten Ast, dessen Laub bereits braun geworden war. Trotzdem dauerte es ewig, bis ich ihn endlich richtig abgerissen hatte, und währenddessen attackierte die Krähe Spencer ununterbrochen weiter.

Ich fuchtelte wild mit dem Ast und stieß ihn in ihre Richtung.

Bloß Spencer durfte ich nicht erwischen!

Die Krähe krächzte und machte weiter, doch ich brüllte und fuchtelte so lange, bis sie von ihm abließ.

Endlich gab sie sich geschlagen und haute ab.

Ich lehnte mich gegen den Baumstamm und verschnaufte. Dicht neben mir hockte Spencer. Seine dunklen Augen musterten mich, dabei blieb er ganz ruhig sitzen. Noch nie war ich ihm so nahe gekommen. Jedenfalls nicht, ohne dass er auf mich losgegangen wäre.

Mir wurde plötzlich ganz warm. Zum ersten Mal spürte ich so etwas wie eine Verbindung zwischen uns. Hatte er jetzt keine Angst mehr vor mir?

»Na, das ist ja gerade noch mal gut gegangen. Wie wäre es jetzt mit einem Frühstück?«

Ich sprang vom Ast und legte die Maus direkt an den Baumstamm. Mittlerweile konnte Spencer ziemlich gut klettern. Bestimmt würde er sich die Maus schnappen, sobald ich außer Sichtweite war.

Beschwingt lief ich Richtung Herrenhaus. Bei meinem letzten Besuch im Museum hatte ich etwas entdeckt, das ich jetzt gut gebrauchen konnte. Von dieser Krähe hatte ich nun wirklich genug!

Ich hatte mich nicht geirrt. Der Vogelkäfig stand in einer Ecke des Saals, direkt neben der Hintertür. Er war schon etwas verstaubt, daher hoffte ich, dass Nicola ihn ein paar Tage lang nicht vermissen würde.

Unbemerkt schlüpfte ich mit dem Käfig aus dem Museum,

lief zum Café und besorgte eine Kleinigkeit zum Essen. So schnell ich konnte, rannte ich zurück zum Baumhaus.

Ich brauchte nicht lange zu warten. Schon kam die Krähe angeflogen, vielleicht hatte der Würstchenduft sie angezogen. Sie tippte das Würstchen mit dem Schnabel an, hüpfte dann ein Stück zurück, nur um sich im nächsten Moment wieder vorzuwagen. Zwischendurch warf sie mir misstrauische Blicke zu.

»Deine Entscheidung«, sagte ich, »es ist nicht vergiftet. Nur zu, hau rein.«

Sie stakste um den Vogelkäfig herum. Er war weiß gestrichen und sah mit seinen Zwiebeltürmchen aus wie ein eleganter kleiner Palast. Seine Türen standen weit offen. Sie brauchte nur einzutreten.

»Na los, geh schon rein«, ermunterte ich die Krähe erneut. »Das wird dir Spaß machen.«

Ich gähnte und wandte mich ab. Irgendwie musste ich ihr klarmachen, dass der Käfig die langweiligste Sache der Welt war.

Der Trick wirkte. Sie trippelte langsam auf das Würstchen zu, das einladend duftete.

Unauffällig rückte ich ein wenig näher an den Käfig heran, doch die Krähe blieb sofort stehen. Verflixt, ich war zu ungeduldig. Einen Moment lang rührten wir uns beide nicht, dann ging sie langsam weiter. Millimeter für Millimeter wagte sie sich in den Käfig.

Plötzlich hackte ihr Schnabel auf das Würstchen ein.

Das war meine Chance. Ich sprang nach vorn und verriegelte die Tür. Die Krähe drehte sich um und schlug mit den Flügeln, als sie begriff, dass der Ausgang versperrt war.

»So, meine Liebe. Wehe, wenn du dich noch einmal an Spencer heranwagst«, drohte ich ihr.

Dann machte ich mich mit dem Käfig an den Aufstieg. Ich war so wütend, dass mich die Höhe überhaupt nicht mehr störte.

Den Käfig platzierte ich mitten auf der Plattform. Es war mein kleines Willkommensgeschenk an Paul.

Ich stand gerade wieder vor Spencers Baum, als mein Telefon klingelte.

Mum. Um diese Zeit?

»Hallo, Liebes, wie geht es dir?«

»Super, hier ist alles klar. Warum rufst du an?«

»Seit wann brauche ich dafür einen Grund?«, fragte Mum beleidigt. »Ich bin immer noch deine Mutter.«

Ich verdrehte die Augen, bis mir einfiel, dass sie das ja nicht sehen konnte, was vielleicht auch ganz gut war.

»Okay.«

Mum seufzte. »Ich wollte dir nur sagen, dass Dad und ich wieder zurück sind. Hast du nicht langsam Heimweh? Ich dachte, du willst den Rest der Ferien vielleicht doch zu Hause verbringen?«

Jetzt, wo es hier gerade so richtig spannend wurde mit dem Eulenangriff und allem? Auf keinen Fall! Außerdem musste ich mich um Spencer kümmern.

»Nein, vielen Dank, ich bleibe lieber hier.«

»Hm, aber demnächst gibt es auch ein Essen im Park. Papas Kollegen bringen auch alle ihre Kinder mit.«

»Ja, und? Deswegen soll ich kommen? Und was ist danach?«

»Wieso danach?«, fragte Mum. »Danach hast du noch schöne Ferientage.«

»Ach ja? Mit wem? Etwa mit euch? Habt ihr frei, oder was?«

»Ruby, bitte nicht in diesem Ton. Natürlich haben wir keinen Urlaub, den brauchen wir noch für den Umzug.«

»Also so stellst du dir das vor? Ihr geht arbeiten und ich gammle mal wieder allein in der Wohnung herum.«

»Also hör mal, du bist doch alt genug, um dich zu beschäftigen.«

»Kann schon sein. Aber dann bin ich auch alt genug, dass ich weiß, wo ich mich beschäftigen will. Und das ist hier!«

Typisch Mum. Sie hatte sich mal wieder überhaupt keine Gedanken darüber gemacht, wie sich das alles für mich anfühlte. Deshalb hatte ich auch so unbedingt zu Leo gewollt. Bei ihm musste ich nicht ständig funktionieren und das tun, was von mir erwartet wurde.

»Ich muss jetzt los, Mum.«

Für einen Moment war es still.

»Mum?«

»Ist gut, Liebes.« Ihre Stimme klang merkwürdig belegt. »Wir sprechen dann ganz bald wieder, in Ordnung?«

»Machen wir, und grüß Dad von mir«, antwortete ich und legte auf.

Ich sah mich nach Spencer um. Wo steckte er denn jetzt schon wieder?

Ich suchte zwischen den Ästen seines Baums und kletterte ein Stück hinauf, doch ich konnte ihn nirgendwo entdecken. Ob er abgestürzt war? Ängstlich kroch ich auf dem Boden herum, doch auch dort fand ich ihn nicht. Mir wurde ganz flau im Magen. Wo konnte er nur sein? Ob die Krähe dahintersteckte? Aber ich hatte sie doch eingesperrt!

Da fiel mir Paul ein. Natürlich! Vielleicht hatte er ja die Krähe freigelassen und sie hatte sich sofort auf den armen Spencer gestürzt? Aber so lange hatte ich gar nicht telefoniert, ich war doch eben erst beim Baumhaus gewesen. Oder hatte mein Telefonat die Eule verschreckt? War ich zu laut gewesen?

Hier war er jedenfalls nicht mehr. Wenn Paul oder seine Krähe hinter Spencers Verschwinden steckten, konnten sie was erleben!

Ich zwängte mich zwischen den Büschen hindurch und raste über die Lichtung.

Paul kam mir schon entgegen. Er war blass und seine dunkelgrünen Augen waren kalt wie Kieselsteine. In der Hand hielt er den leeren Käfig. Hatte ich es doch gewusst! Und wo war jetzt die Krähe?

Er schmiss mir den Käfig vor die Füße.

»Bist du total verrückt geworden?«, brüllte er. »Was soll das?«

»Das wollte ich dich auch gerade fragen«, schrie ich. »Warum hast du sie freigelassen? Jetzt hat sie Spencer gefressen!«

»Spinnst du? Spencer ist viel zu groß.« Er schäumte vor Wut. »Außerdem interessiert sich die Krähe kein Stück für ihn.«

»Irrtum, du Idiot«, zischte ich. »Zufällig habe ich sie vorhin dabei erwischt, wie sie sich auf ihn gestürzt hat. Desinteresse geht hundertprozentig anders!«

Seine Augenbrauen verschmolzen zu einem Balken. »Sie könnte höchstens kleine Eulen fangen, aber Spencer ist kurz davor, flügge zu werden. Er ist ausgewachsen! Wann kapierst du das endlich?«

Ich starrte ihn wortlos an. Eine schlagfertige Erwiderung fiel mir bestimmt erst heute Abend im Bett ein.

Er versetzte dem Käfig einen Tritt. »Mach das nie wieder. Sie hatte bestimmt schreckliche Angst. Niemand hat sie jemals eingesperrt. Was meinst du, wie sie sich dadrin gefühlt hat? Und was, wenn ich nicht zum Baumhaus gekommen wäre?«

Daran hatte ich nicht gedacht. »Du bist doch jeden Tag da.«

»Das weißt du aber nicht sicher«, schimpfte er. »Was wäre gewesen, wenn mir etwas dazwischengekommen wäre?«

»Dann hätte ich sie schon gerettet«, sagte ich, doch er schnaubte nur.

»Und was ist mit Spencer? Versprich mir, dass sie ihn nicht noch mal angreift!«

Er lachte höhnisch. »Sie ist ein wildes Tier, falls du das immer noch nicht begriffen hast. Ich kann nicht für sie garantieren, selbst wenn ich das wollte. Was ich aber auch gar nicht will. Kapier endlich, dass man sie nicht kontrollieren kann. Und Spencer auch nicht. Sie sind frei.«

Das Blut rauschte in meinen Ohren. War Paul daran schuld, dass Spencer plötzlich weg war?

»Hast du etwas mit Spencer gemacht? Hast du ihn woandershin gebracht?«

»Warum sollte ich so etwas Bescheuertes tun? Ich kann akzeptieren, dass Spencer frei ist. Im Gegensatz zu gewissen anderen Personen hier. Wahrscheinlich ist er einfach flügge geworden und losgeflogen. Das hätte ich an seiner Stelle auch getan. So viel Abstand wie möglich zu dir gewinnen!«

Er wandte sich um und ging ein paar Schritte, doch dann kam er wieder zurück. »Hast du eigentlich auch meine Futterstation kaputt gemacht? Weißt du, wie teuer das Material dafür ist? Und dann sagst du es noch nicht mal!«

Einen Moment lang war ich verwirrt. »Was meinst du denn?«

»Na, die Futterstation für die Eichhörnchen. Ich habe sie selbst gebaut und du warst sogar dabei.«

Jetzt erst dämmerte es mir. Er meinte das komische Holzding. Das hatte ich total vergessen! Ich hatte ihm noch davon erzählen wollen und nun fühlte ich mich deswegen so richtig mies. Doch bevor ich etwas sagen konnte, sagte Paul: »Damit das ein für alle Mal klar ist: Du hast auf meinem Baumhaus nichts zu suchen. Halt gefälligst Abstand davon. Und von der Krähe auch!«

Erschöpft sank ich auf einen Baumstumpf. Ich hatte den halben Garten abgesucht, doch Spencer blieb verschwunden, er hatte nicht die allerkleinste Daune hinterlassen. Jetzt gab es nur noch eine Möglichkeit.

Mir lief ein Schauer über den Rücken, als ich mich der Baumkönigin näherte. Um diese Zeit mochte ich nicht hier sein. Es dämmerte schon und außerdem hatte es angefangen zu regnen. Doch ich musste Spencer finden.

Zögernd blieb ich stehen. Sollte ich hochklettern? Die Äste waren zwar ideal dafür, aber ich konnte mich nicht überwinden.

Ich fühlte mich beobachtet. Lauerte da etwas im Wald und erwartete mich? War es der Baum selbst? Unsinn!

Doch das Gefühl ließ nicht nach. Im Gegenteil, es verstärkte sich in den nächsten Minuten. Ich konnte es nicht abschütteln.

Na los, nur noch ein paar Schritte. Es knackte, als ein Zweig unter meinen Schuhen brach. Das Geräusch hallte durch den Wald. Ich atmete schneller und hatte plötzlich das Gefühl, alles um mich herum viel deutlicher wahrzunehmen als sonst. Jedes kleinste Geräusch war doppelt so laut wie bei Sonnenschein. Meine Nase begann schon zu kribbeln, so intensiv roch es nach feuchtem Holz, Pilzen und Tannennadeln. Alles in mir schrie danach, mich umzudrehen und schnell davonzulaufen. Aber warum? Es war doch niemand hier.

Vielleicht war Spencer ja etwas passiert? Vielleicht hatte er sich verletzt oder aus Angst vor der Krähe verkrochen?

Ich musterte die Knubbel in der dicken Rinde. Im Dämmerlicht sahen sie aus wie Augen. Und mit einem Mal spürte ich eine Veränderung. Ich sah nichts, doch ich nahm die Bewegung wahr, fühlte einen Luftzug. Oh nein! Schon fuhr mir etwas durchs Haar, streifte meine Kopfhaut. Eine Eule, genauso wie bei Nicola! Ich drehte mich um und rannte über die Wiese, hetzte blindlings über die Lichtung, bis ich endlich den Trampelpfad wiederfand. Was war bloß los? Warum griffen die Eulen an? Und wo war Spencer?

Kapitel 21

Dunkelheit umgab Redmoor am nächsten Abend wie eine Käseglocke. Der Himmel war bedeckt, wir sahen weder Mond noch Sterne. Es war nicht gerade das schönste Wetter für ein Lampionfest.

Auf dem Weg zum See hielt ich mich dicht bei den anderen, denn das mochte ich nicht so gern an Redmoor, diese Schwärze, dick wie Tinte. Immerhin hatte ich mich inzwischen daran gewöhnt, bis zum Abend allein draußen herumzustromern. Doch ich war immer noch ungern in der Nacht unterwegs.

Unten am See hatten Leo und ich vorhin lange Tafeln mit Sitzbänken aufgestellt. Nun lagen auf den Tischen weiße Tücher, und Kerzen flackerten in alten Silberleuchtern, die Nicola noch in einem ihrer Umzugskartons gefunden hatte. Lampions verbreiteten ein warmes Licht und lockten damit Scharen von Motten an. Die Gartenbesucher riefen »Ah!« und »Oh!« und stürzten sich ebenso wie die Motten auf ihre Plätze.

Bobby zwinkerte mir zu und legte einen Stapel ihrer Visitenkarten neben die Lautsprecherboxen von Leo. »Vielleicht gewinne ich ja ein paar neue Kunden.«

Mrs Big lag direkt vor der Anlage und schnarchte gegen die klassische Musik an.

Nicola hielt wie üblich eine kurze Willkommensrede, nach der alle Beifall klatschten. Im Hintergrund trugen Leo und May schon das Festessen auf. Sie verteilten Schüsseln mit Salaten, cornische Pastete aus Mays Küche, selbst gebackenes Brot und noch jede Menge anderer Sachen. Ein Fotograf schoss so viele Bilder, dass er damit nicht nur seine Zeitung, sondern auch noch sämtliche Käseblätter im ganzen Land hätte versorgen können.

Paul saß mir gegenüber. Als sich unsere Blicke zufällig trafen, runzelte er die Stirn. Ich hätte mich eigentlich für die zerstörte Futterstation entschuldigen müssen, aber Spencer war immer noch verschwunden, und ich vermisste ihn furchtbar. Vielleicht steckte hinter alldem diese elende Krähe! Oder Paul? Jedenfalls würde ich ihn jetzt auf keinen Fall um Verzeihung bitten!

Ich mochte nicht länger still sitzen, also stand ich auf, räumte meinen Teller weg und entfernte mich ein Stück von der Tafel. Leo war in ein Gespräch mit Bobby vertieft.

Ich schlenderte an ihnen vorbei über die Wiese. Wie von einer unsichtbaren Schnur gezogen, wagte ich mich Meter für Meter vom Fest weg. Zugleich nahm ich die ganze Zeit die Stimmen, das Gelächter und die Lichter wahr. Ich brauchte nur ein paar Schritte zu machen, dann wäre ich wieder mitten im Trubel. Das war ein gutes Gefühl und so traute ich mich immer weiter weg.

Hinter einem Busch hörte ich ein Flüstern. Führte da jemand Selbstgespräche? Nein, es war ein Telefonat.

Ich wollte diskret weitergehen, doch der schmale Pfad endete in einem Dickicht. Ich war in einer der zahlreichen Sackgassen gelandet.

»Dann komm doch her, sobald du Zeit hast«, raunte die Stimme. »Ich möchte, dass du dir das mal ansiehst. … Ja, ich bin noch dran. Wir werden sehen, aber ich bin ganz optimistisch.«

Das Gespräch wurde beendet und im nächsten Moment tauchte eine Gestalt vor mir auf.

»Nanu, was machst du denn hier?«, fragte Carl überrascht. »War es dir drüben zu voll?«

»Ich wollte nur mal ein bisschen Ruhe haben.«

»Na dann.« Er lächelte. »Ich schaue mal, ob ich noch etwas von dem tollen italienischen Nudelsalat abbekomme. Das Rezept muss ich mir unbedingt geben lassen. Vielleicht können wir es im Café auf die Speisekarte setzen.«

Er war wirklich immer im Einsatz, wie Nicola und Leo.

»Kein Problem«, sagte ich und strengte mich an, möglichst beiläufig zu klingen. »Den habe ich gemacht. Ich schicke dir ein Foto vom Rezept.«

»Wirklich?« Carl klang überrascht. »So etwas kannst du?«

»Das ist gar nicht schwer«, wehrte ich ab. »Ich habe mal mit meiner Mutter einen italienischen Kochkurs gemacht. Der Nudelsalat ist das Einzige, das davon hängen geblieben ist.«

»Ruby, du steckst voller Überraschungen«, sagte Carl, nickte mir zu und marschierte dann zurück zur Tafel.

Ich sah ihm verblüfft hinterher. War das jetzt ein Kompliment gewesen?

Da hörte ich einen Schrei. Ich fuhr herum. Gänsehaut überzog meinen Körper. Ich wollte schon zurückrennen, doch aus irgendeinem Grund blieb ich wie festgenagelt stehen. Ich starrte in die Dunkelheit, aber da war absolut nichts zu erkennen.

Wieder ein Schrei. Diesmal klang er weit weniger überrascht, sondern vor allem empört.

Hinter mir verstummten die Gespräche am Tisch. Alle schienen zu lauschen, aber es blieb still. War jemand in den See gestürzt? Doch das konnte nicht sein, denn der See lag hinter mir. Im nächsten Augenblick tauchte Paul neben mir auf.

»Hast du etwas gesehen?«, fragte er aufgeregt und starrte in die Richtung, aus der der Schrei gekommen war.

»Nein, aber es muss hier irgendwo in der Nähe sein.«

Zweige knackten und ein Mann stolperte aus dem Dickicht. Blut lief ihm über die Stirn und über seine Wange zog sich ein dicker Kratzer.

Er warf uns einen wütenden Blick zu und rannte wortlos an uns vorbei.

»Was ist denn mit dem los?«, fragte Paul.

Ich hob die Schultern, aber eine dunkle Vorahnung breitete sich in mir aus. Hoffentlich erfüllte sie sich nicht.

Wir folgten dem Mann, der direkt auf die Tafel zuhielt.

»Ist hier ein Arzt?«, rief er und sank auf einen Stuhl. Er war nun der Einzige, der saß. Alle anderen waren aufgesprungen und starrten ihn an. Es war totenstill.

»Ich glaube nicht, aber ich bin ganz gut in Erster Hilfe«, sagte Leo.

»Natürlich, wie es sich für einen Pfadfinder gehört«, hörte ich eine Stimme murmeln. Paul? Seit wann war der denn so kritisch mit Leo? Doch als ich den Kopf zur Seite wandte, entdeckte ich Carl neben mir.

Der verletzte Mann trug einen hellbeigen Cordanzug und nun unter den Lampions erkannte ich ihn auch. Er war mit Bobby und mir aus dem Zug gestiegen. Jetzt rang er sichtlich um Fassung.

»Trevor, was ist passiert?«, fragte Nicola und trat neben ihn. Leo eilte mit einem sauberen Tuch heran und tupfte ihm die Stirn ab.

»Etwas hat mich angegriffen«, stammelte Trevor. »Ein Tier?«

»Ein Tier?«, wiederholte Nicola. »Was denn für ein Tier? Ein Hund, oder was?«

»Natürlich nicht«, fauchte Trevor. »Sehe ich so aus, als hätte ich mich mit einem Hund gebalgt? Es ist geflogen.«

»Ein Vampir?«, murmelte eine andere Stimme, und hier und da erklang vereinzeltes Gelächter.

Der Mann beachtete den Spott gar nicht. »Eine Fledermaus vielleicht, nein, es war größer«, sagte er nachdenklich. »Es war ein Vogel, glaube ich. Ja, es muss irgendein Vogel gewesen sein.«

»Aber jetzt fliegen doch keine Vögel mehr durch die Gegend«, sagte Bobby.

»Doch«, warf Carl ein. »Eulen.«

Ich sah auf und blickte direkt in Nicolas Augen. Eulen. Sofort hatte ich die Szene von neulich wieder vor Augen. Ich hatte niemandem davon erzählt und auch mit Nicola nicht noch einmal darüber gesprochen. Wusste Carl davon?

Das konnte doch kein Zufall sein. Eine Eule hatte Nicola angegriffen, dann mich und nun passierte es schon wieder.

»Unsinn, Eulen greifen keine Menschen an«, sagte Bobby entschieden. »Wir sind hier doch nicht bei Hitchcock.«

Paul runzelte die Stirn. »Hitchcock?«

»Das ist so ein berühmter Regisseur von gruseligen Filmen«, antwortete ich.

»Natürlich, es könnte eine Eule gewesen sein«, sagte Trevor.

Ich konnte meine Gefühle nicht für mich behalten, sonst wäre ich geplatzt.

»Hoffentlich hat das kein Nachspiel.«

»Wieso das denn?«, fragte Paul.

Ich erklärte ihm alles, doch offensichtlich scherte sich Paul wenig um meine Ahnungen.

»Na und?«, meinte er gleichgültig. »Das war nur ein Versehen. Wilde Tiere sind eben wilde Tiere, da kann so etwas passieren.«

Sein Wildnisfimmel nervte mich allmählich ganz gewaltig.

»Kapierst du denn nicht?« Ich musste mich anstrengen zu flüstern. Am liebsten hätte ich ihn angeschrien, doch leider war es wichtiger, dass niemand etwas mitbekam.

»Du hast Nicolas Blick eben nicht gesehen. Ich glaube nicht, dass sie das mit dem Angriff so leicht abtut. Immerhin hat es sich auf ihrem Grundstück ereignet.«

»Was ist denn schon groß passiert?«, fragte Paul verständnislos. »Euch ist eine Eule an den Kopf geflogen, dem Typen hier jetzt auch. Das ist doch kein Drama. Vielleicht hat er sich einfach nur einen Zweig über das Gesicht geratscht. Was hat er dort überhaupt gemacht? Dahinten hatte er sowieso nichts zu suchen. Morgen ist bestimmt alles wieder vergessen.«

»Das glaube ich nicht! Genauso wenig, wie ich vergessen kann, dass Spencer weg ist. Bist du sicher, dass du nichts damit zu tun hast?«

»Todsicher.« Pauls Augen wurden schmal. »Und noch sicherer bin ich, dass du gefälligst die Futterstation ersetzen musst.«

»Erst wenn ich weiß, was mit Spencer los ist. Vielleicht steckt ja doch deine Krähe dahinter!«

Kapitel 22

Ein Feuer flackerte in dem riesigen Kamin. Damit wirkte Nicolas Wohnzimmer gleich viel gemütlicher. Es hatte die Ausmaße einer Turnhalle und war vollgestopft mit allem möglichen Kram: Es gab Schallplatten, einige Umzugskartons, altes Porzellangeschirr und an der Wand lehnte sogar eine Ritterrüstung. In der Mitte stand ein Esstisch, der etwa so breit wie eine Billardplatte war und dreimal so lang. Darunter schnarchte Mrs Big. Hier war anscheinend alles XXL.

»Ich hatte kaum Zeit, richtig einzuziehen«, sagte Nicola entschuldigend. »Aber wir sind ja unter uns, da stört euch das Chaos hoffentlich nicht.«

Nach dem Lampionfest gestern Abend waren Berge an Essen übrig geblieben. Damit das nicht schlecht wurde, hatte sie die komplette Belegschaft zu sich ins Herrenhaus eingeladen.

»Natürlich nicht, aber sag Bescheid, wenn du Hilfe brauchst«, bot May an und schob einen Stapel Bücher über Giftpflanzen von einem Sessel mit abgewetztem Bezug. Bestimmt hatten ihn schon Menschen mit Reifröcken benutzt.

»Ach was, das bekomme ich schon hin«, sagte Nicola. »Vielleicht an irgendeinem verregneten Wochenende. Aber erst einmal ist der Garten wichtiger.«

Mit einem Wochenende war es wohl eher nicht getan. Um hier klar Schiff zu machen, würde sie ein ganzes Jahr brauchen, und das war eine optimistische Schätzung.

»Warum fragst du nicht die Innenarchitektin, die ich dir empfohlen habe?«, mischte sich Carl ein. »Ich habe mit ihr studiert. Sie macht einen tollen Job. Ich glaube, sie war sogar bei dem Team dabei, das Frogmore House eingerichtet hat.«

Nicola hob abwehrend die Hände. »Nein, das ist mir viel zu persönlich. Ich mag meinen Kram und will nicht wohnen wie im Katalog. Da müssen wir alle einfach noch länger mit der Unordnung leben.« Sie klatschte in die Hände. »Also, Leute, das Resteessen ist eröffnet.«

Nach ihrem Startschuss stürzten sich alle aufs Essen, als hätten sie eine wochenlange Polarexpedition hinter sich.

»Ist das vegan?«, fragte Carl und hielt eine Schale mit einem braunen Brei hoch.

»Es ist selbst gemachter Hummus«, antwortete Leo. »Da sind Kichererbsen, Gewürze, etwas Öl und Kräuter drin, ich würde also sagen, es ist vegan.«

»Danke für die ausführliche Information.« Carl häufte sich eine großzügige Portion davon zu den eingelegten Tomaten auf seinem Teller.

Neben mir schaufelte der wortkarge Gärtner mit dem struppigen Bart das Essen in sich hinein und gegenüber saß der ebenso wortkarge Paul.

Ob er wirklich nicht wusste, was mit Spencer war? Es war doch auffällig, dass sein Verschwinden und unser Streit zur gleichen Zeit passiert waren.

Klar, Spencer war ein wilder Vogel und kein Haustier, aber trotzdem fehlte er mir. Ich hatte ihn die letzten Tage so ins Herz geschlossen!

Wir duellierten uns über die Tafel hinweg mit Blicken. Er war bestimmt noch stinksauer wegen seiner Futterstation, aber momentan war mir das ziemlich egal.

»Nic, stell dir vor, dieser Idiot Trevor überlegt doch tatsächlich, ob er zur Polizei gehen und Anzeige erstatten soll«, entrüstete sich Bobby.

»Wer ist Trevor?«, fragte Carl.

»Na, das ist der, der gestern den Zusammenstoß mit der Eule hatte. Oder mit einem Ast, denn ich glaube kaum, dass den eine Eule angegriffen hat. Ich bitte euch, es ist Trevor. Jedes denkende Wesen würde ihn nur mit einer Kneifzange anfassen.«

Nicola war ein wenig blass geworden. »Wieso will er denn gleich zur Polizei?«

»Er findet es gefährlich, dass in Redmoor wilde Tiere angreifen.«

Leo schnaubte. »Tiere greifen an! Der Mann hat eindeutig zu viele Horrorstreifen gesehen.«

»Na ja, aber irgendwie hat er doch recht«, wandte Carl ein.

»So ein Quatsch!«, entrüstete sich Leo. »Wer geht denn wegen so etwas gleich zur Polizei?«

»Ja, natürlich ist das übertrieben«, sagte Carl, »aber trotzdem müssen wir die Sache im Auge behalten. Es darf nicht sein, dass Redmoor einen schlechten Ruf bekommt. Solche Sensationsgeschichten verschrecken die Leute.«

»Oder locken sie erst recht an«, murmelte Bobby.

»Wir beobachten das weiter«, sagte Nicola. »Am besten rufe ich Trevor morgen Vormittag an. Hoffentlich kann ich ihm die Sache ausreden. Ich wollte ihn sowieso fragen, wie es ihm geht. Vielleicht freut er sich ja über eine Jahreskarte für Redmoor.«

»Keine schlechte Idee, auch wenn ich finde, er hätte zuallererst mit dir reden müssen.« Leo schlängelte sich am Klavier vorbei zu seinem Platz. Dabei geriet der Berg Essen auf seinem Teller ins Wanken.

»Vorsicht!«, rief Bobby und riss die Arme hoch, aber das machte die Sache nicht besser. Der Teller geriet in Schieflage und das gesamte Essen landete auf ihrem Schoß. Auf so eine Gelegenheit hatte Mrs Big gewartet. Sie hechtete unter dem Tisch hervor und kippte dadurch etliche Flaschen um. Gierig stürzte sie sich auf das Essen, während Leo mit einem Haufen Servietten hilflos vor Bobby herumwedelte.

»Entschuldigung«, stammelte er.

»Aber nicht doch, alles in Ordnung.« Bobby kicherte und auch alle anderen fingen an zu lachen.

»Mrs Big, komm sofort hierher!«, rief Nicola, doch die Hündin raste mit ihrer Beute, einer riesigen vegetarischen Wurst, vor den Kamin und stieß im Vorbeilaufen die Ritterrüstung um. Der

Kopf wackelte und alle hielten den Atem an. Nach einer gefühlten Ewigkeit kippte er vom Rumpf der Rüstung und klatschte in Mays Suppenteller. Jeder bekam ein paar Spritzer Tomatensuppe ab, auch die Tapete und der Teppich.

»Und jetzt … Champagner für alle!«, rief Bobby und zog einen Rollkoffer zu sich heran, woraufhin Jubel aufbrandete.

Ich lehnte mich zurück und verschränkte die Arme. Erwachsene. Manchmal schien mir die Schicht ihrer Vernunft gefährlich dünn. So ein Theater!

Paul und ich sahen uns in die Augen. Ich kicherte, dann prustete ich los, im selben Moment wie er.

Vielleicht konnte ich ja doch auch Spaß mit ihm haben.

Kapitel 23

Im Kühlschrank war noch jede Menge Platz für leckere Sachen. Das war die positive Sicht. Wenn man es von einem pessimistischeren Standpunkt aus betrachtete, sah es so aus: Der Kühlschrank war bis auf die saure Milch und einen Rest Stinkekäse leer gefegt – sein Frühstücksangebot war damit absolut unzureichend.

Ich knallte die Tür wieder zu und schlurfte nach draußen. Gestern Abend war es bei Nicola noch richtig spät geworden, aber zum Glück hatte Leo diesen Samstagmorgen frei.

»Bin kurz einkaufen«, rief ich ihm zu und bekam als Antwort ein Gurgeln, das sofort im Rauschen der Dusche unterging.

Mit dem Einkaufsbeutel in der Hand trat ich vors Haus. Ein Regenschauer wehte mir entgegen und die Palme neben der Mülltonne bog sich im Wind. Wie drinnen war auch im Vorgarten alles voller Pflanzen. Auf jedem freien Fleckchen wuchsen welche. Nur das Gerümpel dazwischen passte nicht recht dazu.

Leo bewohnte den einen Teil einer Doppelhaushälfte, die andere Seite stand leer. Der dazugehörige Garten war gegen unseren eine öde Wüste. Hinten grenzte ein weiteres Grundstück ans Haus. Dort hielt unser Nachbar Mr Miller einige Hühner und einen Hahn, der soeben um die Ecke bog und vor mir den Fußweg entlangstolzierte. Wollte der etwa auch einkaufen?

Der Mini-Supermarkt war nur ein paar Häuser weiter und dort kehrte der Hahn wieder um. Vielleicht hatte er sich nur mal die Beine vertreten wollen?

Vor dem Eingang lehnte ein Tandem. Das kannte ich doch.

Über dem Lenker klebte ein Zeitungsartikel an der Schaufensterscheibe. Seine Schlagzeile lautete: *Eklat beim Lampionfest: Tollwut in Redmoor Garden?*

Was war denn das für ein Unsinn? Ich runzelte die Stirn und überflog den Artikel. Er war zwar längst nicht so reißerisch wie die Überschrift, aber trotzdem ärgerte ich mich darüber. Ob Paul ihn schon gelesen hatte?

Er war gerade dabei zu bezahlen. »Ich habe uns was fürs Frühstück gekauft.«

Ich lächelte, als ich das frische Brot sah. Manchmal war es eben doch praktisch, dass er sich so gut bei uns auskannte. Ich stellte noch ein Glas Erdbeermarmelade und eine Flasche Milch aufs Fließband. Im nächsten Moment bimmelte die Ladenglocke, und eine Stimme rief: »Hände hoch, oder es knallt!«

Wir fuhren gleichzeitig herum.

»Frederick!«, rief Paul fassungslos. »Was machst du denn hier?«

Die Kassiererin lachte vergnügt auf und sagte: »Das ist aber eine tolle Spielzeugpistole, darf ich mal sehen?«

Frederick stand vor der Kasse, in der Hand eine schwarze Plastikpistole.

»Ich dachte, es wirkt echter«, sagte er gekränkt.

Die Kassiererin tätschelte ihm den Kopf. »Mach dir nichts draus, Junge. Komm, nimm einen Lolli mit und für deinen Freund auch einen.«

Jetzt erst bemerkte ich Malcolm. Er kauerte wie ein verängstigtes Kaninchen vor den Einkaufskörben und starrte mit großen Augen zu uns herüber.

Wir bezahlten schnell unsere Einkäufe und schleiften die beiden nach draußen.

»Was habt ihr denn für Ideen?«, fragte Paul.

»Wieso? Wir wollten einfach nur mal einen Überfall machen«, antwortete Frederick. Um seinen Fuß trug er noch einen Verband, aber sonst merkte man ihm den Unfall überhaupt nicht mehr an.

»Malcom auch?«, fragte ich.

Malcom schüttelte den Kopf, während Frederick gleichzeitig nickte. »Dem ist doch genauso langweilig wie mir«, sagte er.

»Deshalb überfällt man noch lange keinen Laden«, erwiderte Paul. »Habt ihr ein Glück, dass die Kassiererin so nett ist.«

»Kommt nicht wieder vor«, murmelte Malcolm, und auch Frederick brachte es fertig, wenigstens ein bisschen verlegen zu gucken.

»Los, wir gehen«, brummte Paul. »Ich hab Hunger. Und denkt euch das nächste Mal was Besseres aus!«, schärfte er Frederick und Malcom ein.

Zu Hause deckten Leo und Paul den Frühstückstisch, während ich im Wohnzimmer telefonierte.

»Hi, Mum.« Unser letztes Gespräch war ja nicht so toll verlaufen. Hoffentlich war es diesmal besser.

»Hallo, Liebes. Wie geht's dir?«

Puh, ob ich jemals lernen würde, diese Frage zu beantworten? In der Regel erwarteten die Leute darauf ein »Prima, alles gut«, um dann mit ihrem Programm weiterzumachen. Bei Mum war das natürlich anders.

»Ganz gut. Wir frühstücken gleich.«

»Ah, das klingt aber nicht so begeistert. Was ist denn los?« Typisch, das hätte ich mir denken können. Es war doch klar, dass ich sie mit so etwas nicht abspeisen konnte. Anscheinend war ich etwas aus der Übung geraten.

»Nein, es ist alles okay. Ich habe mich nur über einen blöden Zeitungsartikel geärgert.« Ich setzte Mum kurz ins Bild.

»Oje, und was meint Leo dazu?«

»Der hat noch gar nichts gesagt.«

»Hat er immer noch so wenig Zeit für dich?«

Anlügen wollte ich sie nicht, deshalb versuchte ich, es möglichst diplomatisch auszudrücken. »Es ist alles gut, fast schon wie früher. Wir waren neulich sogar angeln und ich habe die Fische ausgenommen. Na ja, und ansonsten bin ich viel im Garten unterwegs.«

»Ich werde noch einmal mit Leo sprechen. So geht das nicht.

Er hat gesagt, dass er sich um dich kümmert, dann darf er doch nicht die ganze Zeit arbeiten.«

So viel zu meinen diplomatischen Fähigkeiten. Dabei waren Mum und Dad ja wohl die Letzten, die sich darüber beschweren durften, wenn jemand viel arbeitete.

»Vielleicht sollte ich bei euch mal nach dem Rechten sehen.« Ich hörte, wie sie in ihrem Kalender blätterte. »Wenn ich das Meeting morgen absage, müsste es gehen. Über Nacht kann ich nicht bleiben, aber ich könnte am späten Nachmittag für ein paar Stunden kommen.«

»Mum, nein! Das ist überhaupt nicht nötig.« Mit Sicherheit würde sie dann anfangen, *verbotene* Fragen zu stellen. Das sind die Fragen, die niemand gern beantwortet, und leider ist es grässlich schwer, sich aus ihnen herauszuwinden.

Mum seufzte. »Na schön. Wie du willst.« Dann wechselte sie abrupt das Thema. »Hast du eigentlich dein Magnesium genommen? Denk dran, du brauchst es regelmäßig. Hattest du schon Migräne?«

Ich sah an mir herunter. Meine Fingernägel waren so verdreckt, dass ich sie wahrscheinlich nie mehr sauber bekommen würde. Mein Kleid hatte einen Riss, und um die vielen blauen Flecke und Kratzer zusammenzuzählen, bräuchte ich einen Taschenrechner. Aber nein, Migräne hatte ich nicht mehr gehabt, seitdem ich hier angekommen war. Ein Rekord! Was das anging, war es mir schon lange nicht mehr so gut gegangen.

»Alles bestens. Keine Migräne.«

»Keine Migräne?« Mum hörte sich überrascht, nein, fast ein wenig betroffen an. »Bist du sicher?«

»Mum! Es ist wirklich toll hier. In Redmoor gibt es einen See und einen Rosengarten und sogar Hühner«, sprudelte es aus mir heraus.

»Na schön. Aber gib mir sofort Bescheid, wenn du dich nicht wohlfühlst.«

»Großes Gärtnerinnenehrenwort«, versprach ich. Das Frühstück war schon fertig, als ich mich zu den anderen an den Tisch setzte.

Paul häufte sich Marmelade auf das Brot und schob sich die halbe Scheibe auf einmal in den Mund.

»Ich war eben noch kurz in Redmoor«, erzählte er. »Heute Morgen stand in der Zeitung so ein blöder Artikel über das Lampionfest.«

»Den habe ich auch gelesen«, meinte ich. »Die spinnen ja wohl! Sie vermuten, dass die Eulen in Redmoor Tollwut haben könnten.«

»So ein Quatsch«, sagte Leo, »die Krankheit gibt es hier doch so gut wie gar nicht mehr.«

»Carl schnappt über«, sagte Paul. »Er hat allen diesen bescheuerten Zeitungsartikel gezeigt und verlangt jetzt, dass die Abendveranstaltungen abgeblasen werden.«

»Was?« Leo verschluckte sich an einem Brotkrümel. »Das gibt's ja wohl nicht. Aber das macht Nicola nicht mit.«

Paul schüttelte den Kopf. »Darauf würde ich nicht wetten. Sie war ganz schön skeptisch. Ihr wisst ja, dass sie neulich auch von einer Eule angegriffen wurde.«

Leo schüttelte den Kopf, ich nickte, denn ich hatte es Paul erzählt.

»Woher weißt du das?«, fragte Leo überrascht. Paul sah mich an.

»Ich war dabei.«

»Wieso denn das?«, wollte Leo wissen.

»Ich habe sie zufällig getroffen. Und von dort aus, wo ich war, konnte ich alles genau sehen.«

»Ach ja, wo war das überhaupt? Da musst du ja ziemlich dicht dran gewesen sein«, sagte Paul. Es klang ein winziges bisschen misstrauisch. Mir wurde plötzlich warm. Ich hatte wenig Lust, ihn noch mal an meinen Besuch auf dem Baumhaus zu erinnern, aber zum Glück brannte ihm etwas anderes unter den Nägeln.

»Was machen wir jetzt, Leo?«, fragte er. »Wir lassen doch nicht zu, dass Carl alles an sich reißt? Er kann doch nicht alle unsere Pläne durchkreuzen.«

Alle unsere Pläne? Was meinte er denn damit?

Leo schüttelte den Kopf. »Natürlich nicht. Wir machen uns ja lächerlich, wenn wir wegen einer Eule das ganze Programm umschmeißen. Außerdem brauchen wir dringend Geld. Und momentan sieht es so aus, als würden die Abendveranstaltungen die meisten Einnahmen bringen. Hat Carl denn gesagt, was er sich stattdessen vorstellt?«

Es klang ganz beiläufig, aber ich kannte Leo besser. Er hatte sich zurückgelehnt und die Beine entspannt übereinandergeschlagen, doch an seinem starren Blick und dem klopfenden Zeigefinger konnte ich erkennen, dass er sich ärgerte.

Paul nickte heftig. Er nahm sich noch eine Scheibe Brot.

»Er will unbedingt diesen Wipfelpfad bauen«, sagte er kauend. »Nicola scheint mir nicht so begeistert, aber Carl glaubt, dass dann die Leute in Scharen kommen.«

Leo seufzte. »In Scharen? Aber das wollen wir doch auch nicht. Ich fürchte, das geht nach hinten los. Na ja, was soll's.

Ich zerbreche mir schon die ganze Zeit darüber den Kopf, wie ich Carl überzeugen kann, aber anscheinend völlig umsonst. Ich verstehe es nicht, irgendwie sieht er mich immer noch als Rivalen. Das ist doch totaler Quatsch.«

Ach, das hatte ich ja gar nicht gewusst. Paul allerdings schon, es wirkte, als wären das für ihn keine Neuigkeiten. Hätte ich geahnt, dass ich mir Leo nun mit Paul teilen musste … Na, was dann? Wäre ich dann trotzdem lieber mit Mum und Dad auf die andere Seite des Atlantiks gezogen? Ich versuchte, mir darüber klar zu werden, doch die ehrliche Antwort war: Ich wusste es nicht.

Leo und Paul schien mein Schweigen nicht weiter zu stören. War ich jetzt unsichtbar, oder was? Leo schob den Stuhl zurück und fragte: »Wie wäre es mit einem Film am Samstagmorgen?«

»Klar!«, sagte Paul eifrig. »Da war doch dieser eine Science-Fiction-Film, von dem du neulich erzählt hast.«

Leos Miene hellte sich auf. »Stimmt, den wollte ich mir längst mal wieder ansehen. Gute Idee!« Die beiden gingen ins Wohnzimmer und wühlten in dem Wäschekorb, in dem Leo all seine alten Videos und DVDs aufbewahrte. Genau, Videos. Gehörten die nicht ins Museum? Aber Moment mal, wurde ich eigentlich auch mal gefragt?

»Wir könnten doch einen Krimi schauen.«

Jetzt guckten beide so entsetzt, als hätte ich ihnen vorgeschlagen, Redmoor abzufackeln.

Ich war überstimmt, so ein Mist. Und dann setzte sich Carrot noch auf Pauls Schoß. Das gab mir den Rest. Ich marschierte in die Küche und stampfte dort den Plastikmüll so klein, dass Mikroplastik dafür gar kein Ausdruck mehr war.

Irgendwann fiel sogar Leo mein Gepolter auf.

»Alles in Ordnung bei dir, Ruby?«

Natürlich, alles bestens. Was sollte denn sein?

Während die drei (Carrot war natürlich mit von der Partie!) unten ihren Alien-Film guckten, verzog ich mich in meine Dachkammer. Mensch, war ich sauer!

Endlich hatten Leo und ich mal einen gemütlichen Vormittag und dann platzte Paul dazwischen. Zugegeben, zuerst hatte ich mich echt gefreut, dass er da war, denn gestern Abend bei Nicola hatten wir richtig Spaß gehabt. Und seine Reaktion auf den Überfall vorhin war auch okay gewesen. Aber jetzt ging er mir schon wieder auf die Nerven! Am liebsten hätte ich eine Runde ins Kissen geboxt, doch als ich es hochriss, verhakte es sich im Kaktus.

Es dauerte ewig, bis ich alle Stacheln aus dem Kissen gepult hatte. In der Zeit war meine Wut verraucht. Es hatte sowieso keinen Sinn. Oder doch? Seit wann ließ ich den Kopf so hängen?

Ich grübelte vor mich hin.

Erst kam nichts dabei heraus. Doch als ich gerade aufgeben wollte, war mir mit einem Mal alles klar.

Leo machte sich wegen Redmoor Sorgen. Er wollte unbedingt die Abendveranstaltungen durchsetzen, nur standen die plötzlich wegen der Eulenangriffe auf der Kippe. Carl dagegen wollte unbedingt den Wipfelpfad bauen. Das hielt ich für keine schlechte Idee, aber mich fragte ja keiner.

An diesem Punkt kam doch kurz Selbstmitleid auf, aber das drängte ich schnell zur Seite.

Carl ärgerte also Leo, doch was den in Wirklichkeit viel mehr ausbremste, waren die Angriffe der Eulen.

Ich musste also nur zwei Dinge erledigen. Erstens musste ich herausfinden, was hinter den Attacken steckte. Zweitens musste ich die Eulen zum Aufhören bringen.

Dann war Leo wieder froh und ich auch und alles wäre wieder wie früher. Es war also gar nicht so schwer.

Sobald ich mehr wusste, konnte ich einen Plan schmieden.

Am späten Nachmittag verabschiedete sich Paul, denn er wollte mit May ins Kino gehen. Leo und ich fuhren noch einmal nach Redmoor.

»Wozu brauchst du den Kaktus?«, fragte Leo, als ich mit meinem Gepäck ins Auto stieg.

»Ich will ihm zeigen, wie üppig Pflanzen werden können. Vielleicht schneidet er sich eine Scheibe davon ab und wächst mal ein bisschen besser.« In Wirklichkeit brauchte ich den Kaktus, um mich für alle Fälle verteidigen zu können, doch das wollte ich jetzt lieber nicht ausführen.

»Ah, das leuchtet mir ein.« Früher hätte er gelacht und mir noch ein paar Sightseeingtipps für den Kaktus mitgegeben, aber jetzt kam gar nichts mehr. Ich vermisste den Leo von früher.

Sobald wir da waren, verkrümelte ich mich Richtung Baumhaus. Diesmal würde ich aufpassen, dass nichts kaputtging.

Ich verstaute eine Wolldecke, ein Fernglas, den Kaktus, ein paar Schokoriegel und mein Notizbuch auf der Plattform.

Dann legte ich mich hin und wartete auf das Einbrechen der Dämmerung.

Ein Schatten huschte über den Abendhimmel. Wie immer

lautlos und größer als jede Fledermaus. Ich riss das Fernglas hoch und jubelte innerlich. Es waren zwei Eulen.

Sie segelten elegant über die Wiese, dabei stießen sie immer wieder im schnellen Flug hinab. Einmal hörte ich ein schrilles Quieken. Sie mussten ein Tier erwischt haben, doch leider war ich mit dem Fernglas zu langsam. Es war ein Auf und Ab, sie drehten Pirouetten und drifteten in die Höhe. Ich hätte ihnen ewig zusehen können. Doch allmählich wurde es dunkel und das Fernglas war kaum noch zu gebrauchen. Eine der Eulen verschwand zwischen den Bäumen, ungefähr dort, wo die Baumkönigin stehen musste. Auch die andere Eule flog immer wieder dorthin, kehrte aber kurz danach wieder zurück.

Was machten sie da?

War dort vielleicht ihr Nest?

Sollte ich hingehen und nachsehen?

Ich gruselte mich furchtbar, trotzdem kletterte ich vom Baumhaus und ging auf den Waldrand zu.

Jetzt im Halbdunkel kam mir die Baumkönigin noch mächtiger vor, düsterer auch. Bis auf meine Schritte war alles ruhig. Vielleicht hatte ich mich ja getäuscht und sie waren ganz woanders. Doch da schoss eine Gestalt über mich hinweg. Ich spürte den Luftzug und warf mich sofort flach auf den Bauch.

Ich wartete, doch sie kehrte nicht zurück. Dicht bei mir raschelte es im trockenen Laub und ich richtete mich auf.

Noch zwei Schritte, dann hatte ich den Baum erreicht.

Es war so still.

Ich streckte die Hand aus und strich mit den Fingerspitzen über die Rillen und Buckel im Stamm. Ein Stück oberhalb meines Kopfes war eine große dunkle Öffnung.

Ich ging um den Stamm herum und entdeckte an der Seite ein zweites, aber viel kleineres Loch.

Eine Wurzel ragte aus dem Boden wie eine Stufe. Ich stieg hinauf und schaltete meine Taschenlampe ein. Wenn ich mich auf die Zehenspitzen stellte, konnte ich gerade eben durch die kleine Öffnung sehen.

Ich leuchtete hinein und bemerkte einen weißen Schimmer, doch da knackte es hinter mir laut. Ich zog den Kopf zurück, verlor aber in der Eile das Gleichgewicht und rutschte ab. Meine Wange glitt am Stamm entlang, dabei schürfte ich mir ein Stück Haut auf.

Doch ich nahm mir nicht die Zeit, nach der Wunde zu fühlen. Bloß weg hier! Ich stolperte über die Wurzeln, die sich wie Schlangen auf dem Boden wanden, und rannte zurück auf die Lichtung.

Kapitel 24

»Natürlich, das ist kein Problem, ich frage sie gleich mal.« Leo hielt den Telefonhörer zu und sah mich an. »Deine Rallyegruppe von neulich hat Sehnsucht nach dir. Und außerdem ist ihnen langweilig. Würdest du mit den vieren eine Runde durch den Garten drehen?«

»Was, ich?« Die Orgelpfeifen hatten mir gerade noch gefehlt. Eigentlich wollte ich heute wieder auf Eulensuche gehen. Vielleicht fand ich dabei auch endlich heraus, was mit Spencer passiert war. »Die müssen sich aber wirklich langweilen, wenn sie nach dem Unfall neulich noch mal kommen wollen.«

»Ist das ein Ja?«

Ich stöhnte. »Okay, von mir aus.«

»Prima, ich habe nämlich gleich noch eine Besprechung mit Nicola. Sonst hätte ich das natürlich übernommen mit den Kids.«

»Natürlich!«

Leo grinste nur.

Eine gefühlte Viertelstunde später hörte ich draußen Stimmen. Leo und ich liefen vor die Tür, bevor sich gleich alle in das winzige Büro drängten. Frederick, Malcolm, Eleanor und Minh-Khai stürzten sich sofort auf Mrs Big und streichelten sie, was das Zeug hielt. Das schien ihr zu gefallen, sie drehte sich auf den Rücken und streckte alle vier Pfoten in die Luft.

»Ich bin Ihnen so dankbar, dass das so kurzfristig klappt«, rief eine dunkelhaarige Frau mit Sonnenbrille im Haar. Sie stöckelte um eine Pfütze herum und schüttelte Leo die Hand. »Ich bin Fredericks Mutter. Leider habe ich heute Nachmittag einen wichtigen Termin.« Sie rückte ihr Kostüm zurecht. »Wissen Sie, wir wechseln uns in den Ferien reihum mit der Betreuung ab, jeder nimmt die Kinder mal einen Tag lang.«

»Das ist ja praktisch«, sagte Leo und lächelte. »Wie lange wollen die vier denn heute in Redmoor bleiben?«

»Och, ich dachte, ich hole sie kurz vorm Dunkelwerden ab oder so«, erwiderte Fredericks Mutter.

»Ach, so lange?« Jetzt wirkte Leo ein wenig überrascht, was jedoch nichts gegen meine eigene Ungläubigkeit war. Bis kurz vorm Dunkelwerden? Das war im Sommer ja die halbe Nacht!

»Na ja, ich hoffe, ich kann die anderen Eltern zum Abholen organisieren, dann wird es früher.« Sie lachte auf. »Aber da das mit dem Unfall war, dachte ich, wir hätten vielleicht einen Gefallen bei Ihnen gut.«

»Klar, jederzeit.« Leo schluckte und wollte sich schon an die Kinder wenden, doch sie hielt ihn noch einmal zurück.

»Ach, und eine Frage habe ich noch. Wegen der Eulenangriffe. Für die Kinder hier ist das doch völlig sicher, oder?«

Jetzt sah Leo richtig schockiert aus. »Natürlich, warum fragen Sie?«

»Na, weil es seit dem Lampionfest am Donnerstag ja noch zwei weitere Vorfälle gab.«

»Nun, eigentlich waren das keine richtigen Angriffe«, erklärte Leo. »Eher Eulensichtungen.«

»Aber sie haben die Besucher doch berührt? Trevor hat mir alles genau erzählt.«

Leo seufzte.

»Gut, die Eulen sind beide Male dicht an die Besucher herangeflogen und haben sie am Kopf und an den Schultern berührt. Aber das war in der Dämmerung und es ist auch niemandem etwas passiert. Die Besucher hatten sich recht spät in der Nähe des Sees verirrt und das wird heute bestimmt nicht geschehen. Sie können ganz beruhigt sein.«

»Wunderbar, ich danke Ihnen. Dann bis später. Tschüss, Freddy, pass schön auf dich auf.« Und damit stolzierte sie Richtung Parkplatz.

»Na dann fangen wir am besten mal an, was, Ruby?«, fragte Leo und rieb sich über die Augen.

Ich nickte. Aber womit? In den paar Minuten seit dem Anruf

hatte ich mir noch keinen richtigen Bespaßungsplan ausdenken können.

»Gehen wir heute auf die Hängebrücke im Dschungel?«, rief Frederick und fuchtelte schon wieder mit seiner komischen Pistolenattrappe herum.

»Auf keinen Fall!«, sagte ich. »Kannst du überhaupt schon wieder ohne Schmerzen laufen?«

»Klar«, entgegnete Frederick und bewies es mir, indem er eine Runde um das Bürohäuschen drehte.

Leo schlug die Hände zusammen. »Klasse, dann kann ja gar nichts schiefgehen.«

Wie bitte? Da konnte noch eine Menge schiefgehen!

»Ich habe mir schon etwas überlegt.« Leo lächelte geheimnisvoll. »Bei der Rallye seid ihr gar nicht mehr dazu gekommen, daher könnt ihr es jetzt nachholen. Ihr habt die Aufgabe, den Kristall in der Grotte zu finden.«

»Hurra, los geht's«, grölte Frederick und lief gleich Richtung Kräutergarten, die anderen drei rannten ihm nach.

»He, wartet auf mich, nicht so schnell!«, rief ich und hastete hinterher, während mich Leos dröhnendes Gelächter noch eine Weile begleitete.

Es dauerte ein wenig, bis wir die Grotte gefunden hatten. Doch diesmal wurde niemand nervös. Im Gegenteil, alle vier schienen das Herumstromern im Garten zu genießen. Offenbar war ihr bisheriges Ferienprogramm wirklich stinklangweilig gewesen.

Die Grotte war von außen über und über mit Efeu bewachsen. Wir suchten ein bisschen herum, bis wir den Eingang entdeckten. Hintereinander schlüpften wir durch den schmalen Spalt.

Drinnen war es kühl und feucht. Ich fröstelte. Nach dem Sonnenschein war es hier wie in einer Gruft.

Ein Tropfen rieselte in meinen Nacken, dann noch einer.

»Wo ist nun der Kristall, den wir suchen sollten?«, fragte Minh Khai und holte ihren Skizzenblock aus dem Rucksack.

»Keine Ahnung, er muss hier irgendwo sein«, antwortete ich. Aber wo? An der hinteren Wand der Grotte befand sich eine steinerne Bank. Ich fühlte, ob der Sitz trocken war, dabei berührte ich etwas Kaltes. Igitt! Bei meinem Aufschrei drehten sich alle um.

»Was ist?«, fragte Malcolm erschrocken.

»Warte, ich öffne meine Taschenlampen-App.« Eleanor tippte auf ihrem Smartphone herum und Sekunden später erhellte ein grelles Licht die Grottenwände.

»Ein Frosch!«, rief Frederick.

»Das ist kein Frosch, das ist eine Kröte«, sagte Malcolm. Frederick trat gegen einen hervorstehenden Stein. »Und wenn schon? Das ist doch egal. Wo ist der Unterschied?«

»Frösche haben glatte Haut, Kröten nicht, sie sind ganz warzig«, belehrte uns Malcolm.

»Du bist so ein Streber«, sagte Frederick höhnisch und trat erneut zu. Vielleicht war er doch noch sauer wegen der Hängebrücke?

Malcolm baute sich vor ihm auf. »Nenn mich noch einmal Streber!«

Huch, so eine Energie hätte ich ihm gar nicht zugetraut, doch Malcolms Wut beeindruckte Frederick überhaupt nicht. Er packte ihn am Arm und stieß ihn zurück. Bevor ich eingreifen konnte, wälzten sich die beiden am Boden.

»Vorsicht«, rief Eleanor, doch es war schon zu spät. Sie rollten vor ihre Füße und warfen sie um, dabei fiel ihr Telefon auf den Steinboden.

»Oh nein!« Eleanor krabbelte sofort darauf zu.

»Schluss jetzt!« Ich zerrte Malcolm und Frederick wieder in eine senkrechte Position. »Hört sofort auf, wir sind hier nicht zum Spaß! Sucht den Kristall, damit wir hier rauskönnen, bevor wir uns in der feuchten Luft eine Lungenentzündung holen.«

Malcolm nickte, Frederick schnitt eine Grimasse. Ich wandte mich an Eleanor. »Alles klar? Ist dein Telefon noch heil?«

»Ja, es ist alles in Ordnung«, antwortete Eleanor erleichtert. »Guck mal, was ich eben entdeckt habe.«

»Was denn? Eine neue App?« So richtig gespannt war ich nicht, doch da sagte sie: »Nein, ich habe den Kristall gefunden. Schaut mal an die Decke.« Sie leuchtete mit ihrer Handytaschenlampe nach oben. Wir folgten ihrem Blick.

»Wahnsinn«, flüsterte Frederick, und damit hatte er ausnahmsweise mal recht.

Über uns funkelten Millionen winziger Kristalle. Vielleicht waren es sogar noch mehr. Das also hatten wir bei der Rallye finden sollen! Auch die Orgelpfeifen staunten.

Eleanor schaltete die App aus und nach einigen Minuten hatten sich unsere Augen an das Dämmerlicht gewöhnt.

Die nächste halbe Stunde taten wir nichts weiter, als still auf der Bank zu sitzen und an die Decke zu schauen. Es sah einfach zauberhaft aus. Ich fühlte mich wie in einer Elfenhöhle.

Ich lehnte mich zurück und streckte meine Füße aus. Die Fußspitzen streiften unter der Sitzfläche irgendetwas, denn ich hörte ein dumpfes Geräusch. Anscheinend hatte ich etwas umgestoßen. Als ich mich danach bücken wollte, fiel mir die Kröte wieder ein, und sofort verging mir die Lust, genauer nachzuschauen. Vielleicht ein andermal.

»Wollen wir jetzt gehen?«, fragte Malcolm. »Mir wird langsam kalt.«

Ich sah auf das Handy. »Oh, Leo hat mir geschrieben. Eure Eltern holen euch gleich am Torbogen ab. Frederick, du sollst bei Malcolm mitfahren.«

Kurz darauf lieferte ich alle pünktlich ab. Malcolms Magen klang wie ein grimmiger Wolf, aber darum mussten sich zum Glück seine Eltern kümmern. Auch Frederick hatte es bis auf einige Kratzer und blaue Flecken geschafft, unversehrt zu bleiben.

Ich winkte den davonfahrenden Autos zu und drehte mich um. Vielleicht war Leo ja schon fertig?

Kapitel 25

»Leo ist noch nicht wieder hier«, sagte Bobby. Sie saß an seinem Schreibtisch und bastelte am Computer an neuen Speisekarten. »Findest du Türkis oder Blau besser?« Sie drehte den Bildschirm, damit ich das Layout sehen konnte.

»Beides zusammen«, entschied ich.

»Ausgezeichnete Idee. Und Gelb nehme ich für die Desserts. Du findest ihn übrigens im Gemüsegarten.«

»Wollten sie nicht eine Besprechung abhalten?«

»Das ist Nicolas kleiner Trick.« Bobby senkte verschwörerisch die Stimme. »Wenn sie etwas Wichtiges zu bereden hat, findet das draußen in den Beeten statt. So erledigen sie nebenbei etwas Sinnvolles und zugleich können sich alle beim Unkrautzupfen abreagieren. Da entsteht ganz leicht eine angenehme Arbeitsatmosphäre.«

Na, da war ich gespannt!

Im Gemüsegarten jätete Nicola tatsächlich Unkraut. Leo grub ein Beet um und Carl hackte mit etwas Spitzem auf die Fugen im Weg ein. Wollte er die Steinplatten zerstören oder nur das Moos herauskratzen? May schnitt mit einer Gartenschere welke Blätter von einem Strauch. Nicht einer von ihnen lächelte, alle blickten düster vor sich hin. Da wirkten die Gartengeräte in ihren Händen fast ein bisschen bedrohlich. Wenn das eine gute Arbeitsatmosphäre war, dann wollte ich lieber keine schlechte kennenlernen.

Auf einer Holzbank hinter dem Gartenschuppen saß Paul. Ich rutschte auf den freien Platz neben ihm.

»Was ist eigentlich mit meiner Futterstation?«, murmelte er.

»Was soll damit sein?«, fragte ich schnippisch, aber natürlich wusste ich genau, was er meinte.

Er zuckte mit den Schultern. »Wenn du nicht von selbst draufkommst, kann ich dir auch nicht helfen.« Mit starrem Gesichtsausdruck sah er zum Gemüsebeet.

Ich lehnte mich an die Schuppenwand und spitzte die Ohren.

»So geht es jedenfalls nicht weiter«, sagte Nicola gerade und schüttelte die Erde aus einem Büschel Unkraut. »Inzwischen gab es schon mehrere Zusammenstöße mit Eulen. Wir müssen unbedingt die Besucher schützen.«

»Ja, aber wie?«, fragte May und schob ihren Sonnenhut in den Nacken. »Wir können die Eulen ja schlecht umsiedeln, sie waren schon immer hier.«

»Warum eigentlich nicht?« Carl riss ein paar Grashalme aus einer Fuge und guckte dabei so angewidert, als würde er einen verfaulten Zahn ziehen.

Wie bitte? Die Eulen sollten ihr Zuhause verlassen? Sie mussten umgesiedelt werden? Aber wohin? Das durfte ich auf keinen Fall zulassen! Sie gehörten doch nach Redmoor.

»Warum nicht?«, wiederholte May entrüstet. »Wir können doch nicht irgendwelche Tiere umsiedeln, nur weil sie uns stören.«

»Aber jemand könnte bei den Angriffen ernstlich verletzt werden. Und was dann?«, fragte Carl. »Man wird uns vorwerfen, wir hätten tatenlos zugesehen.«

»Ich finde, wir sollten noch ein bisschen abwarten, wie sich die Dinge entwickeln«, schaltete Leo sich ein.

Carl sah ihn aus schmalen Augen an. »Ist das wirklich eine gute Idee? Die Buchungen für die Abendveranstaltungen gehen jetzt schon zurück.«

»Aber das ist nur vorübergehend«, protestierte Leo und stieß seinen Spaten in die Erde.

»Ach ja? Und wer sagt dir, dass die Eulen aufhören? Vielleicht sind sie ja gerade auf den Geschmack gekommen.«

»Es sind Eulen und keine Bestien«, rief Paul und sprang von der Bank auf.

»Dann beweis mir das Gegenteil«, sagte Carl. »Fest steht, die Eulen greifen an, und niemand weiß, wieso. Ich habe neulich jemanden gehört, der verlangt hat, dass die Eulen unschädlich gemacht werden sollen. Und andere Leute vermuten, bei uns gebe es irgendwelche Strahlen aus dem All, die die Eulen aufstacheln.«

Leo schnaufte. »So ein Blödsinn! Die Eulen wollen doch niemandem etwas Böses.«

»Das stimmt doch nicht, Trevor hat geblutet«, entgegnete Carl. »Mir jedenfalls liegt Redmoor am Herzen, aber vielleicht geht es dir ja anders.«

Leos Hände verkrampften sich um den Spatenstiel. »Seit einem halben Jahr arbeite ich fast rund um die Uhr für Redmoor. Du kannst mir glauben, dass mir dieser Fleck Erde genauso wichtig ist wie euch.«

Seltsam. Am Anfang war mir Redmoor wie eine heile Welt vorgekommen. Alle schienen sich so gut zu verstehen, sie kämpften für dasselbe Ziel. Aber nun gab es immerzu Streit. Wo war das Gartenparadies geblieben?

»Wir drehen uns im Kreis«, meinte Nicola. »Hat jemand vielleicht einen konstruktiven Vorschlag?«

Keiner sagte etwas.

Nicola ächzte und stand auf. »Ich brauche jetzt eine schöne Tasse Tee. Und danach muss ich noch mal mit der Bank telefonieren. Treffen wir uns heute Abend bei mir? Ich glaube, ich habe irgendwo noch eine Tüte Chips herumliegen.« Sie grinste. »Ich gebe einen aus.«

Diesem verlockenden Angebot konnte niemand widerstehen.

Mrs Big wartete schon in der Einfahrt zum Gutshaus. Sie wedelte mit dem Schwanz und trottete neben uns her.

»Mrs Big, zeigst du uns deinen Trick?«, bat Leo und blieb vor der Haustür stehen.

Meine Hand verharrte über der Klingel. »Welchen Trick denn?«

Er nickte Mrs Big zu.

»Wuff!« Schon schnellte ihre Vorderpfote hoch und drückte die Klinke hinunter. Mit einem leichten Schulterdruck stemmte Mrs Big die Tür auf.

»Wahnsinn, wer hat ihr denn das beigebracht?«, staunte ich.

»Ich habe nur durch Zufall mitbekommen, dass sie es kann.« Er zwinkerte mir zu. »Wer weiß, vielleicht ist es mal nützlich?«

Wir traten ein und begrüßten die anderen. Auf dem Esstisch stand tatsächlich eine Schale mit Chips. Vielleicht lag es ja daran oder an dem schottischen Whisky, den Nicola gerade ausschenkte, jedenfalls schien mir die Stimmung deutlich lockerer als am Nachmittag.

Mrs Big verkrümelte sich unter den Tisch. Ich setzte mich in einen Schaukelstuhl vor dem Kamin und zog die Knie an. Ein Feuer wäre jetzt toll gewesen, denn ich war müde und fröstelte ein wenig. Mir war in der letzten Stunde etwas eingefallen, aber ich wusste nicht recht, wann ich es anbringen sollte.

»Also, wie machen wir weiter?« Nicola schob einen holzgeschnitzten Lehnstuhl beiseite und rollte einen Gymnastikball zum Tisch. Sie wippte auf und ab und schaute uns der Reihe nach an.

Jetzt schwiegen ja schon wieder alle! Also schön, dann traute ich mich eben doch. »Wir brauchen die Eulen gar nicht umzusiedeln.«

»Ach nein?«, fragte Carl. »Und warum nicht?«

»Bisher haben alle Angriffe immer in der Nähe des Baumhauses stattgefunden.«

»Was hat denn mein Baumhaus damit zu tun?«, fragte Paul empört.

»Gar nichts, aber ich glaube, die Eulen verhalten sich nur da seltsam. Vielleicht können wir ja diesen Teil absperren. Er ist doch sowieso verwildert, es verirren sich kaum Besucher hin.«

»Puh, aber das wird schrecklich teuer«, befürchtete Leo. »Das hat Carl neulich schon gesagt. Es sei denn, wir nehmen das Flatterband. Aber das hält leider nicht lange.«

Das wusste ich doch, schließlich hatte ich ihr Gespräch im Büro belauscht.

»Bist du verrückt?«, fragte Paul. »Du willst die Eulen einsperren?«

»Nein, das will ich nicht«, widersprach ich. »Ich habe vorgeschlagen, dass wir den Bereich absperren, in dem die Eulen angreifen. Wir sperren nur die Menschen aus.«

Carl stützte die Ellenbogen auf den Tisch. »Wartet mal, wartet mal, das ist vielleicht gar nicht so dumm.« Er griff in die Schale und knabberte an einem winzigen Chip.

»Entschuldige, Ruby, aber ich finde, das ist keine gute Idee«, sagte May. »In Redmoor gab es noch nie Sperrzonen und wir sollten damit auch gar nicht erst anfangen. Das ist doch ein Garten und kein Wildpark.«

»Ha, das ist es!« Carl haute mit der Handfläche auf den Tisch. »Was wäre, wenn wir ein riesiges Gitter über diesen Bereich spannen? Wie einen gigantischen Vogelkäfig. Nein, wir bauen eine Voliere!«

»Was ist denn eine Voliere?«, wollte ich wissen.

»Ein Vogelkäfig«, antwortete Leo trocken.

»Nein, viel mehr als das«, rief Carl. »Na ja, also auf jeden

Fall größer. Stell es dir wie einen riesigen Vogelkäfig im Freien vor.«

May und Paul guckten entsetzt, und Nicola sagte sofort: »Also, ich will hier auf gar keinen Fall einen Zoo haben.«

»Es wird doch kein Zoo. Die Voliere wird natürlich groß genug, damit die Eulen darin herumfliegen können.« Carls Augen glänzten. »Versteht ihr denn nicht? Wir machen alles komplett richtig. Wir retten die Eulen, denn in der Voliere kann ihnen nichts passieren.«

»Aber jetzt passiert ihnen doch auch nichts«, wandte Paul ein. »Die Eulen müssen nicht gerettet werden.«

»Dann schützen wir eben die Besucher vor den Eulen«, wischte Carl seinen Einwand weg. »Wir retten die Besucher und zugleich führen wir sie ganz naturpädagogisch an die Umwelt heran. Wir zeigen ihnen, wie faszinierend unsere Natur ist.«

Mrs Big quälte sich unter dem Esstisch hervor und ging zum Kamin. Mit gespitzten Ohren sah sie nach oben.

»Das kostet bestimmt wahnsinnig viel Geld«, sagte May. »Können wir das nicht besser woanders investieren?«

»Anders als in die Sicherheit unserer Gäste?«, fragte Carl zurück.

In diesem Moment raschelte es hinter mir. Es kam aus dem Kamin. Ich hörte auf zu schaukeln und drehte mich um, aber da war nichts.

»Und was ist mit deinem Wipfelpfad?«, wollte Nicola wissen.

Carl sprang auf und umrundete langsam den Esstisch. »Der Wipfelpfad«, murmelte er, dann schlug er sich gegen die Stirn. »Den machen wir natürlich auch! Und zwar genau dort, wo die Voliere hinkommt.«

»Wie jetzt?«, fragte Leo. »Du willst beides bauen?«

Carl nickte. »Wir verbinden die Voliere mit dem Wipfelpfad. Dann läuft man in den Baumkronen um die Voliere herum. So kann man einerseits die Höhe genießen und zugleich die Eulen beobachten. Damit bieten wir Action und Abenteuer.«

»Das ist total blöd«, sagte Paul abfällig.

»Nein, das ist total genial«, widersprach Carl.

Hm, was war es denn nur? Solange diese Voliere die Eulen rettete, war sie mir recht, auch wenn ich sie mir im Moment schwer vorstellen konnte.

»Ich finde die Idee gar nicht so schlecht«, meinte Nicola. »Ich denke mal darüber nach.«

Im nächsten Moment machte Mrs Big einen Satz zum Kamin und bellte. Ich drehte mich um und erstarrte. Ein Paar Augen sah mich an.

»Da ist eine Eule!«

Mrs Big stand bewegungslos und schnupperte. Die Eule schlug mit den Flügeln und glotzte uns an. Sie war ein bisschen rußig, doch darunter hatte sie ein ganz helles Federkleid. Am auffälligsten war ihr Gesicht. Es war herzförmig und fast weiß, ebenso wie ihr Bauch und ihre Beine.

»Das gibt's doch nicht!«. Nicola sprang von ihrem Sitzball auf.

»Wenn man vom Teufel spricht«, murmelte Carl.

»Wie ist die Schleiereule denn dahin gekommen?«, wunderte sich May.

»Sie muss oben durch den Schornstein gefallen sein«, überlegte Leo. »Wahrscheinlich ist sie am Rand danebengetreten. Zum Glück war der Kamin aus.«

Er nahm ein Paar Gartenhandschuhe aus einem Korb neben

der Tür und zog sie über. Langsam näherte er sich der Eule. Sie guckte ihn an, rührte sich aber nicht von der Stelle, als Leo nach ihr griff. »Ich bringe sie nach draußen.«

»Warte, ich halte dir die Tür auf«, sagte May.

Die Eule hielt ganz still, als Leo sie hinaustrug. Spencer hatte das nie so einfach mit sich machen lassen, aber vielleicht war sie noch von ihrem Sturz benommen. In Leos Pranken sah sie winzig aus.

Paul und ich folgten den beiden vor die Tür. Am liebsten hätte ich ihr den Ruß abgewischt, doch ihr Schnabel sah genauso scharf aus wie Spencers.

Leo setzte sie vorsichtig auf eine Steinmauer. »Na dann, flieg los, aber pass das nächste Mal auf, wo du dich hinsetzt.«

Die Schleiereule drehte den Kopf hin und her, dann breitete sie die Flügel aus und schwang sich in die Luft.

Leo ging wieder nach drinnen, doch Paul und ich sahen ihr nach, bis sie hinter den Baumwipfeln verschwunden war.

Kapitel 26

Am nächsten Morgen fuhr Leo allein nach Redmoor, denn ich musste zuerst etwas erledigen.

Sobald er losfuhr, marschierte ich zum Schuppen.

Mensch, war der vollgestellt! Es dauerte einen Moment, bis ich Leos Fahrrad hinter einer kaputten Waschmaschine entdeckte. Selbstverständlich war es ein Rennrad und uralt, mindestens aus dem letzten Jahrhundert. Anscheinend war das eine Voraussetzung, wenn man als Fahrzeug in Leos Besitz übergehen wollte.

Im Zickzackkurs eierte ich zum Baumarkt. Ich musste mich erst einmal an die ungewohnte Sitzhaltung gewöhnen – vorwärtsgebeugt und fast schon im Liegen!

Ich ärgerte mich immer noch, dass ich Pauls komische Futterstation kaputt gemacht hatte. Bisher hatte ich beim Baumhaus zwar kein einziges Eichhörnchen gesehen, aber offensichtlich war ihm die Station wichtig. Also wollte ich endlich meinen Fehler ausbügeln.

Kurz darauf lief ich zwischen den Regalen im Baumarkt auf und ab. Es dauerte ein bisschen, bis ich alles zusammenhatte und mit Holz, Nägeln, Schrauben und einer kleinen Plexiglasscheibe an der Kasse stand.

Nachdem ich alles in Leos großem Rucksack verstaut hatte, trat ich kräftig in die Pedale. Es war das erste Mal seit meiner Ankunft, dass ich die Strecke von Sheddington Hall nach Redmoor mit dem Fahrrad fuhr. Ich schnappte nach Luft, als es hügelaufwärts ging. Ich brauchte entschieden mehr Kondition.

Eine Stunde später schleppte ich das Material zum Baumhaus. Paul hantierte oben auf der Plattform herum. Erst auf den zweiten Blick konnte ich durch die Blätter erkennen, dass er eine Seitenwand einsetzte. Anscheinend hatte er Großes vor, denn unten am Baumstamm lag noch ein Fensterrahmen im Gras.

Ich packte meine Sachen dazu. »Ich habe dir etwas mitgebracht.«

»Wofür ist das denn?« Er sah nicht gerade begeistert aus, aber in einer Minute würde er es bestimmt sein.

»Für deine neue Futterstation.«

»Wieso willst du mir dafür Material geben?«

»Es war wirklich nur ein Versehen, aber trotzdem will ich dir den Schaden ersetzen. Das wolltest du doch auch.«

»Okay.«

Er wandte sich ab und hämmerte weiter.

»Wie jetzt? Willst du es dir nicht wenigstens mal ansehen?«

»Nö. Du kannst das Zeug wieder mitnehmen. Ich will es nicht mehr. Und deine Entschuldigung auch nicht.«

Ich machte ihm ein Friedensangebot und er schlug es einfach aus? Das war ganz schön gemein.

»Tja, ich will die Sachen auch nicht mehr. Sie haben mich auch nur mein komplettes Taschengeld gekostet. Aber von mir aus können sie hier verrotten.« Und er am besten gleich mit.

»Du musst echt zufrieden sein.«

»Wieso?«

»Na, wegen der Voliere. Hast du es nicht gehört? Nicola will sie tatsächlich bauen.«

Sein Gesicht sagte mir deutlich, was er davon hielt.

»Aber das ist doch gut. So sind die Eulen am sichersten.«

»Sicherheit? Das ist ein Käfig! Sie werden darin eingesperrt!« Paul drosch auf das Holz ein.

»Ach ja? Was ist dir denn lieber? Dass sie weggebracht werden? Oder jemand sie am Ende vergiftet? Da ist eine Voliere ja wohl hundertmal besser!«

Ich drehte mich um und ging über die Lichtung. Als ich gerade auf dem Trampelpfad war, krachte es hinter mir. Heftige Schläge hallten durch den Wald. Was war denn das? Es kam auf jeden Fall nicht vom Baumhaus.

Ich rannte zurück auf die Wiese. Jetzt kreischte auch noch eine Säge los, der Lärm war ohrenbetäubend.

Paul kletterte vom Baumhaus und stürmte an mir vorbei. Am entferntesten Ende der Lichtung hantierte der bärtige Gärtner mit einer Motorsäge. Anscheinend wollte er den kleinen Baum fällen, der am Rand der Wiese stand. Warum machte er das? Und weshalb stand Carl daneben?

»Hey, passt auf, bleibt weg!«, rief Carl, als wir näher kamen, doch Paul scherte sich nicht darum und baute sich direkt vor Carl auf.

Die Baumkrone fing an zu wackeln, während der Gärtner unbeirrt weitermachte. Hastig zog Carl Paul zur Seite und im nächsten Moment kippte der Stamm zur Seite. Der Gärtner schaltete die Säge aus und der Baum lag mit zitternden Ästen vor uns.

»Was machst du denn da?«, schrie Paul außer sich.

»Warum regst du dich so auf? Wir fangen schon mal mit dem Bau der Voliere an«, erklärte Carl. »Dafür brauchen wir aber etwas Platz. Hier soll die Plattform für den Wipfelpfad hin und dort drüben wird das erste Seitenteil der Voliere aufgebaut.«

»Da steht aber mein Baumhaus!«

Carl kratzte sich am Kopf. Wahnsinn, er ließ sich überhaupt nicht aus der Ruhe bringen! »Vielleicht können wir um das Haus herum bauen. Aber dann kannst du natürlich nicht hinein, es wird dann im Käfig für die Eulen stehen. Oder der Wipfelpfad verläuft etwas weiter hinten. Ich glaube, du müsstest das Baumhaus so oder so woandershin setzen. Aber das ist kein Problem. Hier gibt es ja jede Menge geeigneter Bäume, vielleicht nebenan am See.«

Paul riss die Augen auf.

»Am See? Da sind doch tausend Leute. Ich will hierbleiben, wo ich meine Ruhe habe.«

»Diese Lichtung gehört aber auch zu Redmoor«, sagte Carl.

Paul stampfte mit dem Fuß auf. »Trotzdem, das Baumhaus bleibt da. Und die Bäume auch. Es ist doch verrückt, erst Bäume zu fällen, damit dann später ein Wipfelpfad entsteht.«

»Wir nehmen bloß etwas von dem Grünzeug weg«, erwiderte Carl. Jetzt klang er schon ein bisschen genervter.

»Nur über meine Leiche«, fauchte Paul. »Das kläre ich jetzt mit Leo.« Er drängte sich an mir vorbei und stapfte über die Lichtung.

»Der hat da nicht viel zu sagen«, rief ihm Carl nach, doch Paul blickte sich nicht mehr um. Carl seufzte. »Der beruhigt sich schon wieder. Am Ende wird er einsehen, was für eine tolle Sache der Wipfelpfad ist. Und die Voliere auch.«

Hm, anscheinend hatte er keine Ahnung, wie stur Paul sein konnte.

Ich wollte es ihm gerade beibringen, da klingelte sein Telefon. »Klappt es mit morgen?«, fragte er. »Ich weiß, du hast wenig Zeit, aber trotzdem wäre es gut, wenn du dir die Sache ansiehst. Die Pläne für den Wipfelpfad und einen Käfig sind doch schnell gemacht. Du sollst doch kein ganzes Haus entwerfen. Ja, das müssen auch noch Leute errichten, aber darum kümmere ich mich. Wir haben hier genug Helfer. Ist gut, bis dann.«

»Wir machen morgen weiter, wenn der Architekt kommt. Dann wird er uns sagen, welche Bäume noch gefällt werden müssen«, sagte Carl zum Gärtner, der gerade sein Werkzeug einsammelte.

»In Ordnung.« Wie üblich machte der Gärtner nicht viele Worte. »Und mit Mrs Treddington ist wirklich alles abgesprochen?«

»Lassen Sie das mal meine Sorge sein, das bekommen wir schon hin.«

Das war keine klare Antwort auf die Frage gewesen. »Hm, bevor ich den nächsten Baum fälle, spreche ich aber selbst noch mal mit der Chefin«, brummte der Gärtner und packte sein restliches Arbeitsgerät ein. Hoffentlich war Nicola wirklich damit einverstanden. Andererseits kannte sie hier jeden Grashalm. Ich konnte mir nicht vorstellen, dass Carl ohne ihr Wissen gleich ganze Bäume und Hecken fällen ließ.

»Wo habe ich bloß den Autoschlüssel?« Leo tastete seine Jacke ab.

Ich beugte mich vor und angelte den Schlüssel aus der vorderen Tasche seines Rucksacks. »Hier.«

»Wenn ich dich nicht hätte!« Leo klopfte mir auf die Schulter. »Wie wäre es mit einer Rucola-Pizza zum Abendbrot?«

Während ich noch überlegte, piepte es neben uns, und die Rücklichter eines schwarzen Audi blinkten auf. Ich drehte mich um. Carl kam auf uns zu, denn er hatte direkt neben uns geparkt.

Leo runzelte die Stirn. »Steig doch schon mal ein, ich muss noch eben etwas mit Carl besprechen.«

Ich nahm den Schlüssel, denn Leos altes Auto hatte natürlich keine Fernbedienung. Dann stieg ich ein, ließ aber die Tür offen stehen. Es roch geradezu nach Ärger. Unauffällig setzte ich mich so hin, dass ich die beiden im Spiegel sehen konnte.

»Sag mal, stimmt es, dass du drüben beim Baumhaus einen Baum gefällt hast?«, fragte Leo.

»Ich nicht, aber der Gärtner«, antwortete Carl.

»Das war aber nicht abgesprochen«, sagte Leo. »Du kannst doch nicht einfach etwas abholzen lassen und uns nicht darüber informieren.«

»Seit wann muss ich das mit dir abstimmen?«, fragte Carl. »Du bist doch für die Presse und die Veranstaltungen zuständig.«

»Und für die Neuanschaffungen und die Gestaltung«, zählte Leo auf. »Wenn du Pflanzen aus dem Garten nimmst, muss ich das wissen, denn vielleicht müssen wir dafür etwas Neues einsetzen oder die Änderung bei unseren Planungen berücksichtigen.«

»Die Planungen sind doch längst gelaufen«, sagte Carl. »Zumindest für diesen Teil des Gartens. Ich weiß gar nicht, warum du dich so aufregst. Ich brauchte Platz für den Wipfelpfad und die Voliere. Wir müssen die Eulen so schnell wie möglich einsperren, damit niemand verletzt wird. Es sei denn, du willst deine Abendveranstaltungen abblasen? Es lief ja nicht besonders gut in den letzten Tagen. Hat nicht die Hälfte der Leute bereits abgesagt?«

Leo gab nicht so schnell auf. »Ich muss noch mal mit Nicola sprechen. Ich finde immer noch, die Voliere ist keine gute Idee. Wir halten hier doch keine Tiere im Käfig.«

»Und was ist mit den Hühnern?« Carl grinste, dann wurde er wieder ernst. »Ehrlich, warum machst du so ein Theater? Dass Paul sich aufregt – na gut, er ist dreizehn und überblickt das alles noch nicht. Aber du weißt genau, dass Redmoor Attraktionen und Besucher braucht, um sich auf Dauer zu halten.«

»Ich weiß«, knurrte Leo. »Aber geht es wirklich um Einnahmen um jeden Preis? Wir sollten uns so eine Veränderung in Ruhe überlegen.«

»Die Zeit haben wir aber nicht«, sagte Carl und drängte sich an Leo vorbei. »Mit jedem weiteren Tag verlieren wir Geld. So, und jetzt muss ich los.«

Er stieg ins Auto und knallte die Tür zu.

»Danke fürs Gespräch, Carl«, murmelte Leo und setzte sich neben mich.

»Findest du die Idee mit der Voliere wirklich nicht gut?«, fragte ich vorsichtig. Bisher hatten wir kaum darüber gesprochen.

»Ruby, das hat nichts mit dir zu tun. Ich weiß, du willst die Eulen retten. Aber ich mag nun mal keine eingesperrten Tiere. Und ich mag es auch nicht, dass für diesen Wipfelpfad auf einmal eine Menge Geld ausgegeben wird, das wir viel sinnvoller nutzen könnten. Wir wollten Wildbienen schützen und ein Insektenhaus bauen und einen Ameisenhügel ansiedeln. Es gibt noch so viele tolle Sachen, für die uns dann aber das Geld fehlt.«

»Aber die Eulen sind in Gefahr! Wenn wir sie nicht schützen, dann kommt tatsächlich noch jemand auf die Idee, dass sie wegmüssen. Oder jemand will sie töten. Das lasse ich nicht zu.« Bevor die Eulen ernsthaft bedroht wurden, musste ich unbedingt mehr über die Hintergründe der Angriffe herausfinden.

»Ich verstehe dich ja, Ruby, aber es muss eine andere Lösung geben, als sie einzusperren.« Leo legte die Stirn aufs Lenkrad. »Vielleicht fällt uns noch etwas ein.«

Ganz bestimmt. Wir hatten uns ja die letzten Tage kaum retten können vor lauter grandiosen Ideen.

Kapitel 27

Bobby knallte den Telefonhörer auf. »Das ist das reinste Irrenhaus«, schimpfte sie. »Dagegen sind meine zwei Läden ja Oasen der Ruhe.«

Ich saß neben ihr und blätterte in alten Fotoalben von Redmoor.

Eigentlich wollte ich unbedingt zur Baumkönigin und noch einmal durch das Guckloch schauen. Ob da Waldkäuze tatsächlich ein Nest hatten? Inzwischen war ich mir fast sicher, dass dort einige Eier gelegen hatten.

Leider waren die letzten Tage so trubelig gewesen, dass ich noch nicht hatte nachsehen können. Und so schnell konnte ich heute auch nicht weg, denn ich hatte Leo versprochen, ein paar Aufgaben für ihn zu erledigen.

Ich schlug die nächste Seite auf und betrachtete ein Foto mit einer Pferdekutsche. Pauls Album neulich hatte mich auf die Idee gebracht. Man könnte doch eine Ausstellung mit Fotos von Redmoor organisieren. Bei Leo im Büro hatte ich in einer alten Kiste einen Haufen Bilder gefunden, und nun versuchte ich, den Wust zu sortieren.

Bobby öffnete das Fenster. »Paul? Kommst du mal kurz?«

Was wollte sie denn auf einmal von Paul?

»Der Architekt kommt gleich wegen des Wipfelpfads«, sagte Bobby. »Eigentlich sollte Carl ihn herumführen, doch er hat vorhin angerufen, dass er in einen Unfall mit Blechschaden verwickelt wurde. Und ich erreiche weder Nicola noch Leo. Weiß der Himmel, wo die gerade wieder stecken. Wärst du so lieb, den

Architekten zu der Stelle zu bringen, wo die Voliere hinsoll? Er geht gerade vom Parkplatz herüber.«

»Okay«, antwortete Paul, aber er klang ganz und gar nicht begeistert.

Ich schob den Berg Fotos zusammen und sprang auf. »Ich komme auch mit.«

Bobby schloss das Fenster und fragte erstaunt: »Ich dachte, du wolltest hier Bilder sortieren?«

»Das mache ich später. Ich brauche sowieso eine Pause.« Ich lächelte ihr zu und rannte hinaus.

Dort bekam ich gerade noch mit, wie Paul den Architekten abfing. Paul warf mir einen bohrenden Blick zu, doch ich lächelte nur und streckte die Hand aus. »Hallo, ich bin Ruby.«

»Jack Thunborne.« Der Architekt drückte mir kurz die Hand, dann sah er auf sein Telefon. »Carl hat mir eben eine Nachricht geschickt, dass er verhindert ist. Allerdings hat er vergessen, euch zu erwähnen. Na, was soll's. Können wir uns ein bisschen sputen? Ich habe es eilig. Eigentlich passt diese Voliere gar nicht in meinen Zeitplan.« Er seufzte. »Ich mache sie nur Carl zuliebe.«

»Gut, dann gehen wir.« Paul wandte sich schon ab und ging los. Mr Thunborne und ich folgten ihm.

Doch im nächsten Moment öffnete sich wieder das Bürofenster. Bobby streckte den Kopf heraus und rief: »Ruby? Leo hat gerade angerufen. Kannst du ihm bitte diese Unterlagen zum Museum bringen?«

Och schade, ich wäre lieber mit dem Architekten mitgegangen, aber ich wollte auch Leo nicht hängen lassen. Also verabschiedete ich mich und lief wieder aufs Büro zu.

Paul lächelte leicht.

Na klar, er freute sich bestimmt, dass er mich los war.

Später saß ich wieder bei Bobby im Büro und sortierte meine Fotos weiter. Nachdem ich Leo die Unterlagen gebracht hatte, waren ihm noch fünf weitere Erledigungen für mich eingefallen. Inzwischen hatte der Architekt bestimmt schon das Gelände besichtigt. Wie schade, dass ich das verpasst hatte.

»Huch, was ist denn mit dem los?«, fragte Bobby verwundert. Ich folgte ihrem Blick. Der Architekt stapfte gerade wutschnaubend am Büro vorbei. Sein hellgrauer Anzug war mit Schlammspritzern bedeckt, die Krawatte hing ihm wie ein Strick um den Hals, und seine ordentliche Frisur war zerzaust und voller Blätter.

»Carl, ich lasse hier nicht meine Zeit verschwenden«, bellte er ins Telefon. »Such dir das nächste Mal gefälligst einen anderen Idioten. Ich bin stundenlang durch den verfluchten Urwald geirrt. Und dann hat mich dieser Bengel auch noch einfach stehen lassen. Eine Zumutung ist das!«

Er stopfte das Telefon in die Anzugtasche und verschwand Richtung Torbogen.

Bobby nahm ihre Superheldenbrille ab und rieb sich über die Augen. »Oje, was ist denn da passiert? Was hat Paul bloß angestellt?«

Das wollte ich auch gern wissen. Zum Glück schlenderte er gerade am Bürohäuschen vorbei. Sofort schoss ich nach draußen.

»Was hast du dir dabei gedacht?«, rief ich empört. »Du solltest ihn doch zum Baumhaus bringen!«

»Das habe ich ja auch«, sagte Paul und lehnte sich an einen Baumstamm. »Jedenfalls fast.«

Er grinste. »Er hatte es so eilig, da haben wir eben eine Abkürzung genommen. Aber besonders fit war er nicht. Und dann ist er auch noch ausgerutscht und beinahe in das Becken beim Buchsbaum-Labyrinth gefallen.«

Er hob die Hände und sah dabei aus wie die Unschuld in Person.

»Ich weiß auch nicht, wie das kam. Danach müssen wir uns irgendwie missverstanden haben. Er murmelte etwas von Urwald, und ich dachte, den Dschungel wollte er auch noch sehen.«

»Das Labyrinth ist doch in einer ganz anderen Ecke des Gartens. Da habt ihr ja einen Riesenumweg gemacht! Und wieso bist du dann noch ans andere Ende zum Dschungel gegangen? Das ist auch weit weg.«

»Wie gesagt, es war ein Missverständnis. Dort war er jedenfalls so sauer, dass er angefangen hat zu schimpfen und meinte, ohne mich wäre er besser dran. Da habe ich ihm natürlich seinen Wunsch erfüllt. Zuletzt habe ich ihn dann auf der Hängebrücke gesehen.«

»Das hast du mit Absicht gemacht! Du willst nur die Voliere sabotieren.«

»Und wenn es so wäre?« Paul hob die Hände.

»Dann wäre es ganz schön dumm. Es geht doch erst einmal nur um die Pläne. Bevor du die gesehen hast, kannst du noch gar nichts zu der Voliere sagen.«

»Trotzdem will ich sie nicht.«

»So ein Quatsch, du kannst überhaupt nicht mitreden, weil

du keine Ahnung hast. Schau es dir erst mal an, bevor du dich beschwerst.«

Paul verzog das Gesicht und schwieg. Er musste auch gar nichts mehr sagen, denn diesmal hatte ich eindeutig die besseren Argumente.

Eine halbe Stunde später ragte die Baumkönigin vor mir auf wie ein Leuchtturm im Meer. Ich strich ihr zur Begrüßung über die Rinde, umrundete den Stamm und stieg wieder auf die Baumwurzel. Hier unter den Bäumen war es ganz schön dämmrig und ich schaltete die Taschenlampe ein. Neugierig spähte ich durch das kleine Guckloch, fuhr aber sofort zurück. Feine Fäden klebten an meinem Gesicht – seitdem ich das letzte Mal hier gewesen war, hatte eine Spinne ihr Netz zwischen den Kerben der Baumrinde befestigt.

Ich wischte mir über die Wange und schaute noch einmal durchs Loch. Diesmal sah ich es gleich: Es waren drei Eier.

Da bewegte sich etwas in der Baumhöhle und ein viertes Ei kam zum Vorschein. Ich versuchte, die Innenwände abzuleuchten, doch ich konnte kaum etwas erkennen, bis plötzlich eine Eule im Schein der Taschenlampe auftauchte. Ich hatte kaum Zeit, sie anzusehen, da rückte sie schon wieder in eine andere Ecke der Baumhöhle. Ich stellte mich auf die Zehenspitzen und presste mich noch dichter an den Baumstamm. Die Baumhöhle war ganz karg, denn die Eltern hatten sie nicht mit Moos oder Zweigen ausgepolstert, die Eier lagen einfach auf dem flachen Boden.

Im nächsten Moment fühlte ich einen stechenden Schmerz, dann sickerte mir etwas Warmes den Hinterkopf herunter. Ich schrie auf, rutschte ab und landete im Laub. Die Taschenlampe fiel mir aus der Hand.

Deckung!, schoss es mir durch den Kopf, doch ich war gerade mal halb herumgerollt, da kam wie aus dem Nichts die nächste Attacke. Knapp über dem rechten Auge traf mich etwas Spitzes, meine Haut riss auf und es brannte wie Feuer.

Ich schrie und wälzte mich herum. Blut tropfte mir ins Auge und es tat höllisch weh. Auf allen vieren kroch ich weg vom Baum. Weg, ich musste so schnell wie möglich weg hier.

Knapp über meinem Nacken strich ein Luftzug entlang. Ich presste mich auf den Boden und rührte mich nicht. Mein Herz klopfte wie verrückt und ich hatte Erde im Mund und noch etwas anderes, Klebriges.

Einige Sekunden später wagte ich mich weiter. Ich hob den Kopf, doch ich konnte kaum sehen. Hoffentlich landete ich nicht gleich in einem Gebüsch! Immer noch halb blind krabbelte ich zum Waldrand, dorthin, wo es etwas heller war.

Sobald ich die Lichtung erreicht hatte, richtete ich mich auf und lehnte mich gegen einen Baumstamm. Mir tat alles weh, besonders der Kopf. Und ich konnte kaum etwas sehen. Ich musste hier schleunigst weg, bevor das Pochen hinter meiner Schläfe zu stark wurde.

»Ruby!« Leo sprang auf, als ich in sein Büro wankte. »Was ist passiert?«

Ich kniff immer noch das eine Auge zusammen, doch mit dem anderen sah ich nach unten. Rote Tropfen fielen auf die Papiere auf dem Schreibtisch.

»Mir tut das Auge so weh.« Die ganze Zeit hatte ich solche

Angst gehabt, doch jetzt erst merkte ich, wie erschöpft ich war. Ich fiel in seine Arme und fing an zu weinen.

»Was ist passiert?«, fragte er entsetzt. »Nein, warte, ich guck erst mal.«

Behutsam nahm er meine Hand vom Auge, und nun erst fiel mir auf, dass ich sie fest an den Kopf gepresst hatte.

Beide Hände waren blutverschmiert. Mir wurde schwindelig. So viel Blut!

»Setz dich erst einmal«, sagte er und drückte mich in seinen Bürostuhl, dann quetschte er sich an mir vorbei. »Ich hole den Verbandskasten.«

Kurz darauf tupfte er vorsichtig das Blut ab.

»Ich kann gar nichts sehen.« Hatte ich ein Auge verloren? Es tat so furchtbar weh.

»Schaffst du es bis zum Auto? Wir fahren ins Krankenhaus.«

Jetzt wurde mir richtig schlecht. Wenn Leo schon so etwas sagte, musste es ernst sein, denn er ging nur in äußersten Notfällen zum Arzt.

Ich nickte und er fasste mich sanft am Ellenbogen an und half mir hinaus.

»Du hast wirklich großes Glück gehabt«, sagte die Ärztin im Krankenhaus in Sheddington Hall.

»Sind Sie sicher, dass das Auge unbeschädigt ist?«, fragte Leo. Er war die ganze Zeit rastlos auf und ab gelaufen, doch jetzt blieb er stehen.

»Ja, fest versprochen.« Die Ärztin zwinkerte mir zu. »Du darfst eine schicke Augenklappe tragen, damit der Verband über dem Auge nicht so leicht abrutscht. Sonst bräuchtest du sie gar nicht.

Du hast wirklich ein Riesenglück gehabt, denn die Verletzung ist nur ganz dicht über dem Auge. Das heilt sicher schnell.«

»Danke.« Ich räusperte mich. Nach dem Schrecken klang meine Stimme so rau, als hätte ich mehrere Tage nicht gesprochen.

»Und du weißt wirklich nicht, was das für ein Tier war?« Jetzt wurde die Ärztin doch noch mal ernst.

Ich schüttelte den Kopf. »Keine Ahnung.«

Es stimmte ja, ich hatte wirklich nicht gesehen, wer oder was mich angegriffen hatte. Eine Vermutung hatte ich natürlich schon, aber die behielt ich lieber für mich.

Die Ärztin seufzte. »Na schön. Ich gebe dir für alle Fälle eine Tetanusauffrischung und dann darfst du nach Hause.«

Leo umarmte mich, als wir zurück zum Auto gingen. »Ich bin so froh, dass dir nichts passiert ist.« Er drückte mich fest an sich.

»Ich auch. Und wie!«

»Aber Ruby, sag mal, wir beide wissen doch, was für ein Tier das war, oder?« Leo musterte mich scharf.

»Wir haben aber keine Beweise. Und du darfst niemandem etwas davon erzählen.«

Leo lachte. »Das glaubst du doch wohl selbst nicht. Nirgendwo verbreiten sich Nachrichten schneller als in Redmoor. Darauf kannst du Gift nehmen.«

Kapitel 28

Am nächsten Morgen goss es wie aus Eimern, also setzte ich mich ins Café und bestellte eine heiße Schokolade. Was sollte ich jetzt machen? Sobald ich den Fuß vor die Tür setzte, wäre ich klatschnass. Da fiel mir die Inschrift über dem Torbogen ein.

Semper horto fruere,
sed considera:
periculum te expectat
ubique.

Mit alten Sprachen hatte ich es ja nicht so, aber trotzdem holte ich mein Telefon heraus und öffnete das Online-Lexikon. Ich suchte nach »horto«, doch nachdem ich einige Sekunden auf das Display geguckt hatte, fing die Wunde hinter der Augenklappe an zu pochen.

Ich steckte das Telefon wieder weg. Die Lust auf Latein war mir vergangen, das konnte ich auch später machen. Leo hatte mir gestern Abend ausdrücklich verboten, noch einmal zur Baumkönigin zu gehen. Von der Voliere war er zwar nach wie vor nicht begeistert, aber immerhin war auch er jetzt der Meinung, dass etwas geschehen musste.

Ins Baumhaus hätte ich vielleicht gedurft, aber da würde ich lieber den ganzen Tag an der Kasse Eintrittskarten verkaufen.

Ich packte meinen Kram in den Stoffbeutel und schlurfte nach draußen. Irgendwie hatte ich zu nichts Lust, doch dann fiel mir das Museum ein. Bei so einem Regenwetter war es bestimmt genau der richtige Ort.

Die Tür stand offen, aber es war niemand im Saal. Ich drückte auf den Schalter neben dem Eingang und mit dem Licht flammten auch die vielen goldenen Sterne an der Zimmerdecke auf. Ziellos schlenderte ich herum, bis ich in der Ecke mit den Eulen stand. Wieder betrachtete ich den Waldkauz. Ganz sicher, Spencer war einer von ihnen. Wo er jetzt wohl steckte? Könnte ich ihn nur wenigstens noch einmal wiedersehen! Er fehlte mir, obwohl er mich so oft gekratzt hatte. Und trotzdem: Ich hätte mich liebend gern weiter um ihn gekümmert.

Mein Blick fiel auf ein Regal. Das dunkle Holz hob sich kaum von der halbhohen Täfelung ab. Darüber war die Wand in einem dunklen Blauton gestrichen. Das Regal war vollgestopft mit Büchern. Ich überflog die Titel. Jede Menge über Gartenbau, wie erwartet. Es waren aber auch Bildbände zu allen möglichen Tieren darunter. Und ein Buch gab es über Eulen. Ich zog es heraus und setzte mich neben eine Säule.

Mich wurmte es immer noch, dass mich die Eule gestern angegriffen hatte. Bestimmt hatte sie das nur gemacht, weil ich so nah an ihrem Nest gewesen war. Oder lag es an etwas ganz anderem? Ich brauchte unbedingt eine Erklärung für ihr Verhalten und vor allem für meine Verletzung. Diese Angriffe mussten doch einen Grund haben!

Ich blätterte in dem Buch, bis ich zum Kapitel »Natürliche Feinde« kam. Neben dem Menschen waren vor allem andere Greifvögel eine Gefahr für die Waldkäuze. Auch Dohlen und Krähen konnten dem Waldkauz gefährlich werden. Dazu kamen vielleicht noch Baummarder und Waschbären infrage. Mit einem Mal fühlte ich mich besser. Möglicherweise waren die Eulen so angriffslustig, weil sie von einem anderen Tier bedroht wurden? Wenn es mir gelang, dieses Tier zu finden, dann konnte ich bestimmt auch etwas gegen die Eulenattacken unternehmen. Also musste ich zuerst herausfinden, welches Tier die Eulen so alarmierte und vielleicht auch ihre Brut in Gefahr brachte.

Kapitel 29

Es war ein warmer Abend und ich schwitzte wie verrückt. Kein Wunder, ich trug Arbeitshandschuhe, einen dicken Wollpullover von Leo und Jeans. Auf dem Kopf hatte ich einen Motorradhelm. Den hatte ich heute Mittag im Schuppen entdeckt. Denn dort stand auch – erraten – ein Motorrad. Es war so alt, dass es nicht mehr fahrtüchtig war. Natürlich war es eine Rennmaschine. Ihr letztes Rennen hatte sie 1963 absolviert, hatte Leo mir erzählt, der die Maschine auf einem Flohmarkt erstanden hatte. Der Helm wurde also nicht gebraucht, und da ich an meinen Augen, der Nase und den Ohren hing, hatte ich ihn mir ausgeborgt.

Wenigstens war ich die Augenklappe inzwischen losgeworden, denn die hätte bei der Hitze unter dem Helm bestimmt tierisch gejuckt.

Es dämmerte, doch in der Baumkönigin tat sich noch nichts. Nach einiger Zeit wurde mir so heiß, dass ich handeln musste. Entweder konnte ich zurückgehen und mich ausziehen oder endlich nach den Eiern sehen.

Da kamen nur die Eier infrage – ich hasste es, vorzeitig aufzugeben.

Vor der Baumhöhle schaltete ich die Taschenlampe ein und stieg auf die Wurzelstufe. Leider knallte dabei der Helm gegen den Baumstamm. Es dröhnte so laut, dass es mir in den Ohren rauschte. Hoffentlich waren die Küken noch nicht geschlüpft, ansonsten hatten sie eben den Schock ihres Lebens bekommen.

Beim nächsten Versuch schob ich das Visier des Helms auf, denn es beschlug, sodass ich rein gar nichts sehen konnte. Ich leuchtete wieder in die Nisthöhle. Diesmal konnte ich die Eier erkennen. Ich zählte sie durch. Es waren drei. Drei, nicht vier! Es fehlte also ein Ei. Wie war das denn passiert? Es konnte sich ja schlecht in Luft auflösen. Welches Tier lief hier durch den Garten und vergriff sich an den Eiern? Ob noch mehr Nester betroffen waren? Ich hatte keine anderen Nisthöhlen entdeckt, aber die Suche in den vielen Bäumen war ungefähr so wie die Sache mit der Nadel und dem Heuhaufen.

Meine Zehen kribbelten und erinnerten mich daran, dass ich hier schon ziemlich lange herumstand und grübelte. Außerdem wurden die Eier von einem Elternteil bewacht. Es schlug immer wieder mit den Flügeln – besser, ich störte die Eule hier nicht länger.

Ich behielt vorsichtshalber den Helm auf, während ich zum Waldrand ging. Leider konnte ich auch beim Laufen nicht besonders gut damit sehen, daher wäre mir die Bewegung ein Stück weiter weg fast entgangen.

Ich kniff die Augen zusammen und drehte mich schwerfällig zur Seite. War da jemand?

Jetzt sah ich es deutlicher: Einige Meter von mir entfernt huschte eine Person von Baum zu Baum.

Leider verschwand sie, bevor ich mehr erkennen konnte.

Mir war so heiß unter dem Helm, er drückte und roch muffig, aber ich setzte ihn lieber nicht ab. Ich war immer noch zu nah an der Baumkönigin.

Mittlerweile hatte sich der Himmel zugezogen und Donner grollte in der Ferne. Doch es war hell genug, dass ich mich hier umsehen konnte. Irgendwo musste es einen Hinweis geben. Ich musste ihn nur erkennen! Im Wald wimmelte es bloß so von Tieren und sicher waren darunter einige mit Appetit auf Euleneier. Vielleicht entdeckte ich ja im Umkreis des Baumhauses mehr.

Am Waldrand fühlte ich mich sicher genug, den Helm abzusetzen und aus meinen warmen Klamotten zu schlüpfen. Der Wind tat gut, und auch die ersten Tropfen, die auf meine Haut fielen. Ein Blitz zuckte über den Himmel. Ich musste mich beeilen, wenn ich vor dem Unwetter noch etwas herausfinden wollte. Ich drehte mich im Kreis und musterte dabei die umliegenden Bäume. Alle Stämme waren glatt, und nirgendwo zeigten sich Spuren von einer Behausung, es gab weder ein Nest noch eine Höhle.

Ich seufzte. Es musste doch etwas zu finden sein! Wenn die Voliere erst gebaut war, wären die Eulen wahrscheinlich sicherer, aber bis dahin dauerte es noch. Die Eulen sollten nicht auch noch ihre anderen Eier verlieren.

Ich zwängte mich in ein Wacholdergestrüpp und kroch über den Boden. Bis auf ein paar Löcher von Wühlmäusen entdeckte ich auch hier nichts. Die Dornenzweige streckten sich immer dichter über der Erde aus und zwangen mich zum Umkehren. Ich robbte rückwärts hinaus und stieß dabei gegen etwas Weiches. Ich hörte einen erstickten Laut, wollte mich umdrehen, doch das Dickicht war zu eng. Ich keuchte. Wer war noch hier im Gestrüpp? Verfolgte mich ein Tier oder ein Mensch? Und was davon war schlimmer. Ich strampelte und kämpfte mich Stück für Stück aus dem Wacholder. Endlich war ich frei und konnte mich umdrehen. Nicht weit von mir entfernt klopfte sich jemand den Staub vom T-Shirt. Paul!

»Was machst du denn hier?«, fauchte ich. »Du hast mich zu Tode erschreckt. Warum kriechst du hinter mir her?«

»Ich krieche nicht hinter dir her. Ich habe dich erst bemerkt, als du mir deinen Fuß ins Gesicht getreten hast.«

»Was willst du dann hier?«

»Ich mache das einzig Sinnvolle. Ich will die Voliere verhindern.«

»Und um die Voliere zu verhindern, krabbelst du hier durchs Gebüsch?«

Paul presste die Lippen zusammen. »Nicht direkt. Ich wollte nur mal eben etwas nachsehen.«

»Und was wäre das?«

Er hob nur die Schultern und sah mich an. Plötzlich hatte ich genug von dem Theater.

»Sag Bescheid, wenn du mit der Geheimnistuerei fertig bist!« Ich stand auf und raffte meine Sachen zusammen. Wortlos drängte ich mich an ihm vorbei, dabei bekam ich gerade noch mit, wie er mir einen misstrauischen Blick zuwarf. Wir trauten uns beide keinen Zentimeter über den Weg.

Kapitel 30

Meine Pläne für den folgenden Tag waren:

Lateinische Inschrift übersetzen

Einen Waschbären finden (oder einen anderen Räuber)

Einmal keinen Scone essen

Mit der Übersetzung fing ich noch im Bett an. Das Programm von gestern war nicht gerade hilfreich gewesen, denn bei fast jedem Wort bekam ich die Mitteilung »unbekannt«. Also versuchte ich es auf einer neuen Internetseite. Ein grinsender Mann im weißen Kittel verlangte die Eingabe lateinischer Wörter. Kein Problem, schließlich standen mir davon genug zur Verfügung.

Eine halbe Stunde später war mein Tatendrang verflogen. Am liebsten hätte ich den ersten Tagesordnungspunkt gleich wieder gestrichen. Zu jedem lateinischen Wort feuerte der Mann mindestens ein Dutzend Ergebnisse ab. Nun hatte ich die Auswahl zwischen unzähligen Bedeutungen. Woher sollte ich wissen, welche die richtige war?

»Ich wüsste da eine unterirdisch altmodische Lösung«, sagte Leo, als ich ihm von meinem Problem erzählte. »Man nennt es Lexikon. Es ist dick, aus Papier und du findest es in einem Bücherregal.« Er kicherte albern.

»Haha. Finde ich es in deinem Bücherregal?«

»Leider nein. Ich habe alle Lateinbücher in der Minute nach meinem Abschluss verschenkt. Allerdings nützt uns ein Lexikon wahrscheinlich auch nichts, da stehen bestimmt ebenfalls mehrere Bedeutungsmöglichkeiten drin.«

Oje, und jetzt? Ich schnitt eine Grimasse.

»Zum Glück kenne ich jemanden, der zufälligerweise ein Ass in Latein ist«, sagte Leo und lächelte selbstgefällig. »Er heißt Benjamin und arbeitet in der Bibliothek. Ich habe heute früh leider keine Zeit, um mitzukommen, aber du kannst zur Bücherei radeln und die Übersetzung mit Benjamin machen. Ich rufe ihn gleich an und erkläre ihm, worum es geht.«

Also zerrte ich nach dem Frühstück Leos Fahrrad aus dem Schuppen.

Benjamin erwartete mich schon an der Tür. Hose und Pullover schlotterten um seinen mageren Körper, und er war nicht nur blass, sondern schon fast käsig weiß. Wann hatte er das letzte Mal die Sonne gesehen? Er reichte mir eine knochige Hand und grinste von einem Ohr zum anderen: »Leo hat gesagt, du interessierst dich brennend für Latein?«

»Na ja, so ähnlich. Eigentlich brauche ich nur die Übersetzung für einige Zeilen.« Ich erzählte ihm von der Inschrift im Torbogen.

»Großartig, wir fangen gleich an«, sagte er und rieb sich erwartungsfroh die Hände. »Ich liebe Rätsel.«

Er führte mich zu einem Regal voller lateinischer Bücher. Es gab Comics, Bildbände, Memoiren römischer Feldherren und etwa dreihundertfünfzig Lexika. Ich drückte Benjamin den Block mit der Inschrift in die Hand.

»Ah, also *semper* heißt *immer*, das weiß ich so. Und *ubique* bedeutet überall. Hm, aber *horto*?« Er setzte sich an einen Tisch, zog zwei Bücher aus dem Regal und hatte mich im nächsten Moment bereits vergessen.

Während er vor sich hin murmelte, schlenderte ich zwischen den Regalen umher. In einer Ecke entdeckte ich ein Buch, nein, eher ein Heft, über Redmoor. Ich zog die dünne Schrift heraus. Es waren einfach ein paar Schreibmaschinenseiten, die jemand zusammengetackert hatte. Das Papier war so vergilbt, dass es schon älter sein musste. Ich überflog, was dort stand.

Ah, es ging um besondere Orte in Redmoor.

Das meiste davon musste bestimmt noch ausgegraben oder restauriert werden, denn ich hatte noch nie von einem Taubenturm oder der steinernen Sonnenuhr gehört. Darin wurde aber auch ein Brunnen erwähnt. War das der Wunschbrunnen?

Ich setzte mich auf den Fußboden und blätterte in dem Heft. Die Sprache war ziemlich altertümlich, aber der Text fesselte mich trotzdem. Wie ein Wunschbrunnen war mir das alte Ding nie vorgekommen und jetzt wusste ich auch, warum.

»Das Verb *frui* ist ein Deponens, deshalb wird der Imperativ anders gebildet«, hörte ich Benjamin hinter mir sagen.

Ich verstand gar nichts, aber er wusste hoffentlich, was er da tat, also vertiefte ich mich wieder in mein Heft.

Das Ganze war einfach ein Missverständnis in der Überlieferung. Es gab gar keinen Wunschbrunnen! Doch direkt daneben wuchs eine Wunschweide.

Früher wurden kleine Briefe mit Wünschen an den Baum gebunden. Auch Haarsträhnen, Schleifen oder Schmuck waren möglich. Laut dem Buch verarbeitete die Weide die Wünsche und gab sie ans Universum weiter.

Zufrieden lehnte ich mich gegen das Regal. Hatte ich es doch gewusst! Die Trauerweide war mir die ganze Zeit viel magischer vorgekommen als der olle Brunnen.

»Ich habe das Rätsel gelöst!«, rief Benjamin. Ich sprang auf, rannte zu ihm hin und las seine Übersetzung:

Semper horto fruere,	*Genieße immer den Garten,*
sed considera:	*aber sei vorsichtig:*
periculum te expectat	*Gefahr erwartet dich*
ubique.	*überall.*

Ich stützte den Kopf in die Hände und starrte so lange auf das Papier, bis die Wörter verschwammen und die einzelnen Buchstaben vor meinen Augen auf und ab tanzten.

Was bedeutete das? Welche Gefahr konnte in einem Garten wie Redmoor schon drohen?

Gut, ein Teil des Gartens war verwildert, und dann gab es da noch die Eulenangriffe. Aber die Inschrift war wesentlich älter.

Es war mir ein Rätsel und fiel eindeutig in die Kategorie *mysteriöse* Fragen. Bei denen konnte man sich eigentlich gleich darauf einstellen, dass man fast nie eine Antwort fand.

»Vielen Dank für deine Hilfe!«

»War mir ein Vergnügen.« Er sah aus, als meinte er es auch so. »Komm jederzeit vorbei, wenn dir wieder etwas Lateinisches begegnet.«

»Natürlich«, versprach ich und machte mich auf den Weg nach Redmoor.

Motorenlärm schallte mir entgegen, lange bevor ich die Lichtung erreichte. Ein Kran hatte sich vom Hauptweg bis zur Wiese vorgearbeitet und dabei eine breite Schneise geschlagen. Nun bildeten abgebrochene Äste und zerquetschte Büsche eine Gasse. Am liebsten hätte ich geheult!

Der Kran transportierte ein riesiges Gitter zur Lichtung.

»Wie hast du das so schnell hinbekommen?«, fragte Nicola. Ich konnte unmöglich sagen, ob sie erfreut oder entsetzt war. Ihr Gesichtsausdruck war so nüchtern, dass eine Betonwand dagegen vor Lebendigkeit sprühte.

»Ach, das war keine große Sache«, antwortete Carl. »Ich habe bloß meine Beziehungen spielen lassen. Zum Glück konnte ich Jack überreden, die Pläne noch schnell einzuschieben. Das hat mich ganz schön was gekostet.« Er warf Paul einen wütenden Seitenblick zu. »Na ja, egal. Jedenfalls wurde unser Eilantrag im Nu genehmigt.«

»Beziehungen, ja?« Leos Ausdruck konnte ich ziemlich gut deuten. Ich wette, er wäre Carl am liebsten an die Gurgel gegangen. Dabei war ihm auch noch nichts Besseres zur Rettung der Eulen eingefallen.

Heute Morgen hatten wir von den Plänen eines besorgten Einwohners von Sheddington Hall erfahren. Er wollte eine Bürgerversammlung einberufen und über die wachsende Bedrohung durch Eulen diskutieren. Was für ein Quatsch!

»Jede Wette, dass es Trevor ist«, schimpfte Bobby.

Nicola warf einen Blick auf den Plan von Mr Thunborne. Ich versuchte es auch, doch ich konnte vor lauter Kreisen und Strichen nichts erkennen.

»Mich überzeugen die Pläne noch nicht richtig, aber vielleicht kann ich es mir auf dem Papier auch nicht gut vorstellen«, sagte Nicola. »Warum wird dieses komische Ding denn jetzt schon aufgebaut?«

»Das Seitenteil ist genau dazu da, dass wir uns alles besser vorstellen können«, sagte Carl. »So sieht man doch die Ausmaße viel besser.«

»Wie ist das eigentlich mit dem Futter?«, mischte Bobby sich ein. Futter? Alle sahen sie mit großen Augen an.

»Na, für die Eulen! Sagt bloß, darüber habt ihr euch noch keine Gedanken gemacht. Die Eulen müssen doch etwas fressen.«

»Ich nehme an, sie finden ihr Futter im Käfig, so wie vorher auch«, sagte Carl und sah dabei aus, als hätte er etwas Unappetitliches angefasst.

»Und wenn das nicht ausreicht? Vielleicht fliegen sie ja viel weiter auf Futtersuche.«

»Ich füttere sie.« War das eben aus meinem Mund gekommen? Ja, tatsächlich. Ich wurde ein bisschen rot und wiederholte: »Ich übernehme das.«

»Du?«, fragte Nicola. »Aber weißt du denn, was Eulen fressen?«

Ich nickte. Nichts leichter als das. Jetzt war die Gelegenheit, mein Fachwissen herauszuholen. »Mäuse.«

»Aber du hast Angst vor Mäusen«, warf Leo ein, wofür ich ihn am liebsten mit einem Knebel ins Baumhaus verbannt hätte.

»Das bekomme ich schon hin«, versicherte ich.

»Ja, aber fragt sich, wie lange«, trompetete Paul. »Die Ferien sind irgendwann um und dann bist du doch wieder weg.«

Meine Wangen wurden heiß und mit Sicherheit auch knallrot. Ich wusste nicht, was ich dazu sagen sollte, und deshalb wandte ich mich einfach ab.

Zum Glück achtete auch keiner auf mich, denn in diesem Moment wurde das Seitenteil mitten auf der Lichtung aufgerichtet. Alle waren völlig von dem riesigen Ding eingenommen. Verblüfft starrten sie es an, dann fingen sie plötzlich an zu diskutieren.

Leo sprach mit Carl über die Pläne des Architekten. Bobby redete lebhaft auf Nicola ein, allerdings hörte es sich nach einem etwas anderen Thema an.

»Liebes, du musst dringend etwas machen lassen«, sagte sie und fuhr durch Nicolas graubraune Haare. »Wann warst du das letzte Mal beim Friseur? Da liefen wahrscheinlich die Leute noch mit Steinzeitkeulen am Salon vorbei.«

Nicolas Antwort ging in einem Krachen unter, was wirklich schade war, denn ich hätte sie zu gern gehört.

»Nein!« Der Aufschrei kam von Paul.

Wieder krachte es, und zwischen den Zweigen sah ich, wie ein Fenster aus dem Baumhaus fiel. Der Kran hatte gewendet und war dabei gegen die Eiche gestoßen.

»Mein Baumhaus ist kaputt«, schrie Paul.

»Ich habe doch gesagt, dass es wegmuss«, ereiferte sich Carl. »Außerdem kann so etwas mal passieren.«

»Das darf aber nicht passieren«, sagte Leo. »Er muss doch wissen, wohin er seinen Kran bugsiert.«

»Das weiß ich auch«, brüllte der Kranfahrer aus dem Führerhäuschen. »Steht doch alles in den Plänen. Schauen Sie sich die gefälligst an.«

Alle schwiegen überrascht und stürzten sich dann in der nächsten Sekunde erneut auf die Unterlagen des Architekten.

»Er hat recht«, sagte Leo ungläubig. »Das Baumhaus soll abgerissen werden. Aber das war doch gar nicht entschieden.«

»Das ist ja wohl allen klar gewesen«, entgegnete Carl beleidigt und riss die Pläne wieder an sich.

»Also mir nicht«, sagte Nicola entschieden. »Und jetzt ist es auch erst einmal gut. Das Baumhaus bleibt. Sag dem Architekten, er soll die Pläne ändern und meinetwegen drum herumbauen.«

»Aber wie soll denn das gehen?« Carl zeigte auf die Lichtung. »Es ist alles so beengt hier.«

Doch Nicola hatte sich bereits abgewandt.

»Na schön.« Carl fügte sich und rollte die Pläne zusammen. »Wir erarbeiten einen neuen Entwurf. Ich rufe Jack nachher gleich an.«

Paul warf ihm einen giftigen Blick zu. Er tat mir leid, auch wenn er mich so oft auf die Palme brachte.

Ich konnte ihn ja auch verstehen. Mir gefiel es selbst nicht, wie sehr sich hier alles veränderte. Eine Voliere für die Eulen war nach wie vor bestimmt das Beste, aber warum musste dafür so viel kaputt gemacht werden?

»Mach dir nichts draus.« Ich berührte seine Schulter. »Es ist doch kaum was passiert.«

»Wie bitte?« Er sah mich ungläubig an. »Du kommst echt von einem anderen Stern. Da stecken drei Tage Arbeit drin und mein ganzes Taschengeld. Deswegen hatte ich einen Riesenkrach mit meinem Vater!«

»Du tust ja gerade so, als hätte ich dein Baumhaus umgerammt.«

Bobby legte uns beiden eine Hand auf die Schulter. »Jetzt gehen wir erst mal ins Café und trinken einen Tee. Danach sieht die Welt bestimmt freundlicher aus.«

Die Erfahrung hatte ich, ehrlich gesagt, noch nie gemacht, und auch Paul wirkte nicht überzeugt. Trotzdem schlurften wir hinter Bobby her. Es konnte ja alles nur besser werden.

Kapitel 31

Graue Wolken zogen unablässig an einer wässrig-gelben Morgensonne vorbei und so wechselte die Stimmung auf der Lichtung mit jedem Augenblick. Mal war die Wiese in ein frisches Grün getaucht, mal wirkte sie trübe und farblos.

Ich stand mit hängenden Armen im Gras und sah hinüber zum Gitter. Seit gestern Nachmittag hatte sich dort nichts weiter getan. Das Seitenteil der Voliere stand noch genauso da, wie die vielen Äste und gefällten Bäume ringsum traurig auf der Erde lagen. Und doch war jetzt alles anders. In dem Draht hing etwas Kleines, Dunkles.

Zuerst hatte ich es gar nicht groß beachtet. Ich wollte zur Baumkönigin und weiter nach Hinweisen auf die Eulenangriffe suchen. Auf dem Weg dahin bemerkte ich es dann. Wahrscheinlich einige Blätter, die sich dort verfangen hatten, denn es hatte die ganze Nacht gestürmt und war immer noch ziemlich windig.

Doch in der Art, wie der dunkle Gegenstand am Draht schaukelte, lag etwas Seltsames. Ein ungutes Gefühl beschlich mich. Am liebsten wäre ich einfach weitermarschiert und hätte das Ding nicht weiter beachtet, aber etwas brachte mich dann doch dazu, die Richtung zu ändern und immer weiter darauf zuzugehen.

Ich guckte hin und begriff dennoch nicht, was ich sah. Ich schloss die Augen, aber es war zu spät. Das Bild hatte sich bereits in mir eingebrannt. Das Bild des schaukelnden kleinen Körpers.

Ein Teil des Körpers hing auf meiner Seite des Gitters. Um

den anderen, vorderen Teil zu sehen, musste ich das Gitter umrunden. Ich tat es mit langsamen, schweren Schritten und alles in mir sträubte sich dagegen.

Und dann stand ich vor ihm. Mein Blick glitt über den Schnabel, über die helle Umrandung seiner Augen. Die schwarzen Kreise schauten mich leblos an. Meine Knie fühlten sich seltsam weich an und für einen Moment sackte ich nach unten. Ich krallte mich am Gitter fest, sonst wäre ich auf die Erde gefallen.

Ich starrte auf die Grashalme und beobachtete, wie sie sich im Wind bewegten. Ein Marienkäfer saß auf einem Blatt und schaukelte auf und ab. Ich seufzte und zog mich hoch, zwang mich, wieder hinzusehen. Ein Windstoß fuhr durch mein Haar und wühlte auch die kleinen, weichen Federn an seinem Bauch auf. Mit ihnen würde diese Eule nie wieder fliegen. Ich hatte den kleinen Waldkauz mit Mäusen gefüttert und ihn so gut beschützt, wie ich gekonnt hatte. Aber das war nicht genug gewesen, bei Weitem nicht.

Spencer, was hatte ich dir angetan? Ich hatte es doch nur gut gemeint. Die Voliere sollte ihn schützen, doch jetzt war sie zur Falle geworden.

Ich streckte die Hand aus und fuhr mit den Fingerspitzen über seine Flügel. Sie standen leicht ab, so als hätte er sich im Todeskampf gewehrt. Vielleicht hatte er bis zum Schluss mit den Flügeln geschlagen und wollte fliegen, bloß fliegen. Tränen rannen mir über die Wangen und ich schluchzte laut auf. »Spencer!«

Wie sehr hatte ich über seine Flügel streicheln wollen, den Bauch mit dem zarten Flaum. Nun konnte ich es, doch jetzt war er tot.

Es war ein Fehler gewesen, ein furchtbarer Irrtum. Diese Voliere war ganz falsch, jetzt erkannte ich es. Doch es war zu spät.

Was für ein jämmerlich kurzes Leben! Spencer war fortgeflogen, hatte wenige Tage in Freiheit gehabt, und nun war er tot.

Ich griff nach dem leblosen Körper, meine Finger zitterten. Vorsichtig befreite ich ihn aus dem Draht. Es war nicht leicht, den Kopf zurückzuziehen, und ich hatte Angst. Ich wollte ihm nicht wehtun, auch wenn er jetzt nichts mehr spürte.

Schließlich hielt ich ihn in meinen Händen. Er war viel größer und schwerer, als ich gedacht hatte.

Ich starrte auf seinen Bauch und etwas regte sich in meinem Hinterkopf. Da fehlte doch was, genau, ein dunkler Fleck. Wo war der Fleck auf seiner Brust? Hatte sich sein Federkleid in der letzten Zeit so verändert? Nein, so schnell ging das doch nicht.

Der Fleck fehlte, und das konnte nur eines bedeuten: Dies war nicht Spencer.

Jetzt fühlte ich mich wieder schuldig. Es war nicht Spencer, aber es war doch genauso schlimm. Die arme Eule konnte sein Bruder sein oder seine Schwester, so ähnlich sahen sie sich. Und etwas sagte mir, dass sie auch fast gleich alt waren. Vielleicht waren es Geschwister, vielleicht waren beide irgendwo hier geboren. Doch dann war etwas geschehen, Spencer war fort, und diese Eule war gestorben. Ohne die Voliere wäre sie noch am Leben. Aber das war doch alles falsch, das Gitter sollte die Eulen nur beschützen!

Die Gedanken wirbelten durch meinen Kopf. Ich konnte mich nicht entscheiden. War die Voliere jetzt gut? War sie schlecht? War sie beides?

Ich hörte Schritte hinter mir, doch das war mir egal. Ich musste die Eule halten und ihr wenigstens noch etwas Trost geben. Sie brauchte einen schönen Platz, ich musste sie beerdigen.

»Ruby?«

Pauls Stimme klang fremd, aber vielleicht war es auch anders, vielleicht war ich mir selber ja fremd geworden, mal wieder.

Ich zeigte ihm, was ich in den Händen hielt.

»Wir müssen sie beerdigen«, sagte Paul.

Ich schüttelte den Kopf. »Ich muss sie beerdigen.«

Paul hob die Schultern. »Das sage ich doch.«

»Nein, ich werde sie allein beerdigen. Und ich will jetzt nichts hören, ganz egal, was es ist.«

»Aber ich wollte gar nichts sagen«, protestierte Paul.

»Klar wolltest du. Du willst, dass ich es zugebe. Ich soll doch zugeben, dass das alles falsch ist mit der Voliere.«

»Das habe ich nicht gesagt«, meinte Paul, »aber ja, ich finde immer noch, das ist falsch. Und der Kleine hier«, er wies auf die Eule in meinen Händen, »ist doch wohl der letzte Beweis dafür.«

»Und wenn das alles nur ein schrecklicher Unfall war?« Ich schluchzte auf. »Was, wenn die Eule hier unglaubliches Pech gehabt hat?«

Pauls Augen weiteten sich. »Das nennst du Pech? Das war kein Missgeschick, das war fast schon Mord.«

»Mord? Meinst du etwa, das war Absicht, dass sich hier eine Eule drin verfangen hat? Das konnte wirklich niemand ahnen.«

»Aber der Gitterdraht ist viel zu groß für die Eulen, es ist doch klar, dass sie sich darin verfangen.«

»Du bist ja richtig schlau, was? Warum hast du das dann nicht gleich gesagt? Dann würde die Eule hier noch leben.«

Ich drehte mich um und verließ die Lichtung. Ich brauchte einen Spaten, und dann würde ich die Eule, die nicht Spencer war, beerdigen.

Die Wunschweide war genau der richtige Platz. Dort würde ich den Kauz begraben und alle meine Wünsche gleich mit.

Kapitel 32

»Ich soll ins Internat?« Ich nahm das Telefon vom Ohr und schaute es fassungslos an. Wahrscheinlich hatte ich mich verhört. Ich musste mich verhört haben! Sie hatte eben etwas von Internat gesagt, aber das wäre der ultimative Verrat. Das würden sie mir doch nicht antun!

»Ich soll ins Internat?«, wiederholte ich die Frage, und diesmal hörte ich Mum extra konzentriert zu, denn irgendein wichtiges Informationsfetzchen musste eben an mir vorbeigerauscht sein.

»Ja, ich sprach von Internaten. Es gibt ganz wundervolle davon, hier und in Übersee. Du kannst es dir aussuchen.«

»Ich will mir aber nichts aussuchen!«

»Ruby, sei doch vernünftig. In wenigen Wochen beginnt die Schule wieder, dann musst du doch irgendwohin. Du weigerst dich nach wie vor, zu uns zu kommen. Bei Leo kannst du nicht bleiben, also was sollen wir tun?«

»Ich weiß nicht, aber ich will nicht ins Internat. Niemals! Wie kommst du darauf, dass du mich einfach ins Internat stecken kannst?«

»Wir stecken dich nicht einfach da rein. Du suchst es mit uns zusammen aus. Es wird dir gefallen, da sind jede Menge Kinder in deinem Alter.«

»Aber die kenne ich doch alle nicht.«

»Im Internat kannst du segeln und reiten und Hockey spielen und Klavierunterricht nehmen und tausend andere Sachen, alle vor Ort. Es wird fantastisch.«

»Nicht für mich. Ich will das alles nicht. Ich will hierbleiben.«

»Ruby, jetzt sei doch vernünftig. Du kannst doch nicht ewig bei Leo bleiben. Er hat doch auch noch sein Leben.«

Was hieß das denn? Das hatte er doch sowieso, ob ich nun da war oder nicht. Oder hatte es doch etwas mit mir zu tun? War ich ihm zu anstrengend? Plötzlich schien sich der Boden unter mir zu verschieben. Meine Füße glitten Millimeter um Millimeter zur Seite.

»Habt ihr miteinander gesprochen?«

»Noch nicht, aber es liegt doch auf der Hand.«

Wirklich? Ich steckte mitten in den *ungeheuerlichen* Fragen. Es war so wie beim Ungeheuer im Märchen. Dem wuchsen jedes Mal neue Köpfe, sobald ihm einer abgeschlagen wurde. Hier war es genauso: Aus jeder Frage ergaben sich sofort drei weitere.

»Ich gehe nicht ins Internat.« Das war das letzte Mal, dass ich das sagte. Ich wollte keine Sekunde länger darüber sprechen.

»Ich muss zur Arbeit.« Mum klang auf einmal erschöpft. »Wirklich Ruby, ich weiß nicht mehr, was ich machen soll. Seit Wochen streiten wir uns deswegen. Ich vermisse dich, und ich will, dass du bei uns bist. Es ist doch nur ein Umzug, das Wichtigste ist, dass wir zusammenbleiben.«

Ich vermisste die beiden ja auch fürchterlich, nur wollte ich keinesfalls wieder umziehen. Es war doch jedes Mal das Gleiche und in einem Jahr suchten sie sich wieder einen neuen Ort, ein anderes Land oder am besten gleich einen anderen Kontinent aus. Aber ohne mich! Und ins Internat ließ ich mich auch nicht abschieben.

Ich rannte über die Lichtung. Um mich herum war alles rot. Es pochte, es pulsierte – rot rot rot. Immerzu ging mir das Telefonat mit Mum durch den Kopf.

Am liebsten hätte ich sofort mit Leo gesprochen, doch der war unterwegs und erledigte irgendetwas.

Wie vorwurfsvoll Mum geklungen hatte, wie traurig und wie müde. Aber da war sie nicht die Einzige! Und sie taten so, als wäre ein Internat die einfachste Sache der Welt. Dann pflanzen wir Ruby einfach um, so wie jede beliebige Topfblume, es kam ja nicht darauf an. Ein bisschen Erde, ein bisschen Wasser, so einfach war das doch. War es aber nicht!

Ich ballte die Fäuste und wusste nicht, wohin mit mir.

Es war kein klarer Gedanke, nur das unbedingte Gefühl, etwas kaputt machen zu müssen. Ich wollte nicht ins Internat, niemals!

Ich rannte zur Voliere und rüttelte am Seitenteil. Es sollte nie wieder jemandem wehtun!

Mum und Dad wollten mich einfach so wegsperren und es bequem haben und dann tun, was sie eben tun wollten, ohne dabei groß an mich zu denken.

Blindlings warf ich mich gegen das Gitter und zerrte und riss daran. Im Gras lag eine große Metallschere, die Bauarbeiter mussten sie vergessen haben. Ich nahm sie und hielt sie an den Drahtzaun. Genau dort, wo die Eule sich verfangen hatte, schnitt ich hinein. Ich schnitt und riss den Draht herunter, schnitt wieder, immer wieder, bis das Gitter an dieser Stelle nur noch in kleinen Metallfetzen herunterhing. Meine Handflächen bluteten, doch das war mir gleich. Ich wollte die Voliere kaputt machen, ich wollte sie endgültig zerstören. Sie war schuld daran, dass die kleine Eule gestorben war. Sie beschützte nicht, sie engte ein.

Ich wischte mir die Haare aus dem Gesicht, es fühlte sich klebrig an, und ein metallischer Geruch stieg mir in die Nase. Ich musste dieses Gitter ganz zerstören, damit es nie wieder ein Tier töten konnte.

Also machte ich weiter. Ich schnitt und riss, schnitt und riss, so lange, bis ich fast das Ende des Gitters erreicht hatte.

»Ruby!«

Ich fuhr herum. Paul stand vor mir.

Mit einem Mal verflog mein Ärger und auch mein Hass.

»Wegen mir ist sie gestorben.« Meine Stimme klang ganz heiser. »Und jetzt muss ich ins Internat.«

Paul streckte langsam die Hand aus. Ich hielt immer noch die Metallschere, ganz schlaff hing sie herunter. Er griff danach und nahm sie mir behutsam weg. Dann drehte er sich um und schleuderte sie quer über die Wiese.

Ich sah teilnahmslos zu. Alle Kraft sickerte aus mir heraus und am liebsten hätte ich mich ins Gras gelegt und einfach nur geschlafen. Doch vor dem Aufwachen graute mir jetzt schon, denn dann wäre alles wieder wie vorher oder schlimmer. Mit dem Schlaf änderte sich doch nie etwas, absolut nie.

»Und was willst du jetzt tun?«, fragte er.

Die Frage stand zwischen uns und ich wusste keine Antwort.

»Ich kann verstehen, dass du nicht ins Internat willst«, sagte er. »Man will nicht irgendwo geparkt werden wie ein altes Auto. Mein Vater macht es mit mir genauso.«

»Nein, es ist nicht dasselbe. Du bist bei deiner Oma, und sie liebt dich, und du bist genau da, wo du sein willst. Und dein Vater kommt dorthin. Du wirst nie irgendwo herausgerissen.«

Ich dagegen wurde ständig herumgeschoben. Ja, jetzt gerade war ich bei Leo, aber ich wusste nicht, ob Leo mich hierhaben wollte. Vielleicht hatte Mum doch schon mit ihm gesprochen. Vielleicht hatte er sie sogar gefragt, wann sie mich wieder zurücknehmen würden, nur mir hatte er das wohl noch nicht gesagt.

Und ich wusste keine einzige Antwort.

Plötzlich war mir alles zu eng. Der Himmel duckte sich immer tiefer, die Erde wölbte sich mir entgegen und der Wald rückte an mich heran. Ich musste weg, mich bewegen. Ich drehte mich um und rannte los.

»Ruby! Ruby, warte!«

Ich lief weiter, stolperte durchs Unterholz, schlug hin und sprang sofort wieder auf. Noch einige Schritte weiter, dann stand ich dort, wo alles irgendwie angefangen hatte: vor der Baumkönigin.

Ich sackte auf den Boden und keuchte. Am liebsten hätte ich mich hingelegt, doch von dem Regen gestern Abend war die Erde noch feucht.

Ich stützte die Hände auf, meine Finger gruben sich in den Matsch. Und da sah ich es, ganz deutlich, als würde ein Scheinwerfer es anstrahlen. Neben mir zeichnete sich ein Schuhabdruck in der feuchten Erde ab, genau vor dem Eingang zur Nisthöhle. Und gleich daneben war noch ein zweiter, verwischter.

Was bedeutete das? Ein Fußabdruck genau vor der Eulenhöhle.

Laub raschelte und Paul tauchte vor mir auf.

»Das ist die Baumhöhle mit den Eiern?«, fragte er.

Ich nickte bloß. »Weißt du das nicht schon längst?«

Seine Augen wurden schmal. »Warum sollte ich das wissen?«

Ich wies auf den Fußabdruck. »Der ist doch wohl von dir. Genau vor der Baumhöhle, aus der ein Ei verschwunden ist. Und das kannst du dir nicht erklären?«

Er kniete sich hin und betrachtete den Abdruck. »Du glaubst immer noch, dass ich hinter dem Ganzen stecke? Dass ich die Eulen störe und ihre Eier klaue?«

»Wer denn sonst? Mir fällt niemand ein und du beschützt ja auch die ganze Zeit deine Krähe.«

»Ich habe sie seit Tagen nicht gesehen, und das ist auch in Ordnung«, betonte er. »Ich kann dir beweisen, dass ich nicht hier war, guck mal.«

Er stellte sich genau neben den Abdruck. Was hatte er vor? Wollte er meinen einzigen Beweis kaputt machen? Denn das war es doch, ein Beweis. Hinter alldem steckte ein Mensch und kein Tier. Jetzt war mir endlich klar, warum die Eulen immerzu angegriffen hatten. Natürlich, sie verteidigten ihre Brut! Deshalb flippten sie aus, sobald jemand in die Nähe ihres Baums kam. Jetzt wusste ich auch, warum ich keine Spuren von anderen Tieren entdeckt hatte. Warum nur war ich nicht gleich auf das alles gekommen?

»Guck hin«, wiederholte er.

Ich sah hin, damit er mich nicht mehr nervte. Schlagartig begriff ich, was Paul meinte. Sein abgerissener Turnschuh war ein ganzes Stück kleiner als der Abdruck im Schlamm.

Im nächsten Moment sah ich etwas auf Paul zufliegen.

»Duck dich!«

Die Eule flog einen großen Bogen, sie wendete und kam nun direkt auf mich zu.

»Los, komm mit!«, brüllte Paul. Wir stolperten vorwärts und rasten über die Lichtung, aber auf dem ganzen Weg blieb die Eule dicht hinter uns.

»Ins Baumhaus!«, schrie Paul.

Wir kletterten die Stufen hoch, ich rutschte ab, und schon näherte sich die Eule von der Seite.

»Gib mir deine Hand!«

Paul war schon oben und er hievte mich auf die Plattform und zerrte mich in den Bretterverschlag. Eilig zog er die Plane wie ein Dach über uns.

Ich atmete aus. »Das war knapp.«

Paul stöhnte. »Mann, fast hätte sie uns erwischt.«

»Kein Wunder, dass sie so sauer ist.«

Er nickte. »Ja, kein Wunder. Jemand klaut ihre Jungen und die Eulen können nichts dagegen tun.«

»Aber wir werden etwas tun. Ich auf jeden Fall. Ich will diesen Mistkerl erwischen.«

Ich streckte mich und spähte durch einen Spalt in der Plane. Paul war fleißig gewesen und hatte alles wieder repariert, was der Kran kaputt gemacht hatte. Er hatte sogar eine Dusche gebaut. Sie bestand aus einer alten Gießkanne und darüber hing ein schwarzes Stück Metall. »Was ist das denn?«

Er sah auf einmal verlegen aus. »Es ist noch nicht ganz ausgereift, aber ich wollte so was wie eine Solarplatte bauen. Damit das Wasser warm wird.«

Ich kicherte und er lachte mit.

»Hast du die Dusche schon ausprobiert?«

Er schüttelte den Kopf. »Nee, hier war einfach zu viel los.«

Wir lachten wieder, und dann sagte ich: »Das war ein Fehler mit der Voliere, weißt du.«

Er rieb mir meinen Irrtum nicht unter die Nase, und er erinnerte mich auch nicht daran, dass er die ganze Zeit richtiggelegen hatte. Das war verdammt nett von ihm.

»Es war ein Fehler, aber jetzt habe ich es kapiert«, wiederholte ich. »Die Eulen dürfen nicht eingesperrt werden, das macht sie nur noch hilfloser. Sie sind jetzt schon schutzlos, aber das Gitter nimmt ihnen noch den letzten Rest Stärke. Dann können sie sich gar nicht mehr verteidigen.« Ich legte eine Hand auf seinen Arm. »Hilfst du mir, den Nesträuber zu finden?« Wenn er nicht wollte, würde ich es allein machen.

»Klar bin ich dabei«, sagte er, und seine Stimme klang genauso rau wie meine vorhin.

Kapitel 33

Wir warteten einige Minuten, ob die Eule noch einmal auftauchen würde, dann wagten wir uns vom Baum herunter.

»Jetzt muss ich erst mal erzählen, was ich gemacht habe«, murmelte ich.

Paul legte mir eine Hand auf die Schulter. »Ich komme mit.«

Wir gingen zurück, und ich ließ mir für den Weg so viel Zeit, wie ich konnte.

Bei jedem Schritt wurden meine Knie ein bisschen weicher. Jetzt erst wurde mir klar, was ich angerichtet hatte. Ich hatte das ganze Seitenteil zerstört. Und das war nicht billig gewesen, ganz zu schweigen von dem Kranführer und dem Kran, die natürlich auch Geld gekostet hatten.

»Mir graut schon davor, was Nicola sagen wird. Meinst du, ich bekomme Hausverbot in Redmoor?«

»Hausverbot? Das glaube ich niemals. Aber Carl flippt bestimmt aus. Es ist eh schon kein Geld da und eigentlich will er ja diesen teuren Wipfelpfad bauen.«

»Oje, bestimmt muss ich alles bezahlen, was ich kaputt gemacht habe.«

Er grinste. »Das bedeutet dann wohl die nächsten Jahre kein Taschengeld.«

Der Kies knirschte, als wir in die Einfahrt zum Herrenhaus bogen.

Ich hob die Hand, um zu klingeln, doch im nächsten Moment ging die Tür auf, und Mrs Big begrüßte uns mit einem Bellen.

»Wer immer da ist, komm rein, wir sind in der Küche«, hörte ich Nicola sagen.

Ich staunte nicht schlecht, als wir hinter Mrs Big die Küche betraten. Sie war nur wenig kleiner als das Wohnzimmer nebenan und auch hier gab es einen riesigen Kamin.

Die Wände waren mit hellblauen Fliesen verziert und auf der Küchenbank und den Stühlen lagen Wolldecken und Schaffelle. Zu meiner Erleichterung waren nur Nicola und Bobby da und nicht auch noch Carl.

»Was ist denn mit dir los?«, rief Nicola und sprang auf. »Was hast du mit deinen Händen gemacht? Die müssen wir sofort verbinden.«

Bobby nahm einen sauberen Lappen aus einer Schublade und reinigte meine Schnitte, während Nicola Verbandszeug holte.

»Wie ist das passiert?«, fragte sie besorgt.

Paul und ich wechselten einen Blick.

»Also, das war so«, begann ich, und dann brach alles aus mir heraus: das Internat und wie traurig ich deswegen war und dass ich das Gitter kaputt geschnitten hatte.

Erschöpft schloss ich meinen Bericht und Bobby drückte mir einen Becher mit Tee in die Hand.

»Weißt du, was, Ruby?«, sagte Nicola, und mir wurde sofort ganz schlecht. Was würde jetzt kommen? Ich würde jede Strafe akzeptieren, nur kein Hausverbot, das bitte nicht! Nie wieder Redmoor? Das war einfach undenkbar.

Nicola lächelte mir zu, doch ich fühlte mich zu elend, um mich darüber zu freuen. »Ich glaube, du hast mir einen großen Gefallen getan.«

»Wie bitte?« Da hatte ich mich wohl verhört.

»Das Abbauen wird doch jetzt viel leichter«, fuhr sie fort. »Ich war sowieso nicht begeistert davon. Die Farbe des Holzgestells gefiel mir nicht und das Gitter war ja sowieso nicht geeignet. Leo hat mir erzählt, dass sich gestern eine arme Eule darin verfangen hat. Das geht natürlich gar nicht.«

»Und meine Strafe?«, platzte es aus mir heraus.

Nicola sah mich erstaunt an. »Was für eine Strafe?«

»Na ja, ich muss den Schaden doch ersetzen? Aber bitte kein Hausverbot!«

Sie winkte nur ab und sagte: »Wie gesagt, ich glaube, du hast mir einen Gefallen getan.« Und damit war alles vom Tisch.

Nachdem mit Nicola alles geklärt war, musste ich noch zu Leo. Auch diesmal begleitete Paul mich.

»Was glaubst du, wer die Eulen aufschreckt?«, fragte ich unterwegs.

»Ich habe nicht die geringste Ahnung.«

»Wir müssten herausfinden, warum er es macht, dann wissen wir vielleicht auch, wer es ist.«

»Oder sie.«

»Was?«

»Es könnte doch auch eine Frau sein.«

Natürlich, er hatte recht. Doch wer käme da infrage? Nicola? Ihr gehörte doch sowieso schon alles, warum sollte sie das tun? Und Bobby? Sie war ziemlich oft hier, aber ich glaubte keine Sekunde, dass sie dahintersteckte.

»Und Carl oder Leo?«, fragte er.

»Niemals! Die beiden kriegen sich zwar ständig in die Wolle, aber für Redmoor wollen sie nur das Beste.«

Mir fiel der Gärtner mit dem Zwergenbart ein, und dann gab es ja noch Hunderte Leute, die wir überhaupt nicht kannten.

»Irgendwann erwischen wir ihn oder sie schon«, sagte ich.

»Klar«, antwortete Paul und öffnete die Bürotür. »Aber erst mal musst du mit Leo sprechen.«

Leo guckte bestürzt, als er meine bandagierten Hände sah.

»Was ist dir denn passiert?«

Noch mal beichtete ich alles, zum Glück konnte ich aber diesmal auch gleich von Nicolas Reaktion erzählen.

»Aber Ruby, warum machst du denn so etwas?«, fragte Leo besorgt.

Meine Kehle schnürte sich zu, ich bekam kaum Luft. Ich sah nach unten und malte Spiralen und Kreise auf die Schreibtischplatte.

»Wegen des Internats.« Ich brachte die Worte kaum heraus.

»Welches Internat?«, fragte Leo überrascht.

»Weißt du denn noch nichts davon?«

»Von einem Internat? Nie gehört. Hat Melissa das gesagt? Dass du ins Internat sollst?«

Ich nickte ruckartig wie ein Roboter, dessen Mechanik klemmt.

»Willst du denn ins Internat?«

Ich schüttelte den Kopf, ebenso ruckartig. »Ich will hierbleiben, bei dir. Aber ich dachte, dass du mich nicht mehr haben willst. Dass du so viel zu tun hast und ich dich hier störe.«

»Ruby.«

Mit einem Satz sprang Leo hinter dem Schreibtisch hervor. Er drückte mich an sich und wirbelte mich im Kreis herum, sodass meine Füße erst gegen die Stühle und dann gegen den Aktenschrank knallten. Mit uns dreien darin war der Raum nicht gerade größer geworden.

»Ruby«, wiederholte Leo und drückte mich fest an sich. »Natürlich nicht. So etwas würde ich nie denken. Und mit deinen Eltern sprechen wir auch bei nächster Gelegenheit.«

Ich schluckte und rieb mir über das Gesicht. Paul war ja auch noch da. Aber das war irgendwie auch egal, ich konnte mich nicht mehr beherrschen und heulte los wie ein Schlosshund, den man drei Wochen allein in den Kerker gesperrt hatte.

Kapitel 34

Als es Abend wurde, gingen Paul und ich in Redmoor auf die Jagd.

»Ich glaube, das ist ein guter Platz«, meinte er und zeigte auf einige Haselnusssträucher. Von hier aus hatten wir die Baumkönigin gut im Blick, aber zugleich waren die Sträucher so dicht, dass wir uns dahinter verstecken konnten. Paul sah sich noch mal argwöhnisch um.

»Uns ist bestimmt niemand gefolgt«, beruhigte ich ihn und breitete eine Wolldecke aus. Er holte die anderen Sachen aus dem Rucksack: ein wenig Proviant, ein Fernglas und für alle Fälle dicke Arbeitshandschuhe.

Wir streckten uns auf der Decke aus und schoben einige Zweige beiseite, damit wir besser sehen konnten.

Ganz in der Nähe schnarrte ein Vogel. Er flog dicht über dem

Waldboden an uns vorbei. In der Abendsonne leuchteten die blauen Federn an seinen Flügeln.

»Das ist ein Eichelhäher«, sagte Paul, »und da oben am Stamm sitzt ein Buntspecht.«

Wir schwiegen eine Weile. Ich war es nicht gewohnt, so lange still zu sein. Zu Hause redeten Mum, Dad und ich eigentlich ständig und mit Leo war es ähnlich. Paul dagegen konnte man nicht gerade als Plaudertasche bezeichnen.

»Sag mal, kann ich dich etwas fragen?«

»Mhm«, machte Paul, pflückte einen Grashalm ab und kaute auf dem Ende herum.

»Wenn du nicht drüber reden willst, ist es natürlich auch okay.«

»Worüber denn?«

»Ich wollte nur wissen … Was ist denn mit deiner Mutter? Über deinen Vater weiß ich ja schon einiges, aber sie hast du noch nie richtig erwähnt.«

Ich biss mir auf die Lippen. Hoffentlich machte ich die Stimmung zwischen uns nicht gleich wieder kaputt, aber die Frage beschäftigte mich schon eine ganze Weile.

Paul blieb ganz ruhig. »Sie ist gestorben, als ich vier Monate alt war.«

Oje, damit hatte ich nicht gerechnet. »Das tut mir leid. War sie krank?«

Er schüttelte den Kopf. »Ein Betrunkener war zu schnell mit seinem Auto unterwegs. Es war irgendein Feriengast von weiter weg.«

»Wie furchtbar. Du musst sie schrecklich vermissen.«

Paul zuckte die Achseln. »Ich kann mich überhaupt nicht an

sie erinnern. Es wäre wahrscheinlich anders, wenn ich sie gekannt hätte.«

Wieder schwiegen wir, doch das machte mir nun viel weniger aus. Je länger wir unter dem Haselbusch lagen, umso mehr verschmolzen wir mit der Umgebung. Es gab so viel zu beobachten! Ein Maulwurf grub sich ganz in der Nähe aus der Erde und unter einer Wurzel saß eine Kröte. Dazu strich der Wind durch die Baumwipfel, und der Abendhimmel veränderte sich, je tiefer die Sonne sank.

Am liebsten betrachtete ich jedoch die Baumkönigin. Mir wurde es nie langweilig, sie anzusehen. Allein die schiere Größe beeindruckte mich jedes Mal aufs Neue. Und dann war da natürlich noch ihre Verbindung zu den Eulen.

»Da ist ein Waldkauz«, sagte Paul und gab mir das Fernglas.

Ich beobachtete, wie der große Vogel in der Nisthöhle verschwand und kurz darauf wieder davonflog.

Mit einem Mal wurde mir bewusst, dass es stiller geworden war. Hatten sich die Vögel schon für den Abend in ihre Nester zurückgezogen? Im nächsten Moment bemerkte ich eine Bewegung.

Eine Gestalt schlich durch den Wald, und dabei stellte sie sich gar nicht mal ungeschickt an, denn es knackte kaum ein Zweig. Hätte ich nicht zufällig in diese Richtung geblickt, hätte ich sie bestimmt nicht so schnell gesehen.

Ich berührte Paul am Ellenbogen, doch er hatte sie ebenfalls wahrgenommen.

»Sollen wir näher heran?«, hauchte ich ihm ins Ohr.

Paul bewegte den Kopf. »Lieber nicht«, raunte er mir zu. »Sonst werden wir noch entdeckt.«

Die Gestalt kam näher, sie hielt den Kopf gesenkt und sah vor sich auf den Boden. Sie trug dunkle Kleidung und Schuhe und ein Schlapphut bedeckte das Haar. War es nun ein Mann oder eine Frau? Ich bog die Zweige noch ein wenig auseinander, doch ich konnte immer noch nichts Genaues erkennen.

Die Gestalt ging an der Baumkönigin vorbei, hielt abrupt an und sah sich nach allen Seiten um.

Anscheinend war sie mit dem zufrieden, was sie gesehen hatte, denn nun steuerte sie den Baumstamm an.

Sie blieb direkt davor stehen und einen Augenblick lang geschah gar nichts. Worauf wartete sie denn?

Ich schielte zu Paul und der hob nur die Schultern.

Die Gestalt stand immer noch regungslos vor der Nisthöhle, und wir warteten darauf, was sie tun würde. Endlich hob sie ihren Arm, doch im nächsten Moment klingelte plötzlich ein Telefon. Paul starrte mich an.

»Meins steht auf lautlos«, wisperte ich.

Es klingelte noch einmal, und die Person zog eilig ihr Telefon aus der Tasche, ging einige Schritte vom Baum weg und sprach leise. Wir konnten nichts verstehen, aber dann setzte sie sich in Bewegung. Sie kam direkt auf uns zu.

Es war eindeutig ein Mann. Aber sein Gesicht konnte ich nicht erkennen, dafür war die Krempe seines Hutes zu breit. Obwohl ich liebend gern gewusst hätte, wer es war, blieb ich in Deckung. Er durfte uns auf keinen Fall hier bemerken! Die Zweige des Haselnussstrauchs hingen tief, aber sie verdeckten uns nicht ganz. Zum Glück hatte Paul denselben Gedanken.

Wie auf ein Stichwort pressten wir uns beide auf den Boden. Es kitzelte in der Nase, und ich bekam kaum Luft, denn ich wollte beim Einatmen nicht tausend kleine Krabbeltiere aufsaugen. Der Mann sprach immer noch so leise, dass ich ihn kaum verstand. Der Klang seiner Stimme kam mir irgendwie bekannt vor. Wer war es nur?

»Ja, morgen Abend passt gut. … Ja, da kannst du parken.«

Er räusperte sich. »Bis dann.«

Etwas krabbelte über meinen linken Unterschenkel und ich zuckte zusammen. Unauffällig versuchte ich, es abzuschütteln, aber da grub Paul seine Fingernägel in meinen Ellenbogen, und ich lag wieder still.

Ich dachte an alles Mögliche, nur nicht daran, was sich wohl gerade in Reichweite meiner Schnürsenkel zu schaffen machte, zumindest versuchte ich das.

Endlich hörte ich Laub rascheln. Das Geräusch entfernte sich schnell, der Mann ging also weiter.

Sobald wir sicher waren, dass er weit genug weg war, sprangen wir auf.

»Hinterher!«, flüsterten wir gleichzeitig. So leise wie möglich hetzten wir ihm nach, denn seine Silhouette zeichnete sich bereits am Waldrand ab.

»Hast du ihn erkannt?«, fragte Paul leise.

Ich schüttelte den Kopf. »Nein, ich komme einfach nicht drauf!«

»Geht mir genauso. Aber wir kriegen heraus, wer er ist!«

Jetzt hatten wir seinen Vorsprung fast aufgeholt. Wir versteckten uns hinter einem Gebüsch und warteten darauf, dass er weiterging.

Am liebsten wäre ich hingerannt und hätte ihn am Arm gepackt, doch ich konnte mich gerade noch beherrschen. Außerdem hatte er streng genommen nichts Verbotenes gemacht. Er war nur an der Baumkönigin vorbeispaziert und hatte sich den Stamm angesehen. Das hatte ich auch schon hundertmal getan, also bewies es gar nichts.

Paul guckte so grimmig, dass er wahrscheinlich das Gleiche dachte, nur fragen konnte ich ihn leider nicht, sonst hätte ich uns verraten.

Der Mann überquerte mit schnellen Schritten die Lichtung und betrat den Trampelpfad. Wir blieben am Waldrand stehen und sahen uns an.

»Und nun?«, raunte Paul mir zu.

Ich wusste genau, was er meinte. Wenn wir ihm jetzt nicht folgten, verloren wir ihn vielleicht. Aber wenn er sich auf dem Pfad umdrehte und zurückblickte, würde er uns mitten auf der Lichtung sehen, denn dort gab es keine Deckung.

Ich sage ja, das ist ein Muster in meinem Leben. Immer wieder diese Entscheidungen zwischen Pest und Cholera.

»Wir gehen auf Risiko«, wisperte ich. »Komm mit.«

Ich packte ihn bei der Hand und stürzte über die Wiese, als wäre es ein tosender Fluss. Einfach nur durch, je schneller, desto besser.

Während wir durch das dichte Gras rannten, wusste ich plötzlich, wie sich ein Kaninchen fühlen musste, über dem ein Greifvogel schwebt. Oder meinetwegen auch eine Maus, obwohl ich mich in die nicht so gern hineinversetzte.

Mittlerweile war es fast dunkel geworden und auf dem Trampelpfad vor uns sahen wir kaum noch etwas. Wir mussten viel dichter an ihn ran, wenn wir herausfinden wollten, wer er war.

Aber dafür mussten wir ihn erst einmal einholen, und das

möglichst so, dass sich keiner von uns beiden auf dem holprigen Weg die Nase aufschlug.

Keuchend erreichten wir den Hauptweg. Er war zu beiden Seiten leer. Mich überlief es kalt. War er wirklich weitergegangen? Oder hatte er uns bemerkt und war im Schatten am Weg verschwunden, während wir ahnungslos vorbeigelaufen waren? Was für eine grässliche Vorstellung! Ich war kurz davor, mich da hineinzusteigern, als Paul meinen Ellenbogen nahm.

»Da vorn«, hauchte er mir ins Ohr und zeigte auf die Gestalt, die gerade Richtung Dschungel lief. Das war nicht gut, denn im Urwald gab es tausend Möglichkeiten unterzutauchen. Doch wir mussten es versuchen. Er durfte uns nicht entwischen!

Er folgte einem der Wege, doch zwischen den Bananenstauden und den hohen Farnen verloren wir ihn immer wieder aus den Augen. Ich überlegte. Wo wollte er denn hin? Es sah aus, als ginge er zum Ausgang.

Da fiel mir etwas ein.

»Die Hängematten-Bäume!«

»Was?« Paul sah mich verständnislos an, aber ich zog ihn einfach mit mir.

»Wir kürzen den Weg ab.«

Wir liefen wieder zurück zum Hauptweg. Er machte weiter vorn einen Schlenker und verlief ziemlich nahe der Hängematten-Bäume.

Sie würden uns verbergen, doch sie wucherten längst nicht so dicht wie in der Wildnis rund ums Baumhaus, sodass wir dort schnell vorankamen.

So erreichten wir den Ausgang des Dschungels bestimmt vor ihm und dort konnten wir ihm auflauern!

Der Mann hatte sicher schon einen ziemlichen Vorsprung, doch dank Spencer kannte ich mich in dieser Ecke des Gartens hervorragend aus.

Endlich erreichten wir die Stelle, die ich vor Augen gehabt hatte. Hey, das mit der Abkürzung hatte richtig gut funktioniert! Wir lehnten uns gegen einen Baumstamm und rangen nach Luft. Dann krabbelten wir auf allen vieren bis zum Wegrand. Hier hingen die Zweige fast bis zum Boden. Es gab nicht mehr als zehn Laternen in ganz Redmoor und eine davon stand nur wenige Meter entfernt.

Ich nagte an der Unterlippe. Da, jetzt bog er vom Dschungelweg in den Hauptweg ein, gleich war er direkt unter der Laterne. Ich hielt die Luft an. Es waren nur noch wenige Schritte, da war er schon – und jetzt endlich sahen wir sein Gesicht.

Oh nein! Ausgerechnet er? Ihn hätte ich niemals hier erwartet.

Kapitel 35

Im nächsten Moment stiefelte Carl auch schon an uns vorbei.

»Lass uns den Mistkerl stellen.« Paul ballte die Fäuste und beugte sich vor, als würde er in den Startlöchern eines Hundertmetersprints stehen.

Ich hielt ihn zurück. »Nein, das ist zu früh.«

Carl war jetzt wieder so weit entfernt, dass wir uns in normaler Lautstärke unterhalten konnten.

»Zu früh? Wir haben ihn auf frischer Tat ertappt.«

»Nein, haben wir nicht. Überleg doch mal. Wir haben ihn nur vor der Baumkönigin gesehen.«

»Vor was?«

Ach so, ja. Mein Fehler.

»Dem großen Baum mit der Eulenhöhle. Da hat er aber weder ein Ei weggenommen noch irgendetwas anderes gemacht. Er hat nur telefoniert und ist durch Redmoor spaziert.«

»Na und? Das spricht doch alles für sich.«

»Tut es eben nicht.« Mann, Geduld war sowieso nicht gerade meine Stärke, und das bisschen, was ich aufbringen konnte, reizte er nun erheblich aus. »Nicola ist Carls Tante. Was denkst du, wem wird sie glauben?«

»Die streiten doch ständig.«

»Das hat gar nichts zu sagen. Ich streite mit meinen Eltern auch ständig und trotzdem würde ich immer auf ihrer Seite stehen.«

Ich sprach das aus und wiederholte es gleich noch mal für mich im Kopf. Hatte ich das eben echt gesagt? Und hatte ich es auch wirklich so gemeint? Ja, tatsächlich! Ich konnte es selbst kaum glauben, aber es stimmte.

»Wir haben keine Beweise und ohne die können wir ihn nicht festnageln.«

»Verdammt!« Er trat gegen die nächste Bank. Die war leider noch nicht restauriert worden, daher brach ein Stück der Rückenlehne ab. Wenn wir so weitermachten, wurde in Redmoor mehr randaliert als wiederhergerichtet.

»Und was schlägst du jetzt vor?«

Moment mal, hatte ich mich da eben verhört? Fragte mich Paul etwa um meine Meinung? Paul?

Zum Glück hatte ich bereits einen genauen Plan. Na ja, ich

hatte den genauen Anfang einer ziemlich undurchsichtigen Idee eines Plans. Was ja fast dasselbe ist.

»Wir legen uns morgen wieder auf die Lauer. Aber diesmal bereiten wir uns besser vor«, erklärte ich. »Wir suchen uns ein Plätzchen noch näher am Eulenbaum. Oder vielleicht klettern wir auch direkt drauf.«

»Bist du lebensmüde? Ich hänge an meinen Augen.«

»Wenn sie angreifen, dann gehen die Eulen bestimmt auf Carl los«, beschwichtigte ich ihn.

»Ach, und auf uns nicht? Wo wir direkt über den Eiern am Baum kleben?«

»Ohne Risiko kommen wir nicht weiter, also stell dich nicht so an.«

Und damit war der erste Teil des Beginns des besagten Anfangs des überaus vagen Plans beschlossen.

Zufrieden betrachtete ich am nächsten Morgen in der Dachkammer mein Werk. Vielleicht noch ein Kissen weniger, aber dann kam es ganz gut hin.

Auf meinem Bett lag eine Wurst, die von weiter weg als mein schlafendes Ich durchgehen konnte, jedenfalls hoffte ich das.

»Ruby, kommst du? Wir müssen noch im Supermarkt vorbei.«

»Komme schon!«

Ich rannte die Treppe hinunter. Mist, jetzt hatte ich meinen Notizblock vergessen. Also lief ich wieder hinauf, schnappte mir den kleinen Stapel Schreibzeug vom Nachttisch und flitzte los. Auf halbem Weg fiel mir noch etwas ein.

Der Kaktus wartete bereits in seiner Tragetasche. Ich griff mir die Tasche und polterte wieder die Treppe hinunter.

Damit hatte ich mein Sportprogramm für heute eigentlich schon erledigt.

Im Supermarkt war es um diese Zeit erstaunlich leer.

»Ruby, dann machen wir es wie besprochen.« Leo schob den Einkaufswagen am Kühlregal vorbei und blieb abrupt stehen. »Wo ist denn jetzt der Joghurt?«

»Vor deiner Nase.«

»Ach ja, danke. Ich fahre früher los und du radelst heute allein nach Hause. Aber nicht zu spät, hörst du?«

»Nein, natürlich nicht.«

Ich hatte mir gestern schon den Kopf zerbrochen, wie ich es anstellen könnte, am Abend länger in Redmoor zu bleiben. Und dann hatte Leo etwas von einer Abendverabredung erzählt. Die kam ja wie gerufen!

»Was machst du eigentlich?«

»Ähm.« Er wurde ein bisschen rot. Was war denn da los? Seit wann wurde er so verlegen? Ich witterte sofort ein Geheimnis.

»Hast du ein Date?«

»Nein, doch kein Date!« Er räusperte sich und packte wahllos ein paar Joghurts in den Wagen. Haselnuss, Stracciatella … das aß doch keiner von uns!

»Na ja, ich hole sie vom Bahnhof ab, wir gehen essen, vielleicht ein bisschen spazieren und unterhalten uns. Okay, nennen wir es ein Date.«

Hey, das war ja mal interessant! Ich wollte unbedingt mehr wissen, doch jetzt schob er schon wieder eilig weiter. Dabei fehlte noch die Butter!

»Wie alt ist sie? Ist sie nett? Wie heißt sie?«

»Sie heißt Maarifa und ich mag sie sehr gern. Alles Weitere erzähle ich dir dann morgen beim Frühstück.«

»Versprochen?«

»Versprochen.«

Plötzlich fiel mir etwas ein. Ich lief um den Einkaufswagen herum und blieb direkt davor stehen, sodass er nicht mehr weiterkam.

»Sie zieht doch jetzt nicht bei uns ein, oder?«

Er verdrehte die Augen, dann lachte er. »Natürlich nicht. Ich kenne sie doch kaum. Mach dir keine Gedanken!«

Ich blockierte den Wagen immer noch. »Ich meine ja nur, weil dein Haus eh schon so eng ist. Ich passe kaum noch rein und dann müsste ich ausziehen.«

Er sah mich an. »Ruby, ein für alle Mal: Du bleibst so lange bei mir, wie du das möchtest. Und ich werde immer so wohnen, dass genug Platz für dich ist.«

»Versprochen?«

»Versprochen.«

»Und was ist mit Mum und Dad? Und dem Internat?«

Er schaute auf die Armbanduhr und seufzte. »Wir müssen los, ich habe gleich eine Besprechung mit jemandem vom Planetarium. Sie wollen vielleicht eine Außenveranstaltung auf der Steinterrasse machen.Vorher müssen wir die Einkäufe nach Hause bringen.«

»Leo!«

Er lachte wieder. »Mach dir keine Sorgen. Wenn du willst, rufe ich sie morgen mal an. Du weißt doch, ich wickle Melissa immer um den Finger.«

Na ja, nicht immer, aber ziemlich oft.

»Genieß deine letzten Ferientage und dann sehen wir weiter. Es wird schon alles gut werden.«

Er wuschelte mir im Vorbeigehen noch mal durchs Haar, dann schob er den Wagen Richtung Müsli.

Ich wünschte, ich wäre so gelassen wie er. Aber solange ich nicht wusste, wo ich demnächst landen würde, fiel es mir verdammt schwer, mich zu entspannen. Und wenn Leo nicht so mit seinem Date beschäftigt gewesen wäre, hätte er das alles bestimmt auch ernster genommen.

Ich seufzte, dann trottete ich hinter ihm her. Eins nach dem anderen. Heute würden wir erst einmal Carl festnageln.

Kapitel 36

Danach sah es allerdings nicht aus. Carl hatte sich für den Vormittag abgemeldet.

»Er hat Schnupfen«, sagte Bobby und rümpfte die Nase. »Ob das etwas damit zu tun hat, dass heute die Schafe angeliefert werden sollen? Mit Tieren hat es der Gute ja nicht so.«

»Schafe? Wo sollen die denn noch hin?«

»Hinter den Hühnern wurde in den letzten Tagen ein Stall gebaut. Ist dir das entgangen?«

Nun ja, ich war nicht gerade unterbeschäftigt gewesen. Doch jetzt, wo sie es sagte, erinnerte ich mich. Seit einiger Zeit hatte ich immer wieder Lärm von Sägen und andere Arbeitsgeräusche hinter dem Spielplatz gehört. Aber weil eigentlich ständig etwas instandgesetzt wurde, hatte mich das nicht weiter gekümmert.

Wie niedlich, Schafe! Die mochte ich ausgesprochen gern, denn sie hatten immer so etwas Gemütliches an sich.

»Ich glaube, er ist wieder da, sobald die Viecher in ihrem Pferch sind, wetten?« Bobby rückte ihre Superheldenbrille gerade. »Und jetzt muss ich gleich in meine Salons, wenn ich mit dem Papierkram hier fertig bin. Was hast du heute vor?«

Alles klar! Das war kein Wink mit einem Zaunpfahl, sondern mit einem Laternenmast. Bobby wollte sich wieder ihrer Arbeit widmen und dabei störte ich.

Hauptsache, Carl tauchte nachher wirklich auf! So eine günstige Gelegenheit wie heute würde wahrscheinlich so schnell nicht wiederkommen, denn wer wusste schon, wie es mit Leos Date nachher lief.

Ich winkte Bobby zum Abschied und trollte mich.

Vielleicht mochte eines der Schafe ja ein bisschen gekrault werden. Ihren Einzug wollte ich jedenfalls nicht verpassen. Ein freundliches Gesicht und ein warmes Willkommen würden sie bestimmt zu schätzen wissen, das wusste ich aus eigener Erfahrung.

»Du riechst nach Schaf.« Paul rückte auf dem Ast ein Stück zur Seite.

Wir hatten uns den ganzen Nachmittag gestritten, ob wir uns nun unterm Haselnussstrauch, auf dem Baumhaus oder auf der Baumkönigin platzieren sollten.

Die Königin hatte gesiegt, aber nur knapp. Paul hatte ziemlichen Respekt vor den Eulen. Ich natürlich auch, doch ich wollte unbedingt Carl auf frischer Tat ertappen. Er sollte uns nicht wieder entwischen, aber um ihn endgültig festzunageln, brauchten wir Beweise.

Paul hatte eine orange Schwimmbrille aufgesetzt, um seine Augen vor einem Angriff zu schützen. Er hatte sie von May geborgt und sah damit aus wie ein Frosch.

Meinen Notizblock und den Stift hatte ich in einer der vielen Taschen meiner Cargohose untergebracht, außerdem hatten wir Stirnlampen und unsere Telefone zum Fotografieren dabei. In meinem Rucksack steckte der Kaktus. Bevor wir losgegangen waren, hatte ich ihn aus der Tragetasche geholt und umgepackt.

Nun saßen wir hier oben im Baum und die letzten Sonnenstrahlen des Tages fielen auf unsere Gesichter.

Paul rutschte unruhig auf dem Ast hin und her und auch ich konnte kaum noch still sitzen. Wann würde Carl kommen? Würde er überhaupt kommen?

Immer wieder suchten wir den Waldrand und die Lichtung mit dem Fernglas ab. Jetzt erst erkannte ich, dass die Baumkönigin wirklich den besten Platz weit und breit hatte. Von hier aus konnten wir noch viel mehr überblicken als vom Baumhaus, denn sie wuchs auf einer kleinen Erhebung. Die tolle Aussicht konnte ich tatsächlich genießen, fiel mir nach einer Weile auf. Wahnsinn, ich hatte gar keine Höhenangst mehr!

Trotzdem hätten wir Carl fast verpasst. Vor Aufregung hatte ich heute kaum etwas gegessen, nun wickelte ich gerade einen Schokoriegel aus, da packte Paul mich am Arm. Ein Schemen verließ den Baum. Eine Eule!

Wir hielten Ausschau nach ihr und sahen Carl erst, als es fast zu spät war. Ich lehnte mich nach hinten, damit er mich nicht bemerkte, wenn er nach oben schaute. Auch Paul schmiegte sich an seinen Ast.

Von hier aus hatten wir den Teil des Stamms mit der Nisthöhle genau im Blick.

Am liebsten hätte ich jetzt ein Foto gemacht, doch inzwischen war es so dämmrig, dass es ohne Blitz nichts geworden wäre. Und dann hätte Carl uns sofort bemerkt. So konnte ich ihn nur beobachten, damit wir später über alles genau berichten konnten.

Carl griff in sein Jackett und zog etwas heraus. Es war aus Stoff und er faltete es umständlich auseinander, bis eine Art kleiner, runder Korb mit Deckel zum Vorschein kam. Was war denn das? Irgendwo hatte ich so etwas schon mal gesehen.

Es dauerte einen Augenblick, bis ich mir darauf einen Reim machen konnte. Es war ein altmodischer Eierwärmer! Der hätte Leo bestimmt gefallen.

»Was ist das?«, raunte Paul mir zu.

Ich erklärte es ihm.

»Dann will er mehr als nur ein Ei, oder?«

Paul und ich beugten uns vor. Carl zog dicke Handschuhe an und blickte dabei immer wieder über die Schulter. Irgendwann schien er sich sicher genug zu fühlen. Er griff in die Höhle und verstaute etwas im Eierwärmer. Von drinnen hörten wir Geflatter und Carl stieß einen unterdrückten Schmerzensschrei aus.

Das Ganze dauerte nur wenige Sekunden, dann war Carl schon wieder auf halbem Wege zum Waldrand.

»Dieses Schwein.« Vor Wut glühten Pauls Wangen, das erkannte ich sogar im abnehmenden Licht.

Wir kletterten so schnell wie möglich vom Baum. Jetzt mussten wir uns beeilen, denn wenn Carl erst einmal in seinem Auto saß, waren die Eier für immer verloren.

Er schlug denselben Weg ein wie gestern. Damit hatten wir gerechnet. Diesmal liefen wir nicht unter den Hängematten-Bäumen entlang, sondern umgingen den Dschungel auf der anderen Seite. Von dort aus gab es eine Verbindung, die am Pavillon vorbei direkt zum Herrenhaus führte. Sie war unbeleuchtet, wahrscheinlich hatte sich Carl deshalb an den breiten Hauptweg gehalten. Jetzt um diese Zeit musste er ja nicht damit rechnen, dass ihm jemand begegnete. Und selbst wenn wäre das natürlich auch kein Problem gewesen. Der Neffe der Gutsbesitzerin konnte sich schließlich zu jeder Zeit frei in Redmoor bewegen.

Wir hatten uns nicht verschätzt. Gerade als wir hinter den Mülltonnen neben der Einfahrt verschwanden, hörten wir Schritte auf dem Kies knirschen.

Carl bog um die Ecke, die Hände hatte er in die Taschen gesteckt. Hoffentlich waren die Eier samt Wärmer noch darin!

Es piepte und gleichzeitig blinkten Rücklichter im Hof auf.

Ich fuhr zusammen. Seinen Audi hatte ich völlig übersehen. Wir zogen uns noch ein Stück hinter die Mülltonnen zurück.

Jetzt kam es darauf an! Wenn er nun ins Auto stieg und losfuhr, war alles aus. Dann konnten wir nichts mehr machen.

»Wo ist eigentlich Nicola?«, murmelte Paul.

Ich überlegte angestrengt. Irgendetwas hatte Bobby vorhin erwähnt, doch was war es nur? Dann fiel es mir wieder ein.

»Sie ist bei Bobby. Die will ihr die Haare schneiden.«

Wir schauten uns an und unterdrückten ein Kichern. Ich konnte es kaum erwarten, Nicolas neue Frisur zu bewundern.

Carl hatte inzwischen aufgehört, im Kofferraum und auf dem Beifahrersitz herumzukramen.

Er schloss die Türen und ging zum Herrenhaus hinüber. Bestimmt hatte er einen Schlüssel, aber er ging nicht hinein, sondern setzte sich bloß auf die Eingangstreppe.

Was hatte er nur vor? Ich fand beim besten Willen keine Erklärung für sein Verhalten.

Paul drückte sich zwischen Mülltonne und Wand an mir vorbei. Er sah kurz zu Carl hinüber, doch der war jetzt mit seinem Smartphone beschäftigt. Das Display des Bildschirms erhellte sein Gesicht.

Paul nutzte den Moment. Gebückt rannte er zu Carls Wagen. Der stand völlig im Dunkeln, selbst ich konnte Pauls Gestalt jetzt nur erahnen. Kurz darauf kam er wieder zurück. Carl hatte von seinem Ausflug nichts bemerkt.

»Und?«

Paul schüttelte den Kopf. »Alle Türen sind fest verschlossen. Die Eier liegen vorn vor der Windschutzscheibe.«

Hm, ein merkwürdiger Ort, wenn er damit losfahren wollte. Oder wir hatten Glück und er hatte die Eier dort nur kurz abgelegt.

»Können wir das Auto nicht aufbrechen?«

Paul hob die Augenbrauen. »Dann geht die Alarmanlage los und es wird richtig laut.«

»Das wäre doch nicht verkehrt. Dann bekommen es alle mit, dass er die Eier vorn im Auto hat.«

»Wer soll das denn mitbekommen?«

Er hatte recht. Außer uns dreien war niemand hier.

Abgesehen von der schwachen Beleuchtung über dem Eingang war Nicolas Haus komplett schwarz und auch im Café und in den Büros war niemand mehr. Wir waren ganz allein mit Carl und so schnell würde uns auch niemand zu Hilfe kommen.

Das war keine angenehme Vorstellung, aber das schob ich lieber zur Seite. Jetzt mussten wir erst einmal an die Eier herankommen.

Nur wie? Leider hatten wir in der ganzen Aufregung eines vergessen: den fitzeligen Anfang der vagen Idee einer Art von Plan noch ein bisschen weiterzuentwickeln.

Kapitel 37

Nachdem eine Viertelstunde lang gar nichts passiert war, stand Carl plötzlich auf. Im nächsten Moment hörten wir ein Motorengeräusch.

Er ging die Auffahrt hinauf Richtung Torbogen.

»Was machen wir jetzt? Sollen wir hinterhergehen?«, fragte Paul.

Ich überlegte keine Sekunde. »Ich bleibe bei den Eiern.« Noch viel wichtiger als Carl war mir, dass wir irgendwie an die Eier kamen und diese zurück zur Höhle brachten.

Paul zögerte, dann machte er einige Schritte auf die Auffahrt zu. »Ich gehe mal nachsehen.«

Doch im nächsten Moment sprang er mit einem Satz zu mir hinter die Mülltonne. Keine Sekunde zu früh! Scheinwerfer erhellten den Hof und ein Kombi parkte neben Carls Auto.

Wenig später knirschte der Kies, denn Carl kehrte zurück. Eine Frau stieg aus dem Wagen.

»Du hast dir aber lange Zeit gelassen«, knurrte Carl. »Ich warte hier schon ewig auf dich.«

Die Frau hob die Schultern. »Es ist gar nicht so leicht, sich in diesem Straßengewimmel zurechtzufinden.«

»Es gibt doch nur eine Hauptstraße von Sheddington Hall nach Redmoor. Die kann man unmöglich verpassen.«

Die Frau seufzte und zog sich ein Paar Handschuhe über. Das konnte ich jetzt gut erkennen, denn der Mond war aufgegangen, und inzwischen verjagte ein leichter Wind die Wolken am Himmel.

Die Frau war um die dreißig Jahre und sah aus, als käme sie nicht von hier. Ich konnte nicht genau sagen, warum. Vielleicht lag es an ihrer eleganten Kleidung? Die blonden Haare hatte sie zu einem Knoten aufgesteckt und dazu trug sie ein enges Kostüm. Seitdem ich aus London weggefahren war, hatte ich niemanden mehr gesehen, der so herumlief. Selbst Bobby nicht und die war immer ziemlich schick gekleidet.

»Was hast du heute für mich?«, fragte sie.

»Ein paar Euleneier. Hast du schon einen Abnehmer?«

»Einen?« Sie lachte und zündete sich eine Zigarette an. »Ich habe mehrere. Sie fragen ständig nach mehr. Der Kleine von neulich hat ihnen gefallen. Schade, dass du die anderen beiden verloren hast.«

Ich verstand gar nichts, doch dann hatte ich plötzlich Spencer vor Augen. Der Kleine. Meinte sie damit etwa die Ästlinge? Hatte es noch mehr gegeben?

Wenn es so war, dann waren es mindestens drei gewesen. Einen hatte Carl sich unter den Nagel gerissen, einer war die kleine tote Eule gewesen, und dann war da auch noch Spencer.

Zorn wallte in mir auf. Am liebsten hätte ich die beiden richtig durchgeschüttelt.

Die Frau blies den Rauch aus und lehnte sich gegen das Auto. Paul hantierte mit seinem Telefon herum.

»Denk dran, keine Fotos«, zischte ich ihm zu. »Den Blitz sehen sie sofort.«

»Weiß ich doch!«

Ich konzentrierte mich wieder auf das Gespräch.

»Für mehrere Eier bekommst du auf jeden Fall einen Extrabonus.«

»Den kann ich auch gut gebrauchen.« Carl verschränkte die Arme und verschob mit der Spitze seines Schuhs etwas Kies. »Ich bin komplett pleite.«

»Immer noch Pferderennen?« Sie lachte spöttisch. »Du hast dich seit unserer Schulzeit überhaupt nicht verändert.«

»Du dagegen schon. Wer hätte gedacht, dass die Klassenbeste unter die Kriminellen geht?«

»Jeder muss sehen, wo er bleibt«, sagte sie leichthin.

Carl lachte bitter. »Wie wahr.«

War das derselbe Mensch, der sich so für Redmoor eingesetzt hatte? Der immer neue Ideen präsentierte, wie man den Garten verbessern könnte? Wo waren denn plötzlich sein Elan geblieben, all seine Visionen?

»Was ich nicht verstehe«, sagte Carl nachdenklich. »Es gibt doch unendlich viele Züchter von Wildtieren. Eulen, Wölfe, Geparden – man kann sich doch auf bequemere Weise alles beschaffen.«

Die Frau drückte die Zigarette aus. »Könnte man. Meine Kunden bevorzugen aber das Echte. Sie wollen keine kleinen Retorteneulen, sie wollen wilde Tiere, die in Freiheit geboren wurden. Manche wollen auch einfach ihre Sammlung vervollständigen und ein Kauz oder eine Schleiereule fehlt ihnen noch. Und dann wird noch getrickst ohne Ende.«

Sie stöhnte. »Du glaubst es nicht. Ich kenne einen angesehenen Fotografen, Preise, Auszeichnungen, das alles. Aber die Hälfte seiner Fotos ist gestellt mit Tieren, die er über mich bezogen hat. Dabei verkauft er das alles als echte Naturerlebnisse und wird dafür bewundert. Seitdem ich von ihm weiß, glaube ich gar nichts mehr. Da wird doch überall geschummelt. Ich wette, ein Haufen Tierliebhaber beschafft sich die wilden Zöglinge über Händler wie mich.«

Sie handelte also mit wilden Tieren! Die Armen waren ihr völlig ausgeliefert.

Es war so gemein!

»Du scheinst im großen Stil zu handeln.«

»Sagen wir mal, ich habe mich professionalisiert. Meine Kunden schätzen an mir, dass ich absolut verschwiegen bin. Über keines meiner Geschäfte dringt etwas an die Öffentlichkeit. Insofern freue ich mich, wenn du mich weiter so schön mit Material versorgst.«

Material? Meinte sie damit etwa die Tiere? Wie konnte man nur so hartherzig sein?

Carl schnaubte. »So ganz einfach ist das ja nicht. Ich hätte nie gedacht, dass die Biester so angriffslustig sind. Das erste Eulenpaar war schlimm, aber die Ästlinge waren schon außerhalb des Nestes, da war das einfacher. An die Eier zu kommen, während die Eulen noch brüten, ist nicht gerade ein Kinderspiel. Und dieses zweite Paar ist noch aggressiver als das andere.«

Die Frau holte einen Umschlag aus ihrer Handtasche und gab ihn Carl. »Du musst schon ein bisschen was tun für dein Geld.« Sie trat noch einen Schritt auf ihn zu. »Und jetzt hätte ich gern eine kleine Privatführung.«

»Nics Hund ist im Haus«, sagte Carl abwehrend. »Sie zerfleischt uns, sobald wir zur Tür reinkommen. Solange Nic da ist, ist alles gut, aber wehe, sie schaltet in den Wachhundmodus.«

Sprach er wirklich von Mrs Big? Sie war doch total lieb!

Paul schüttelte neben mir den Kopf. »Ich glaube, Carl lügt, Mrs Big tut keiner Fliege was zuleide.«

Das wäre ja nicht das erste Mal, dass er log.

Doch jetzt kam für uns vielleicht die Chance, an die Eier zu gelangen, denn in diesem Moment öffnete Carl die Autotür und holte den Eierwärmer heraus.

Die Frau lachte leise. »Ich meinte auch nicht den alten Kasten deiner Tante, sondern das Museum. Du hast mir doch erzählt, dass da eine Menge kostbares Zeug herumsteht. Das würde ich gern mal besichtigen, wo ich schon mal hier bin. Kommt ja nicht so oft vor, dass ich in die Gegend fahre.«

»Gut, aber dort darf nichts fehlen«, warnte Carl. »Im Museum bemerkt Nic jeden Teelöffel, der weg ist. Das würde ihr im Gutshaus nie passieren.«

Wieder lachte die Frau, diesmal etwas lauter. Besonders sympathisch klang das nicht.

»Nun mach auf. Ich bin schon gespannt.«

Carl drückte ihr den Eierwärmer in die Hand und kramte nach seinen Schlüsseln.

Ich drehte mich zu Paul um. »Jetzt ist alles klar«, schimpfte ich leise. »Es gibt mindestens zwei Eulenpaare, die er ausgeraubt hat, vielleicht sogar noch mehr. Und er macht das schon länger. Wir müssen ihn unbedingt aufhalten. Wer weiß, welche Tiere er sich als Nächstes aussucht!«

»Ich will es lieber nicht wissen.« Paul zog die Augenbrauen zusammen. »Wir müssen ihn irgendwie stoppen.«

Ich seufzte. Aber wie?

Kapitel 38

»Also dann, Tessa, voilà!« Carl riss die Flügeltüren zum Museum auf, als bereite er der Königin persönlich einen Empfang. Und genauso schritt Tessa über die Schwelle.

Sie drehten sich nicht noch einmal um und das war ein Glück.

Sonst hätten sie gesehen, wie wir hinter die beiden steinernen Löwen rechts und links des Eingangs huschten.

Ich presste mich an den kalten Bauch und riskierte einen Blick über die Schwanzquaste. Direkt hinter der Tür war ein Teewagen abgestellt, auf dem sich verschiedenes Zeug stapelte. Die beiden umrundeten den Wagen und verschwanden im Halbdunkel der Halle.

Hinter dem Löwen gegenüber regte sich etwas. Paul lief gebückt die Eingangsstufen hoch und bog drinnen sofort nach links ab. Sobald er außer Sichtweite war, flitzte auch ich hinein und ging gleich hinter dem Teewagen in die Hocke.

Ich lauschte. Sie schlenderten irgendwo weiter hinten durch den Saal, denn ihre Stimmen wurden leiser.

»Den Keiler hat mein Großonkel erlegt«, hörte ich Carl sagen. »Er war das größte jemals gemessene Wildschwein des letzten Jahrhunderts.«

»Ah, interessant. Meinst du, deine Tante würde sein Verschwinden bemerken?«

Carl lachte trocken. »Davon gehe ich mal aus.«

Es klang, als wären sie auf einem Einkaufsbummel, und das machte mich wütend. Nicola hatte so viel Arbeit in das Museum gesteckt! Im Saal wimmelte es nur so von sorgfältig arrangierten Details und zu jedem Ausstellungsstück hatte sie sich Gedanken gemacht. Nun liefen die beiden Idioten hier herum und überlegten, was sie am besten klauen konnten. So entweihten sie das ganze Museum!

Am liebsten wäre ich sofort zu den beiden hingestürmt und hätte sie zur Rede gestellt, aber damit wären die Eier bestimmt verloren.

Ich musste mich beruhigen. Die Eulen waren das Wichtigste. Irgendwie musste ich an ihre Eier gelangen!

Vorsichtig bewegte ich den Teewagen ein Stück. Es quietschte ganz kurz, doch dann ließ er sich lautlos zur Seite rollen. Wenn ich Glück hatte, beachteten sie ihn nicht weiter, und ich konnte mich ihnen dahinter unauffällig nähern.

Ich schob den Teewagen weiter in die Richtung, aus der ich die Stimmen hörte. Das klappte ziemlich gut, bis ich leider den Sockel einer Säule übersah. Der Teewagen prallte dagegen und bremste mit einem dumpfen Geräusch ab. Oh nein!

Natürlich hatten sie es gehört.

»Was war denn das?«, fragte Tessa. »Gibt es hier Mäuse?«

»Nee«, antwortete Carl, »ich glaube, das war nichts weiter. In so alten Gebäuden knackt und knarrt es ständig, das ist was anderes als in deinem schicken Apartment in London.«

»Wenn du meinst. Was sind das für Kristalle in der Vitrine?«

Puh, das war knapp gewesen. Ich musste unbedingt besser aufpassen! Sicherheitshalber wartete ich einen Moment länger, bevor ich den Teewagen wieder in Bewegung setzte. Wo war eigentlich Paul? Ich drehte mich um und versuchte, ihn im Halbdunkel auszumachen. Dabei fiel mir auf, dass Carl gar kein Licht gemacht hatte. Vielleicht fürchtete er Nicolas Rückkehr? Ich hoffte so sehr, dass sie bald zurückkommen würde, doch darauf verlassen konnten wir uns nicht.

Zentimeter für Zentimeter schob ich den Wagen weiter und achtete peinlich genau darauf, diesmal nirgendwo anzustoßen. Von der gebückten Haltung taten mir allmählich die Knie weh. Auch mein Rücken schmerzte.

»Sag mal, hatten eure Vorfahren einen Eulen-Fetisch? Hier wimmelt es ja nur so von den Biestern.«

Sie hatte offensichtlich die Eulenecke entdeckt. Vorsichtig schob ich den Teewagen neben den Uhu und wartete. Carl kommentierte jetzt die verschiedenen Eulenarten, doch Tessa schien sich nicht besonders dafür zu interessieren.

Ich spähte um die Ecke, zog aber sofort wieder den Kopf ein. Zwischen uns befand sich nur noch eine halbhohe Vitrine mit Fossilien, denn sie waren stehen geblieben und schauten in einen Wandschrank. Ich hatte gedacht, sie wären längst weitergegangen. Meine Brust hob und senkte sich vor Aufregung, aber ich musste absolut leise sein, sonst entdeckten sie mich sofort.

Doch erst mal stand Paul kurz vor der Entdeckung. Im nächsten Moment polterte es und ein umgedrehter Korb rollte über den Boden. Dem Geräusch nach schlich er von der anderen Saalseite an die beiden heran.

»Warte, jetzt sehe ich doch mal nach dem Rechten.«

Mit langen Schritten kam Carl an mir vorbei, ich duckte mich rasch, doch er beachtete den Teewagen gar nicht.

Sekunden später kehrte er zurück. »Da ist nichts.«

»Vielleicht spukt es ja in Redmoor Castle.« Tessa kicherte. Offensichtlich fürchtete sie sich nicht vor Geistern.

Ich schaute um die Ecke und sah, wie sie den Eierwärmer auf die Vitrine legte und zum Wandschrank zeigte.

»Der Schmuck gefällt mir. Magst du mir die Kette umlegen?«

»Aber nur für eine Minute, dann legen wir sie sofort wieder zurück. Das ist irgendein altes Erbstück. Passt natürlich überhaupt nicht in ein Naturkundemuseum, aber das war Nic egal. Sie meint, man könne es ebenso gut zeigen, bevor es weiter in einer Schublade verstaubt.«

Sie lachte. Es klang, als wäre sie bei einem unbeschwerten Picknick und nicht spät am Abend auf Beutezug in einem privaten Museum.

»Jetzt sei doch nicht so ein Spießer! Los, hol die Kette mal her, und das Diadem dort will ich auch ausprobieren.«

Die Glastür quietschte, als er den Wandschrank öffnete.

Das war meine Chance!

Sobald sie mir den Rücken zuwandten, flitzte ich um den Wagen herum zur Vitrine.

Meine Beine strauchelten, denn die Knie waren vom langen Hocken steif geworden. Ich langte hin und riss den Eierwärmer an mich. Zwei Sekunden später war ich wieder hinter dem Teewagen verschwunden.

Ich zitterte vor Aufregung, doch es war alles gut gegangen. Meine Hände waren so schwitzig, dass mir der glatte Stoff fast aus den Händen gerutscht wäre, als ich den Deckel vom Eierwärmer abhob. Darunter kamen drei helle Eier zum Vorschein. Ich hob eines nach dem anderen aus seinem Behältnis und untersuchte es. Sie waren alle unversehrt, keines hatte einen Riss oder war sonst wie beschädigt.

Doch bevor ich mich darüber freuen konnte, näherten sich Schritte. Ich war so mit den Eiern beschäftigt gewesen, dass ich Carl und Tessa für einen Moment ganz vergessen hatte!

»Warte, ich würde den Schmuck gern zurückpacken.«

»Jetzt stell dich doch nicht so an, Carl. Ich laufe nur ein bisschen damit herum. Keine Sorge, ich lasse schon nichts mitgehen. Schließlich ist mir daran gelegen, dass wir unsere Geschäftsbeziehung noch ein bisschen länger pflegen.«

Sie kamen näher. Den Teewagen konnte ich jetzt unmöglich bewegen, sonst hätten sie mich sofort gesehen. Ohne lange nachzudenken, sprang ich hinter die nächste Säule. Ich hielt die Luft an. Hatten sie die Bewegung bemerkt?

Doch schon rumpelte es wieder auf der anderen Saalseite. Was veranstaltete Paul da bloß?

»Carl, jetzt mach aber mal das Licht an, hier ist doch irgendetwas. Eine Katze vielleicht?«

»Nein, lieber kein Licht. Ich weiß nicht genau, wann Nic zurückkommt. Mit dem Museum habe ich nicht viel am Hut, das weiß sie genau, also würde sie sich bestimmt wundern, wenn sie uns hier drinnen entdeckt.«

Sie stöhnte. »Du bist so ein Angsthase!«

Ich lugte um die Säule und sah, wie Carl erneut den Raum durchquerte. Hoffentlich hatte Paul ein gutes Versteck!

Tessa fingerte an ihrem Schmuck und schaute ihm nach. Übermäßig besorgt wirkte sie dabei nicht. Carl verschwand hinter einer Säule, und mit einer flinken Bewegung glitt sie zum Wandschrank, nahm etwas heraus und steckte es sich in den Ausschnitt. Als Carl zurückkehrte, betrachtete sie längst die ausgestopften Dachse einige Meter weiter.

Mannomann, die ließ ja wirklich nichts anbrennen!

»In der Ecke steht so viel Zeugs, wahrscheinlich ist von dem Stapel etwas heruntergerollt. Meine Tante und ihre Unordnung, das ist einfach unmöglich«, schimpfte Carl.

Ich grinste. In dem Fall hatte uns Nicolas Sammelleidenschaft echt gerettet.

Nun gingen sie wieder Richtung Saalmitte und kamen direkt am Teewagen vorbei. Diesmal stutzte Tessa.

»Sag mal, der stand doch eben noch am Eingang, oder nicht? Gibt es zwei von der Sorte?«

So viel Aufmerksamkeit hätte ich ihr gar nicht zugetraut!

»Keine Ahnung.« Er klang gleichgültig, aber diesmal blieb sie hartnäckig.

»Du musst Licht machen, hier stimmt etwas nicht. Ich bin mir sicher, der Teewagen stand am Eingang, und nun ist er plötzlich hier. Das geht nicht mit rechten Dingen zu.«

Mist, jetzt war sie wirklich misstrauisch geworden. Und ich war noch viel zu nah an ihnen dran. Wenn sie den Teewagen umrundeten, konnten sie mich ganz leicht entdecken. Ich musste weg hier! Panisch sah ich mich nach allen Seiten um, doch der

Weg war mir überall versperrt. Sobald ich mich rührte, würden sie mich sehen. Nur hinter meine Säule konnten sie nicht gucken, aber das Versteck war nicht besonders sicher.

Mein Blick streifte das nächstgelegene Fenster mit den langen Vorhängen. Daneben befand sich eine schmale Nische. Sie lag vollständig im Dunkeln, daher konnte ich von hier aus nicht erkennen, wie tief sie war.

Tessa stöckelte inzwischen um den Teewagen herum. »Siehst du, er lässt sich ganz leicht schieben. Das ist doch seltsam!«

Mir lief die Zeit davon. Wenn sie Carl jetzt doch überredete, das Licht einzuschalten, hatte ich keine Deckung mehr. Und Paul vielleicht auch nicht! Ich hatte keine Ahnung, wo er sich befand, aber ich durfte nicht riskieren, dass sie ihn aufsspürten, also flitzte ich los.

Ich drückte mich in die Nische neben dem Fenster und starrte auf die schwarze Fläche vor mir. Der Boden bestand aus Holzdielen, doch jetzt im Mondschein sah er aus wie ein stiller See, aus dem die Vitrinen wie Baumstümpfe ragten. Ich musste hinüber auf die andere Seite, dann wäre ich gerettet. Nur ein paar Meter, mehr waren es ja nicht.

Leider war es wie fast immer: viel komplizierter.

Mir wurde schlecht und ich biss mir auf die Unterlippe. Irgendwie musste ich mich beruhigen, aber mein Herz klopfte wie wild.

Eine Schweißperle rann mir über die Schläfe, dann noch eine. Es kitzelte, trotzdem wischte ich die Tröpfchen nicht ab. Jede Bewegung konnte mich verraten.

Im Halbdunkel sah ich sie durch den Saal schlendern. Ihre leise Unterhaltung war kaum zu verstehen, denn bei jedem Schritt knarrten die Dielen. Noch hatten sie den Diebstahl nicht bemerkt, aber das würde sicher nicht mehr lange dauern.

Sie kamen in meine Richtung, doch bevor sie mich entdecken konnten, glitt ich hinter die bodenlange Gardine und lehnte mich gegen den Fensterrahmen.

Das Holz unter meinen Füßen zitterte, die beiden mussten jetzt ganz nah sein. Ich lauschte und presste dabei den Eierwärmer an mich, bis mir wieder einfiel, was drin war. Schnell lockerte ich den Griff. Nicht dass das alles hier am Ende noch völlig umsonst war!

Nun standen sie direkt vor mir, das spürte ich. Sie sagten kein Wort, ich hörte nur ihren Atem. Gänsehaut überzog meine Arme, ich konnte beinahe fühlen, wie sich die feinen Härchen aufstellten.

Gleich war es aus, einer der beiden brauchte ja nur die Hand nach mir ausstrecken.

Hinter dem schweren Samtvorhang wurde es langsam stickig. Ich atmete tiefer, aber das war keine gute Idee. Die Vorhänge hingen wahrscheinlich seit dem Mittelalter hier. Inzwischen hatten sie jede Menge Staub angesammelt und ein Teil davon landete jetzt in meiner Lunge.

Wenn ich nur husten könnte oder mich wenigstens räuspern! Doch dann konnte ich ebenso gut »Hier!« brüllen.

Nun geht schon, betete ich stumm. Verschwindet!

Aus dem Kratzen im Hals wurde ein fieses Brennen, aber ich konnte noch nicht mal mehr schlucken, so trocken war mein Mund mittlerweile.

Lenk dich ab, denk an etwas Schönes!

Tränen stiegen mir in die Augen, während ich krampfhaft

überlegte. Etwas Schönes, etwas Schönes … Verdammt, aber was denn nur?

Im nächsten Moment vibrierte der Boden erneut. Sie hatten sich wieder in Bewegung gesetzt. Sie gingen tatsächlich weiter!

Ich zählte lautlos bis zehn, drehte mich dann um und drückte die Stirn gegen die kühle Fensterscheibe. Schlucken, einatmen, ausatmen. Und wieder – schlucken, einatmen, ausatmen. So lange, bis sich mein Hals nur noch ein bisschen wund anfühlte und ich endlich wieder an mein dringlichstes Problem denken konnte: Wie zum Teufel kam ich hier weg?

Ich schob den Vorhang ein winziges Stück beiseite und blickte mich um. Das Brett unter mir knarzte, als ich dabei das Gewicht verlagerte. Bei dem Krach würde ich nie bis zum Ausgang gegenüber kommen, mal ganz abgesehen davon, dass die beiden inzwischen ihren Rundgang beendet hatten und sich nun direkt vor der Flügeltür postierten. Sie schienen immer noch ins Gespräch vertieft, doch das konnte täuschen.

Ich blinzelte. Da vorn regte sich etwas. Zwischen dem ausgestopften Keiler und der Glasvitrine mit den Fossilien bewegte sich ein Schatten. Wieder knarrte der Boden und Sekunden später hörte ich ein schleifendes Geräusch. Es klang, als würde ein Riegel zurückgeschoben werden, und schlagartig fiel es mir wieder ein: Ein paar Meter weiter rechts gab es ja noch den Hinterausgang!

Etwas knackte laut und das Gemurmel verstummte abrupt.

Einen Augenblick lang war es totenstill. Ich hielt den Atem an.

Jetzt lauschten wir alle und dieses gemeinsame Schweigen war irgendwie schlimmer als alles andere zuvor.

Doch da schwang die Hintertür auf. Ein Schwall Nachtluft fegte mir entgegen, kühl und würzig. Eine Silhouette zeichnete sich vor dem Hinterausgang ab, sie verschwand sofort, und draußen schrie jemand: »Lauf!«

Und ich rannte, rannte, so schnell ich konnte, im Slalom zwischen den Eulen auf ihren Sockeln hindurch – nur raus hier, raus in den Garten.

Kapitel 39

Von der Hintertür aus ging es direkt in den Garten. Vor mir lag die Steinterrasse, an die sich eine große Rasenfläche anschloss. Ich rannte über das kurze Gras, weit und breit gab es kein Versteck. Wo war Paul?

»Ruby, komm hier rüber!«

Er winkte mir hinter einem steinernen Drachen aufgeregt zu. Ich konnte gerade noch neben ihn schlüpfen, als hinter mir das Licht im Saal aufflammte und eine Stimme rief: »Carl, die Eier sind weg!«

Es krachte, als fiele etwas Schweres um, dann bellte ein Hund.

»Ah, nimm das Viech weg!«, schrie Tessa.

Das war Mrs Big! Anscheinend hatte sie ihren Trick mit der Tür angewendet. Ich konnte mich nicht länger beherrschen und lugte über den Drachenschwanz. Hätte ich das bloß nicht gemacht! Carl war auf die Terrasse getreten und blickte im selben Moment zu mir herüber.

»Na wartet!«, brüllte er.

Paul und ich rasten los ans andere Ende der Rasenfläche. Dort sprangen wir quer über die Blumenbeete.

»Wir müssen die Eier zurückbringen«, keuchte ich.

»Später«, japste Paul. »Erst müssen wir ihn abhängen.«

Ich sah über die Schulter. Carl war dicht hinter uns und mit jedem weiteren Schritt holte er auf.

»Schneller!«, brüllte Paul, doch im Wettlaufen hatten wir keine Chance. Wir mussten ihn irgendwie anders loswerden.

Abrupt bremste ich ab und riss Paul mit mir. Ein schmaler Durchgang führte von hier aus in den Rosengarten. War Carl endgültig weg? Doch da erschien seine Gestalt am Ende des Gangs.

Ich raste weiter. Rosen rankten über den Weg und ein Zweig hakte sich an meinem Shirt fest, ein anderer riss mir die Wange auf.

Ich achtete nicht auf den beißenden Schmerz, sondern stürmte weiter.

Von hier aus war es nicht mehr weit bis zum Pavillon und der war mein Ziel. Wir bräuchten nur eine Minute außer Sichtweite, dann könnten wir uns dort verstecken. Mit etwas Glück würde Carl einfach am Pavillon vorbeilaufen.

Leider landeten wir plötzlich im Buchsbaumlabyrinth. Wie waren wir denn hierhingekommen? Ich musste irgendwo falsch abgebogen sein. Zwischen den niedrigen Hecken konnten wir uns nirgends verstecken und da tauchte auch schon Carl auf. Anstatt den Weg zu nehmen, sprang er einfach über die Hecken!

»Hier lang!«, rief Paul und nahm meine Hand. Was hatte er

vor? In den Büros konnten wir uns nicht verstecken und auf der Wiese davor hätte Carl uns im Nu eingeholt.

Doch Paul bog in den Kräutergarten ein.

Mit einem Schlag war es still. Wo steckte Carl? Er musste uns doch gesehen haben! Oder hatten wir ihn tatsächlich abgehängt? Wir hasteten zwischen den Kräuterreihen entlang und hüpften über das niedrige Tor.

Von hier aus war es noch ziemlich weit bis zur Baumkönigin, aber wir mussten es schaffen.

Carl blieb immer noch verschwunden und das machte mich nervöser als die Verfolgungsjagd eben. Wo war er?

Kurz vor uns ragte die Grotte auf. Sie war umgeben von Bäumen und hohen Sträuchern, deshalb bemerkte ich sie erst im letzten Moment.

»Achtung!« Paul schrie auf, als plötzlich eine Gestalt durchs Gebüsch sprang. Sie baute sich vor uns auf und im Mondlicht erkannte ich Carls grimmiges Gesicht. Er musste außen um den Kräutergarten herumgelaufen sein, deshalb hatte ich ihn nicht gesehen.

Er versperrte uns den Weg, nur noch einige Meter und er hatte uns. Wir waren ihm direkt in die Arme gelaufen.

Der Eierwärmer glitt mir aus der Hand, fast wären die Eier auf den Boden gefallen. Ich konnte sie gerade noch auffangen. Wut durchströmte mich. Carl hatte die Eulen in Gefahr gebracht! Er hatte ihre Babys geraubt! Auf keinen Fall würde er jetzt die Eier bekommen!

»Da lang!«, schrie ich und rannte geradewegs ins Unterholz. »Bleibt stehen!«, brüllte Carl, doch wir dachten nicht daran.

Dieser Teil von Redmoor war so dicht bewachsen, dass wir

kaum vorankamen. Ich fiel auf die Knie und krabbelte so gut es ging auf allen vieren, aber wegen des Eierwärmers kam ich nur schlecht voran. Paul überholte mich und zeigte zu einer Lücke im Gebüsch. »Da raus!«

Er hielt einen Ast hoch, damit ich nicht dagegenstieß. Im nächsten Moment gelangte ich durch die Hecke. Jemand schrie auf und da kam auch schon Paul und zerrte mich weiter.

»Was war das?«

»Carl hat den Ast abgekriegt.«

Ich kicherte kurz, doch da brach Carl schon durch das Unterholz wie ein tollwütiges Nashorn.

Mir taten die Beine weh, ich bekam kaum noch Luft. Lange konnte ich das Tempo nicht mehr durchhalten und bis zur Lichtung war es noch so weit!

Vor uns tauchte der Brunnen auf, doch da konnten wir uns nirgends verstecken.

Da fiel es mir ein. Die Wunschweide! Sie war gleich um die Ecke.

Wir stürmten um die Rhododendronbüsche.

»Bleibt stehen! Ich kriege euch so oder so, und dann seid ihr dran!«, brüllte Carl hinter uns her, aber es klang so, als hätten wir nun doch einen winzigen Vorsprung.

Da war schon die Weide! Wie eine Rettungsinsel ragte sie vor uns auf.

Vielleicht hatten wir ja Glück. Vielleicht lief er einfach weiter und suchte woanders. Wir mussten es versuchen, denn zum Weiterrennen fehlte mir die Kraft.

Völlig erledigt krabbelte ich unter die Zweige und presste mich an den Stamm. Paul glitt neben mich. Seite an Seite saßen wir da und lauschten. Ich holte den Kaktus aus dem Rucksack. Er hatte unsere Flucht ganz gut überstanden, nur das eine Ohr war ein bisschen schief.

Carl hatte draußen aufgehört zu schimpfen. Jetzt musste er ungefähr beim Brunnen sein. Von dort aus war es nur ein Katzensprung zur Weide. Ahnte er, wo wir waren?

Anscheinend nicht, denn es blieb alles still. Hatten wir es wirklich geschafft?

Ich linste durch die Zweige und mein Herz setzte einen Schlag lang aus. Er war da, viel näher, als ich befürchtet hatte!

Nur wenige Meter von der Weide entfernt bückte er sich und hob etwas vom Boden auf, aber was? Ein Stück Papier? Es sah nach etwas Festerem aus, wie er es in den Händen hielt. Er blickte hoch und ich fuhr zurück. Ob er mich gesehen hatte? Doch nichts rührte sich, also war es gerade noch mal gut gegangen.

Ich stellte den Kaktus neben mich und öffnete den Eierwärmer. Soweit ich es erkennen konnte, waren alle Eier heil geblieben. Hoffentlich hatten die Babys darin alles gut überstanden.

Ich schloss für einen Moment die Augen. Zum ersten Mal seit Stunden fühlte ich mich wieder fast geborgen. Als ob mir unter der Weide nichts Böses geschehen könnte. Pauls Arm lag halb auf meinem und ich spürte die Wärme seines Körpers. Plötzlich war ich richtig froh, dass er da war.

Er beugte sich zu mir und flüsterte: »Ich glaube, er ist jetzt wirklich weitergegangen.«

Aber ich wollte noch nicht weg. Ich traute mich nicht! Was, wenn Carl uns erneut auflauerte? Am liebsten hätte ich bis zum Morgen hier gesessen.

Da fiel mir Leo ein. Ich durfte nicht zu spät nach Hause kommen! Wenn meine Bettdeckenattrappe aufflog oder er das Rennrad vermisste, würde er einen Riesenschreck bekommen.

»Wir müssen die Eier so schnell wie möglich zurückbringen«, drängte Paul mich erneut.

Wir mussten wirklich los. Ich wollte nur schnell noch den Kaktus wegpacken.

Paul schob die Zweige zur Seite und sah hinaus. Dann stand er auf und reichte mir die Hand. »Komm.«

Im selben Moment wurde er herumgerissen.

»Hab ich dich, du kleiner Scheißer«, zischte Carl, packte Paul am Kragen und zog ihn dicht zu sich heran. Würde er ihn schlagen?

Ohne nachzudenken, sprang ich auf die Füße und rammte Carl den Kaktus in den Hintern. Er brüllte auf und ich ließ vor Schreck den Kaktus los. Dabei fiel mein Blick auf die Erde. Da lag ja meine Postkarte von der Wunschweide! Carl musste sie eben aufgehoben haben.

»Ihr verdammten Gören!«, schrie Carl und schlug wild um sich.

»Weg hier!«, rief Paul.

Ich drückte den Eierwärmer an mich und raste ihm nach.

Kapitel 40

Vom Brunnen aus liefen wir Richtung Osten. In diesem Bereich war der Garten noch nicht wieder erschlossen und es gab kaum Wege. Wir kamen nur langsam voran, aber uns war es lieber so, denn das unwegsame Gelände würde es auch Carl schwerer machen, uns zu verfolgen. Wenn er überhaupt noch irgendwo hier war.

Vielleicht war er auch längst umgedreht und nach Hause gefahren, doch sicher war ich mir nicht. Ich erschauerte, als ich an die Wut in seiner Stimme vorhin dachte und mich an den Hass in seinen Augen erinnerte. Am liebsten würde ich ihm nie wieder begegnen!

Sosehr wir uns bemühten, ständig knackten Äste unter unseren Füßen. Wir waren so laut! So musste er uns ja finden, doch noch immer tauchte er nicht auf.

»Da vorn geht es zur Lichtung«, sagte Paul und zeigte auf eine Lücke zwischen zwei Tannen.

Ich atmete auf. Jetzt war es nicht mehr weit, wir hatten es fast geschafft. Und dann kamen die Eier endlich wieder zu ihren Eltern.

Wir rannten über den Hauptweg und huschten zur nächsten Abzweigung. Das Absperrband flatterte noch im Wind und wir duckten uns schnell darunter hindurch.

Der Trampelpfad lag im Mondschein vor uns. Alles war ruhig und verlassen.

Wir hatten es wirklich fast geschafft!

Paul lief voran. Er war so schnell, dass ich kaum hinterherkam. Nach der langen Verfolgungsjagd fühlte ich mich erschöpft und leer.

Hinter mir knackte es laut. Ich fuhr herum.

»Warte mal!«

Doch Paul hörte mich nicht und lief weiter.

Ich starrte zurück. Was war das für ein Schatten hinter dem Baumstumpf? Im nächsten Moment zog eine Wolke vor den Mond und es wurde dunkel. Ich drückte den Eierwärmer an mich und ging langsam rückwärts, dabei ließ ich den Pfad vor mir nicht aus den Augen. Plötzlich war die Stille erdrückend. Ich fühlte mich beobachtet, der Wald schob sich immer näher an mich heran. Gleich würde aus dem Nichts ein Arm herausfahren, mich packen und dann …

»Ruby, wo bleibst du denn?« Ich schrie leise auf, als Paul mich an der Schulter berührte.

»Da war ein Geräusch.«

»Bestimmt nur irgendein Tier, ein Fuchs oder so.«

»Und wenn es doch Carl war?«

»Dann hätte er uns längst geschnappt, wir stehen hier ja herum wie auf dem Präsentierteller. Komm, weiter.«

Er nahm meine Hand und zog mich mit sich. Zum ersten Mal nahm ich richtig wahr, wie wir uns berührten. Seine Handfläche war warm und schwielig.

Bestimmt war Carl längst zu Hause, und abgesehen von ihm mussten wir uns vor nichts fürchten. Ich war so oft hier gewesen, dass ich mittlerweile fast jeden Strauch am Wegrand kannte, und auch die Dunkelheit machte mir überhaupt nichts mehr aus.

Noch ein paar Meter, dann lag die Lichtung vor uns. Das Gras leuchtete silbrig im Mondlicht und ein leichter Wind wiegte es hin und her. Immer wieder verdunkelte sich die Wiese, wenn eine Wolke den Mond verdeckte. Dieses Schattenspiel war wunderschön, am liebsten hätte ich noch ein wenig zugesehen, doch da hörte ich ein Platschen. Es klang, als wäre jemand in eine Pfütze getreten.

Diesmal hatte Paul es auch bemerkt. Wir fuhren herum und starrten auf den Pfad hinter uns, doch in diesem Moment verschwand der Mond hinter einer Wolkenwand.

Es war stockfinster.

»Zum Baumhaus!«, wisperte Paul, und wir rannten los.

Gräser schlugen mir ins Gesicht, ich trat in ein Erdloch und stolperte. Ich fiel hin und verlor dabei die Eier. Im Dunkeln konnte ich kaum etwas sehen, ich krabbelte auf allen vieren blindlings herum und tastete nach dem Eierwärmer. Hoffentlich war der Deckel noch auf dem Behälter und hoffentlich waren die Eier noch drin!

»Pass auf, hier müssen irgendwo die Eier sein«, rief ich, doch Paul zerrte mich wieder hoch.

»Schnell, ins Baumhaus!«

Im Laufen blickte ich zurück und mein Herz machte einen Sprung. Die Wolke war weitergezogen und der Mond erhellte die Lichtung. Ich sah alles fast so klar wie am Tag.

Doch jetzt wünschte ich mir die Dunkelheit zurück.

Vor dem Eingang zum Trampelpfad zeichnete sich ein Umriss ab.

Vor Schreck blieb ich kurz vor dem Baumhaus stehen.

War er uns die ganze Zeit gefolgt? Hatte er uns auf unserer Flucht belauscht? Oder hatte er sich vorher schon hier postiert, weil er damit gerechnet hatte, dass wir zum Baumhaus kamen? Aber warum hatte er uns nicht gleich am Pfad abgefangen?

Schritt für Schritt kam er auf mich zu.

Ein Knurren kam aus seiner Kehle, es klang mehr nach einem Tier als nach einem Menschen. Noch nie hatte ich etwas Grauenhafteres gehört.

Mir wurde schlecht. Ich konnte nicht wegsehen und auch nicht die letzten Schritte zum Baumhaus laufen. Jetzt rannte auch er nicht mehr. Er ließ sich Zeit. Seine Jeans und die Turnschuhe waren dreckig und das Jackett zerknittert. Die Haare waren zerzaust, von dem gepflegten, gut aussehenden Carl war nicht mehr viel übrig. Sein Mund lächelte nicht wie sonst, sondern war zu einer Grimasse verzerrt. Doch am schlimmsten waren seine Augen. Sie waren weit aufgerissen und sein Blick durchbohrte mich förmlich.

»Ruby, komm, was machst du denn?«, brüllte Paul und schüttelte mich. Jetzt erst nahm ich wahr, dass er schon die ganze Zeit an mir herumzerrte.

»Ruby, jetzt komm endlich. Sieh ihn dir doch mal an. Er ist total irre. Wir müssen hier weg!«

Ich hörte die Verzweiflung in seiner Stimme und die Sorge.

»Ich komme.« Wie aus tiefem Schlaf erwachte ich und bewegte mich wieder.

Ich nahm seine Hand, und wir liefen ein paar Meter, doch da entdeckte ich vor mir etwas im Gras.

»Was ist denn jetzt schon wieder?«, schrie Paul. Er sah aus, als würde er gleich durchdrehen.

»Die Eier!«

Ich bückte mich und hob den Eierwärmer auf. Er war ein gutes Stück weiter geflogen, als ich gedacht hatte, doch der Deckel war noch fest auf dem Untersatz.

Ich riss die Eier an mich und rannte wieder los.

Endlich hatten wir die Eiche mit dem Baumhaus erreicht.

»Klettere du zuerst hinauf«, sagte Paul.

»Wieso ich?«

»Nun mach schon, ich schiebe von unten, wenn du nicht schnell genug bist. Beeil dich!«

»Dann halt du die Eier.«

Ich drückte ihm den Eierwärmer in die Hand und kletterte los.

»Jetzt mach schon!«

Die ersten Stufen gingen schnell, aber dann wurde ich immer langsamer.

Als ich nach unten schaute, kam mir der Boden entgegen. Mir wurde schwindelig und für einen Moment verlor ich fast den Halt. Ich rutschte ab, doch sofort spürte ich eine Hand unter mir, die mich mit festem Druck nach oben schob. Paul war direkt bei mir.

Das tröstete mich. Ich biss die Zähne zusammen und quälte mich die letzten Stufen hoch. Paul reichte mir die Eier und schwang sich auf die Plattform.

»Eine Strickleiter wäre jetzt gut«, sagte er, während wir mit aufgerissenen Augen über die Wiese starrten.

Langsam ging mir der Wechsel zwischen Mondlicht und Finsternis auf die Nerven. Jedes Mal musste ich mich einen kurzen Moment auf etwas Neues einstellen und das lenkte mich von meinem eigentlichen Vorhaben ab.

Ich suchte Carl.

Denn seitdem wir das Baumhaus erreicht hatten, hatte ich ihn nicht mehr gesehen. Wo war er jetzt? Auf der Wiese war er nicht mehr, aber wo dann? Hatte er sich wieder im Unterholz verkrochen? Im Umkreis des Baumhauses konnte ich ihn nicht entdecken, doch immer wieder hüllte Dunkelheit die Eiche ein.

»Siehst du ihn?«, wisperte ich.

»Nein. Aber er ist bestimmt nicht gegangen.«

Das befürchtete ich auch. Dieser Blick. Als hätte ich in die Augen eines Wahnsinnigen gesehen. Was war nur los mit ihm? Wo war der freundliche, engagierte Carl geblieben? Der Carl, der sich um Redmoor sorgte und vor Ideen nur so sprudelte?

Erneut tauchte der Mond die Wiese in helles Licht. Immer noch war nichts zu sehen. Es war ganz still und friedlich. Und dann rief ein Käuzchen.

Das laute Schuhuu drang durch die Nacht, unaufhörlich rief die Eule klagend. Ob es die Eltern waren, die ihre Eier vermissten? Oder war es ein ganz anderes Paar Eulen, das hier rief?

Die Rufe kamen aus Richtung der Baumkönigin, darauf antwortete ein zweiter Kauz ganz in unserer Nähe.

Wir saßen stocksteif auf der Plattform und rührten uns nicht. Die halbhohen Seitenwände waren voller Ritzen und Löcher, doch trotzdem fühlte ich mich hier ruhiger. Wir waren nicht allein, auch die Eulen waren um uns herum.

Aber nicht nur die, da war ja auch noch Carl.

Im nächsten Moment tauchte der Mond wieder hinter einer Wolke ab, es wurde finster. Ich tastete nach Pauls Hand und berührte etwas Warmes. Ich strich über den Handrücken, doch die Finger fühlten sich viel breiter an. Da waren Haare unter meinen Fingerspitzen, dann ertastete ich einen Ring.

Mit einem Aufschrei riss ich die Hand weg. Im selben Augenblick nahm ich wahr, dass Paul längst nicht mehr neben mir saß. Er war aufgestanden und beugte sich über eine Seitenwand.

Nun geschah alles zugleich. Der Mond strahlte erneut ins Baumhaus, eine zweite Hand tastete auf der Plattform herum und zog sich nach oben.

Paul wirbelte herum. Ich sprang auf und drückte mich an die Wand hinter mir, während Carls verzerrtes Gesicht am Rand der Plattform erschien. Er stemmte sich mit den Armen nach oben.

Ich schrie, schrie wie am Spieß, und auch Paul brüllte. Er sprang auf Carls Hände, doch Carl packte zu. Er musste mit den Füßen irgendwo Halt gefunden haben, denn er hatte eine Hand frei und riss an Pauls Knöcheln.

Paul verlor das Gleichgewicht, er schwankte und ruderte mit den Armen. Ich stürzte nach vorn. Gerade noch bekam ich Pauls T-Shirt zu fassen. Für einen Moment hing er in der Luft, ich zog ihn zu mir, und wir beide fielen nach hinten.

»Ihr kleinen Scheißidioten! Wie konntet ihr nur? Ihr habt alles kaputt gemacht! Alles zerstört, woran ich so lange gearbeitet habe.«

Ich erkannte Carls Stimme nicht wieder. Noch nie hatte ich einen Menschen so sprechen hören. Er presste die Wörter hervor, als wäre jedes eine Qual. Und wir sollten diese Qualen teilen!

Paul rollte sich von mir herunter und ich setzte mich auf.

Jetzt stand Carl über uns, seine Gestalt überragte uns, und er stieß Verwünschungen aus.

Vor Angst konnte ich nicht mehr schreien, wie erstarrt kauerte ich vor ihm und drückte die Handflächen an die Ohren.

Hör auf, bitte hör auf, ich kann es nicht mehr ertragen!

Doch Carl machte immer weiter, er fluchte und schimpfte.

Paul brach einen Ast ab und ging damit auf ihn los, aber Carl schleuderte ihn zur Seite, als wäre er ein Stofftier.

Jetzt war ich an der Reihe.

Er packte mich an den Schultern und zischte: »Du, du mit deinen Eulen! Seitdem du hier bist, geht alles schief. Alle stellen sich mir in den Weg und du bist schuld!«

Meine Arme schlackerten, als gehörten sie nicht zu mir, und meine Beine knickten immer wieder weg. Einzig Carls Klammergriff verhinderte, dass ich zurück auf die Plattform sackte.

»Du und deine Eulen!«, schrie Carl wieder. »Diese verfluchten Eulen!«

Paul hatte sich inzwischen wieder aufgerappelt und rammte Carl mit aller Kraft. Carl ließ mich los und ich knallte gegen das Fenster. Er fuhr herum und ging auf Paul los. Die beiden rangen miteinander, sie kugelten über den Boden und hielten knapp vor der offenen Seite. Paul hing halb über der Kante. Gleich würde Carl ihn hinunterwerfen! Ich sprang Carl von hinten an und umfasste seine Kehle. Er stieß einen erstickten Schrei aus, schüttelte mich ab und versetzte Paul einen Tritt. Der richtete sich soeben auf und die Attacke traf ihn völlig unvorbereitet. Er kippte nach hinten, klammerte sich an einen herunterhängenden Ast, doch Carls Tritt war zu heftig gewesen. Paul verlor das Gleichgewicht. »Paul!« Da verschwand er aus meinem Blickfeld.

»Was hast du getan?« Ich stürzte mich auf Carl, blind vor Wut, und schlug mit meinen Fäusten auf ihn ein. Carl wehrte mich ab, er griff nach mir, aber ich war schneller.

Immer wieder entwand ich mich ihm, ich schlug und trat,

doch ich war erschöpft, und mit jedem Schlag verlor ich an Kraft.

»Paul! Paul! Paul!«

Paul antwortete nicht.

Wieder griff Carl nach mir und diesmal bekam er mich zu fassen. Er packte mich am Arm und zog mich an sich.

»Jetzt kannst du was erleben!«

Ich schloss für einige Sekunden die Augen und plötzlich hatte ich Nicolas Stimme im Ohr. »Manche halten Eulen auch für einen Todesboten.«

Ich hatte das Käuzchen gehört, eben gerade. Und Paul auch. Vielleicht stimmten die alten Sagen ja? Vielleicht war es jetzt so weit? Ich wusste nicht, ob Paul den Sturz überlebt hatte, aber jetzt war ich dran, so viel stand fest.

Ich öffnete die Augen wieder und sah zu Carl. Sein Gesicht war dicht vor mir, der Mund war zu einem irren Grinsen verzerrt.

Wieder schrie das Käuzchen, diesmal ganz in der Nähe. Es musste hier irgendwo sein. Und da sah ich es, hinter Carls Kopf. Die Eule flog direkt auf uns zu. Ihre schwarzen Augen waren unverwandt auf mich gerichtet, die Flügel schlugen auf und ab, und jeder Flügelschlag brachte die Eule ein wenig näher zu uns. Und dann entdeckte ich noch etwas.

»Spencer!«

Der dunkle Fleck auf der Brust – das konnte nur Spencer sein. Er lebte, er war hier, ich konnte es nicht glauben! Er konnte fliegen!

»Was redest du da?«, zischte Carl. »Wo glotzt du denn hin?« Er drehte sich um und schrie auf. Spencer schoss dicht über ihn hinweg, seine Krallen streiften Carls Kopf. Er wich zurück und fiel nach hinten.

Er hatte viel zu viel Schwung.

Spencer segelte weiter und verschwand zwischen den Zweigen, während Carl gegen die Rückwand knallte. Besonders stabil war die Wand nicht und das war sein Verhängnis. Durch die Wucht zersplitterte das Holz. Carl suchte nach Halt, doch seine Hände griffen ins Leere. Es krachte laut und die Wand brach unter ihm weg. Carl sauste rücklings in die Tiefe.

Ich kroch zum Rand. Dort lag er. Er bewegte sich nicht und sein Bein stand in einem merkwürdigen Winkel ab. Besonders gesund sah das nicht aus.

»Mannomann, das war knapp!«

Ich fuhr herum. »Paul!«

Paul grinste. Er war überall mit Blättern und Rindenstücken bedeckt, aber ansonsten sah er ganz munter aus, als er sich auf die Plattform zog.

»Ist alles in Ordnung?« Ich half ihm hoch.

»Bis auf ein paar Kratzer, ja. Ich bin nicht weit geflogen, nur eine Etage tiefer.«

»Ich dachte, Carl hat dich heruntergestoßen«, stammelte ich. »Ich wollte nach dir sehen, aber er hat sich sofort auf mich gestürzt.«

»Ich weiß, ich habe euch beide kämpfen gehört«, sagte er. »Ich habe richtig Glück gehabt. Ich bin zwar abgerutscht, doch genau unter mir war ein breiter Ast. Der hat mich aufgefangen.«

Mir kamen fast die Tränen. Jetzt erst merkte ich, wie viel Angst ich ausgestanden hatte.

Paul grinste schief. »Tut mir leid, dass ich nicht schneller wieder oben war. Es hat leider ein bisschen gedauert, bis ich mich aus dem ganzen Grünzeug gearbeitet hatte.«

»Dir braucht doch nichts leidzutun. Mann, bin ich froh!« Ich fiel ihm um den Hals.

Paul drückte mich und fragte: »Hast du schon runtergeguckt?«

»Ja, ganz kurz, aber ich habe kaum was gesehen.« Seite an Seite krochen wir zu der abgebrochenen Bretterwand und schauten nach unten. Im Mondlicht sahen wir Carl im Gras liegen, er war bei Bewusstsein, hatte sich jedoch nicht von der Stelle gerührt.

Ich blickte mich nach Spencer um, doch der war verschwunden. Unter einem abgesplitterten Holzstück entdeckte ich den Eierwärmer.

»Sie sind noch heil.«

»Dann nichts wie weg damit.«

Ich wusste, was er meinte. Wir kletterten eilig den Baum herunter.

»Am besten rufe ich Leo an«, sagte ich, doch im selben Moment vibrierte das Telefon in meiner Tasche.

»Ruby! Wo steckst du?« Leo klang so aufgeregt und besorgt, wie ich ihn noch nie gehört hatte. »Ist alles in Ordnung mit dir?«

Ich wechselte einen Blick mit Paul. »Alles bestens. Aber du musst herkommen.«

»Wenn du damit Redmoor meinst, bin ich schon da. Dein Fahrrad steht vor dem Büro. Und Pauls Tandem auch. Wo steckt ihr?«

Ich sagte es ihm und dabei erzählte ich gleich noch den ganzen Rest.

»Wir sind in zehn Minuten da«, versprach Leo. »Passt bitte so lange auf euch auf. Und haltet Abstand zu Carl!«

»Machen wir.« Das Versprechen würden wir ganz sicher einlösen können. Ich legte auf.

»Wollen wir?«

»Helft mir«, stöhnte Carl. »Ich komme um vor Schmerzen. Ruft einen Krankenwagen.«

»Ist schon erledigt«, sagte Paul. »Und wir sind auch gleich wieder da.«

Kapitel 41

Die Nisthöhle schien leer zu sein, ich hörte weder etwas noch sah ich einen Waldkauz darin, aber genau konnte ich das von Pauls Schultern nicht erkennen.

»Mach schon, du bist nicht gerade leicht wie eine Feder«, beschwerte sich Paul.

»Jaja, jetzt hör auf zu meckern. So schwer bin ich nun auch nicht. Und außerdem bist du doch stark, oder?«

»Aber ich bin nicht Herkules.« Paul stöhnte und schwankte, aber das war ziemlich sicher nur Show.

Ich öffnete den Eierwärmer und setzte Paul den Deckel auf den Kopf.

»Haha, sehr witzig.«

»Wir machen gleich noch ein Foto von dir.«

»Ich kann's kaum erwarten. Aber jetzt beeil dich endlich!«

Diesmal schien mir sein Schwanken echt zu sein. Da ich nicht gerade scharf darauf war, gleich auf den Waldboden zu knallen, nahm ich schnell das erste Ei heraus.

»Hoffentlich habt ihr das ganze Drama überlebt!«

Ich legte es behutsam in die Nisthöhle und zog schnell die Hand wieder zurück, nicht dass die Mutter doch drinnen saß und nach mir hackte! Dann war das nächste Ei an der Reihe.

»Hoffentlich kommen eure Eltern wieder und kümmern sich um euch.« Das war mein zweiter Wunsch.

Jetzt blieb noch das letzte Ei. Zusammen mit meinem letzten Wunsch packte ich es zu den anderen.

»Und hoffentlich habt ihr noch ein langes Leben in Freiheit vor euch!«

Ich hätte gern noch einen Moment vor der Nisthöhle verweilt, aber Paul schwankte schon wieder, also sprang ich schnell ab. Vielleicht war es auch besser so. Die Eulen hatten ziemlich viel Aufregung gehabt in den letzten Wochen. Jetzt hatten sie ein bisschen Ruhe mehr als verdient.

Als wir zum Baumhaus zurückkamen, umringten Leo, Nicola und May gerade den Baum mitsamt Carl darunter. Leo stürzte auf mich zu und nahm mich in die Arme. Auch May drückte Paul, als wolle sie ihn nie wieder loslassen.

»Ich kann das alles nicht glauben«, rief Nicola. »Du hast hier einen illegalen Tierhandel aufgezogen, klaust Eulen und raubst ihre Eier, und dann gehst du auch noch auf die Kinder los, die dich daran hindern wollen? Was stimmt mit dir nicht? Wie konnte ich mich so in dir täuschen?«

»Aber Nic …«

»Nichts da mit Nic. So läuft das nicht! Du glaubst wohl, du kommst mit allem durch? Damit ist jetzt Schluss! Du wirst ab sofort für dich selbst einstehen. Und du musst deine Taten auch verantworten. Gleich kommen die Sanitäter und bringen dich ins Krankenhaus.«

»Aber, Tante Nic …«

»Du hältst jetzt besser den Mund. Ich werde noch viel mehr tun. Ich schicke nämlich die Polizei ins Krankenhaus. Und ich werde Anzeige gegen dich und deine Komplizin erstatten.«

Sie drehte sich um und stapfte über die Lichtung. Jetzt erst fiel mir ihre neue Frisur auf. Die Haare waren abgeschnitten und reichten nun knapp bis über die Schulter. Und sie waren irgendwie lockig. Das sah nicht schlecht aus.

»Tolle Frisur«, rief ich ihr nach.

Sie drehte sich um, warf mir eine Kusshand zu und lächelte.

»Da hab ich einmal ein Date und schon stellst du hinter meinem Rücken alles auf den Kopf.« Leo hob mich hoch und wirbelte mich noch einmal durch die Luft.

»Wir warten, bis die Sanitäter hier sind«, sagte May.

»Und dann erzählt ihr uns noch mal alles ganz in Ruhe.«

Ich gähnte. »Ist gut.«

Leo grinste und knuddelte mich. »Aber das machen wir am besten bei einem Mitternachtsimbiss. Gibt dein Kühlschrank noch was her?«

»Jede Menge«, antwortete May. »Das reicht bis morgen früh.«

»Aber erst muss ich noch mal zur Wunschweide«, sagte ich. »Da liegt nämlich etwas, das ich unbedingt brauche.« Hoffentlich hatte der Kaktus den Zusammenstoß mit Carls Hintern einigermaßen unbeschadet überstanden!

Es wurde nicht nur eine lange Nacht, sondern auch ein langer nächster Morgen. Erst am späten Vormittag kroch ich aus den Federn. Leo hatte mir eine Nachricht hinterlassen.

Wir sehen uns in Redmoor.

Ich lächelte. Wo auch sonst?

»Ruby?«

Das war eindeutig Paul. Ich streckte meine Hand durch die Zweige und winkte. »Ich bin hier.«

Paul kroch zu mir unter die Wunschweide und lehnte sich mit dem Rücken gegen den Baumstamm.

Unter den herabhängenden Ästen hatte sich eine dicke Moosschicht gebildet. Ich streichelte das Polster, es war weich wie ein Kissen. »Warst du beim Baumhaus?«

»Ja, gerade eben«, antwortete Paul und seufzte. »Hast du es dir auch schon angeguckt?«

Ich nickte. Dorthin hatte mich mein erster Weg geführt, nachdem ich in Redmoor angekommen war. In der grellen Mittagssonne hatten die Überreste des Baumhauses ziemlich jämmerlich gewirkt.

»Es sieht wirklich mies aus«, bestätigte mir Paul und ließ den Kopf hängen. »Ich glaube, da hilft nur abreißen und neu aufbauen.«

Ich gab ihm einen Stoß in die Seite. »Also los. Worauf warten wir noch? Wir holen gleich eine Schubkarre und transportieren das kaputte Zeug ab.«

Paul verzog das Gesicht. »Das wird bestimmt eine Wahnsinnsarbeit. Erst mal müssen wir auseinandersortieren, was wir nicht mehr gebrauchen können und was noch gut ist.«

»Ach, das schaffen wir schon!« Zur Not würde Leo sicher mit anpacken.

»Es gibt dummerweise noch ein Problem mit dem Wiederaufbau. Ich habe überhaupt kein Geld.«

»Oh.« Leider sah das bei mir nicht anders aus. »Dann müssen wir eben Geld verdienen.«

»Aber bald fängt die Schule wieder an«, meinte Paul. Er rieb sich über die Stirn. »Dann haben wir viel weniger Zeit.« Das klang richtig wehmütig, aber ich konnte es verstehen. Mir ging es ja genauso.

»Wir haben auf jeden Fall die Nachmittage und die Wochenenden«, versuchte ich, ihn zu trösten, doch er starrte nur vor sich hin. Oje, er war ja richtig mutlos. Das konnte ich nicht gut aushalten. Irgendwie musste ich ihn wieder aufmuntern. »Zu zweit schaffen wir das schon.«

»Aber du musst zurück zu deinen Eltern«, sagte Paul. »Wie lange darfst du denn noch hierbleiben?«

Ach du Schreck! Wie hatte ich ausgerechnet das vergessen können? Das war genau die Frage! Wie lange durfte ich noch bleiben? Bis zum Ferienende waren es nur noch ein paar Tage. Auf welche Schule sollte ich überhaupt gehen, egal, wo? Und wer meldete mich dafür an?

Ich rupfte ein wenig Moos aus der Erde und zupfte die grünen Fäden auseinander. Bisher hatte ich noch keine Gelegenheit gehabt, mit Leo darüber zu sprechen, und mit Mum und Dad erst recht nicht. Ziemlich sicher würden wir uns wieder endlos streiten – keine schöne Aussicht! Und wie das ausging, war noch völlig offen. Dabei war für mich alles klar. Ich wollte bei Leo bleiben und auch bei all den anderen Leuten hier.

Vorher hatte ich mir alles ganz anders vorgestellt, doch in den letzten Wochen war Redmoor tatsächlich ein neues Zuhause geworden – das wollte ich auf keinen Fall wieder aufgeben! Aber was, wenn ich Mum und Dad nicht überzeugen konnte? Musste ich dann mit ihnen wegziehen?

Anscheinend hatte ich die Antwort auf Pauls Frage verpennt, denn er stupste mich an und sagte: »Mach mal die Augen zu.«

»Wieso?«, fragte ich misstrauisch.

»Los, mach einfach.«

»Na schön. Aber nur kurz.« Meine Augenlider flatterten, als ich spürte, wie etwas Weiches über meinen Handrücken strich. Das kitzelte! Ich riss die Augen wieder auf.

»Die habe ich eben beim Baumhaus im Gras gefunden.« Paul gab mir eine lange braune Feder mit hellen Tupfen.

»Ist die schön! Sie ist bestimmt von Spencer.« Ich drückte die Feder an mich.

Eine bessere Erinnerung an ihn hätte ich mir nicht wünschen können. Hoffentlich ging es ihm nach der Aufregung gestern Nacht gut! Plötzlich fiel mir diese lateinische Inschrift ein. Was darauf stand, stimmte ja. Gefahr lauerte überall. Selbst in einem Paradies wie Redmoor.

»Wir bekommen Besuch«, unterbrach Paul meine Gedanken. »Hörst du es?«

Tatsächlich, jemand lachte schallend. Das konnte nur Bobby sein!

Neugierig beugte ich mich vor und bog die Zweige auseinander. »Das ist ja eine richtige Karawane.«

Hinter Bobby marschierten Nicola, May und Leo auf die Lichtung vor der Wunschweide. Alle drei waren beladen mit

Decken und Taschen. Als Letzte trottete Mrs Big um die Rhododendronbüsche.

»Wie jetzt? Wird etwa schon wieder gefeiert?«, fragte Paul ungläubig.

Nicola lachte. Ihre Frisur war schon wieder so verwuschelt wie immer, nur die Haare waren natürlich kürzer. »Feiern kann man nie genug. Außerdem ist es sowieso Zeit für die Mittagspause. Da bietet sich ein Picknick doch an.«

»Die Gärtner und alle anderen kommen nachher auch noch dazu«, erklärte May und breitete die erste Wolldecke im Gras aus.

Leo holte Teller, Becher und Besteck aus einem großen Korb, während Bobby ein weißes Tischtuch über eine Decke legte und mit Blumen schmückte.

»Ich wollte euch noch einmal für euren Einsatz danken«, sagte Nicola, als Paul und ich unter der Weide hervorkrochen, um zu helfen. »Und ich will mich für meinen Neffen entschuldigen. Er ist natürlich komplett pleite, deshalb werde ich für die Reparaturkosten des Baumhauses aufkommen.«

Paul war anscheinend verstummt, also übernahm ich. »Vielen Dank! Wir freuen uns total.«

»Ach was! Ihr habt euch so für die Eulen eingesetzt.« Nicola winkte ab. »Sie sind wichtig für Redmoor, wie sehr, das habe ich erst gestern richtig begriffen. Die Eulen sind wichtiger als jeder Wipfelpfad und alle Besucherzahlen. Da ist es nur fair, wenn ich den Schaden begleiche, den Carl angerichtet hat.«

Inzwischen hatte Paul sich ein bisschen erholt. »Und was ist mit der Restaurierung?«

»Wie meinst du das?«, fragte Nicola.

»Na ja, der Bereich rund um das Baumhaus und hinter dem See sind ja noch wild. Werden die wirklich noch restauriert, wie Carl immer wollte? Oder können sie so bleiben?«

Nicola lächelte. »Ach, das meinst du. Darüber habe ich schon nachgedacht. Das lassen wir so, wie es ist.« Sie hob die Hand und sagte feierlich: »Alles um das Baumhaus herum, die Lichtung und das Gebiet südlich des Sees bleiben wild. Versprochen!«

Paul strahlte und ich fiel Nicola um den Hals.

»Bin ich hier richtig?«, fragte jemand hinter dem Rhododendron.

»Goldrichtig!«, rief Leo und hielt Mrs Big am Halsband fest. Ihrem Schwanzwedeln nach musste es jemand sein, den sie richtig gernhatte.

Die Bäckerin schob sich mit einem riesigen Tablett um die Ecke. Scones, Törtchen, Brownies und Zitronenkuchen – das war mein komplettes Lieblingssortiment!

»Wie schön, vielen Dank.« Nicola nahm ihr das Tablett ab.

Es wurde ja immer besser.

Ich wählte ein Himbeertörtchen aus und setzte mich neben Paul auf die Decke.

»Für mich bitte nur einen Brownie«, sagte Bobby und reichte May ihren Teller. »Na gut, einen Scone nehme ich auch. Mit Marmelade bitte. Und das da vorn – ist das Rhabarberkuchen?«

May nickte belustigt.

»Ach, dann bitte her damit«, meinte Bobby, »jetzt kommt es ja nicht mehr drauf an.«

Ich kicherte, griff als Nächstes nach einem Scone und ließ den Blick über den Picknickplatz schweifen.

Leo hockte auf der Wiese und zeigte Bobby, wie im Yoga der

Hund aussehen sollte. Bobby vertilgte ihren Kuchenberg, aber Mrs Big machte sofort mit. Nicola telefonierte so laut mit den Leuten an der Kasse, dass die sie wahrscheinlich auch ohne Handy gehört hätten. May unterhielt sich mit der Bäckerin, während Paul vor sich hin döste. Wenn es nur immer so sein könnte!

Paul öffnete ein Auge und zeigte auf das Tuch. »Da sind ja noch zwei Teller übrig. Für wen sind die denn?«

»Die brauchen wir später«, entgegnete Leo. »Und jetzt erzählt mal: Wie wollt ihr das Baumhaus wiederherrichten?«

Paul und ich sahen uns an. Darüber hatten wir noch gar nicht gesprochen, doch als wir erst einmal anfingen, fiel uns jede Menge ein.

»Das sind große Pläne«, sagte Bobby, als wir nach einigen Minuten endeten. »Wenn ihr fertig seid, ist eine Einweihungsparty fällig.«

»Klar!«, erwiderten Paul und ich. Gleichzeitig, das war ja fast unheimlich!

Leo sah auf und grinste. »Da kommt ja unser Überraschungsbesuch.«

Ich drehte mich um. Vor Schreck fiel mir der Scone aus der Hand. »Mum! Dad!«

Mum trug ein Sommerkleid. Das hatte ich ewig nicht mehr an ihr gesehen. Sie hatte sich eine rote Blüte ins Haar gesteckt und lächelte mir zu. Dad war barfuß, aber das musste er wohl mal ein bisschen öfter machen, denn er hoppelte etwas unbeholfen und verzog bei jedem Schritt das Gesicht.

Mit einem großen Hallo wurden die beiden begrüßt und Leo stellte sie jedem vor.

»Endlich lernen wir Sie auch mal kennen«, rief Nicola und

strich sich eine Haarsträhne hinter das Ohr. »Ruby hat uns den ganzen Sommer so toll geholfen. Ich kann sie mir aus Redmoor gar nicht mehr wegdenken.«

Alle redeten durcheinander, doch das hörte ich nur leise – wie durch eine Watteschicht.

Ich stand auf. Meine Beine fühlten sich plötzlich wie Pudding an. Ob sie mich halten würden? »Mum! Dad! Was macht ihr denn hier?«

Meine Frage ging in dem Lachen und Reden der anderen unter, doch Mum hatte mich trotzdem gehört. Sie kam mit drei großen Schritten auf mich zu und drückte mich so fest, dass mir fast die Luft wegblieb. Im ersten Moment war ich wie erstarrt, doch dann schlang ich meine Arme um sie. Ihr Parfum roch fremd und vertraut zugleich.

»Wo kommt ihr denn auf einmal her?«, fragte ich wieder.

»Na, von zu Hause natürlich«, antwortete Mum. »Wir müssen doch mal sehen, wie es dir hier geht. Anscheinend ist uns die Überraschung gelungen.«

»Das kann man wohl sagen.« Doch ich wusste immer noch nicht recht, was ich davon halten sollte. Was hatten sie vor? Würden sie mich wieder mit nach Hause nehmen?

Ich schluchzte auf.

»Ruby, wir reden später in Ruhe über alles«, versprach Mum und streichelte mir über den Kopf. »Dann musst du mir auch alles erzählen, was du in Redmoor erlebt hast. Ich bin schon ganz gespannt!«

Als ob das so einfach wäre! Wie sollte ich denn locker über meine Ferien plaudern, und gleichzeitig wusste ich nicht, wie es weiterging?

»Und was ist mit dem Umzug?«, stammelte ich. »Und der neuen Schule? Ich gehe auf keinen Fall ins Internat.«

Mums Bluse war ganz nass, und erst im nächsten Augenblick begriff ich, dass das von meinen Tränen kam.

»Wir werden alles besprechen«, sagte Mum noch einmal. Plötzlich war Dad bei uns. Er hob mich hoch, wirbelte mich über die Wiese und setzte mich direkt vor der Wunschweide ab. Vielleicht würde ja doch noch einiges gut werden.

Epilog

Der Sturm letzte Nacht hatte einen Großteil des Laubs von den Bäumen befördert und nun türmte es sich rund um die Grotte auf. Ich verwirbelte mit den Füßen die Blätter vor dem Eingang und ein plötzlicher Windstoß ließ sie durch die Luft tanzen.

Ich fröstelte und trat schnell ein. Es dauerte einen Moment, bis ich mich an die Dunkelheit gewöhnt hatte. Erst dann holte ich die dicke Kerze heraus und zündete sie an. Über mir fingen die Kristalle an zu funkeln.

Ich setzte mich auf die Bank und sah zur Decke hinauf. Im ersten Moment war es mir hier drinnen warm und geschützt vorgekommen, doch in Wirklichkeit glich die Grotte einer Eishöhle. Die Kälte der Steine zog augenblicklich durch meinen Körper, aber das machte nichts. Ein bisschen konnte ich es hier schon aushalten.

Das Licht vor dem Eingang veränderte sich, es wurde noch eine Spur düsterer. Kurz danach setzte der Regen ein. Ich schloss die Augen. Die Tropfen prasselten so monoton auf die Blätter, dass ich müde wurde. Es konnte aber auch an der Mathearbeit liegen, die einen Großteil des Vormittags beansprucht hatte.

Mein Telefon blinkte.

Eine Nachricht von Paul.

Morgen um 3 im Baumhaus?

Kann heute nicht weg, mein Vater ist hier.

Anscheinend war sein Vater wieder mal zu einem Kurzbesuch hereingeschneit. Inzwischen hatte er sich zwar damit abgefunden, dass Paul andere Vorstellungen hatte als er, doch richtig gut fand er es offensichtlich immer noch nicht, dass Paul fast seine gesamte Freizeit in Redmoor verbrachte.

Logisch. Freu mich, tippte ich als Antwort und bekam einen lächelnden Smiley.

Jetzt war ich aber wirklich kurz davor festzufrieren, also sprang ich von der Bank auf und rieb mir über den eiskalten Po. Ich wollte gerade die Kerze auspusten, als mir etwas einfiel.

Das Laub von draußen war auch in die Grotte geweht worden. Ich kniete mich auf den Boden und schob es zur Seite, damit ich es nicht aus Versehen in Brand steckte. Die Kerze leuchtete gerade so unter die Bank. Ein Windzug ließ sie flackern, und ich sah noch einen vertrockneten Salamander, bevor die Flamme erlosch.

Meine Finger waren so klamm, dass ich einen Moment brauchte, um ein Streichholz zu entzünden.

Ich rückte ein Stück zur Seite und leuchtete wieder unter die Sitzfläche. Es musste ungefähr die Stelle sein, an der ich im Sommer mit den Orgelpfeifen gesessen hatte. Im ersten Moment sah ich nichts.

Wie schade. Irgendetwas hatte ich doch damals zur Seite geschoben. Wahrscheinlich war es nur ein Stein gewesen oder eine leere Coladose oder so. Ich richtete mich auf, da bemerkte ich etwas Dunkles. Überall waren braune, gelbe und rötliche Blätter verstreut, nur dort nicht.

Ich beugte mich vor und griff nach dem Gegenstand, der dort lag.

Es war ein schwarzes Notizbuch. Ich blätterte es auf, doch dort stand nichts außer einem Monat und einer Jahreszahl. Das Datum war der 5. Mai 1951. Die Eins am Ende war nicht ganz fertig, als wäre die Person, die den Eintrag gemacht hatte, unterbrochen worden. Ich schlug jede Seite auf, aber alle waren leer. Das Papier war ein bisschen vergilbt und an einigen Stellen feucht, ansonsten war das Buch noch in Ordnung.

Meine Finger strichen über das weiche Leder. Es lag nun schon so lange hier, da würde es bestimmt niemand mehr vermissen. Ich verstaute es in meinem Rucksack. Woher kannte ich das Buch? Ich konnte mich beim besten Willen nicht daran erinnern, aber ich war mir sicher, ich hatte es schon einmal gesehen.

Na ja, es würde mir später wieder einfallen. Jetzt musste ich dringend nach Hause, denn heute gab es selbst gebackene Pizza. Da lohnte es sich, pünktlich zu sein.

Den Weg von Redmoor bis nach Sheddington Hall schaffte ich in Rekordzeit. Inzwischen war ich gut im Training und mit dem neuen Rad fuhr sich die Strecke fast wie von selbst.

Am Kreisel vor dem Bahnhof erwartete mich das übliche Verkehrschaos um diese Zeit.

Vor mir bremste ein Auto abrupt. Auf dem Beifahrersitz saß Georgie! Ob der jagdlustige Bassett mich erkannte? Zumindest fing er an zu bellen, also erinnerte er sich vielleicht noch an unsere Begegnung bei den Hängematten-Bäumen. Da tat sich eine Lücke im Verkehr auf. Ich winkte ihm noch einmal zu und sauste davon.

Wenige Minuten später bog ich in unsere Straße ein. Endlich Wochenende! Vor mir lagen zwei freie Tage, an denen ich tun konnte, was ich wollte.

In der Dämmerung leuchtete unser Haus schon von Weitem,

und zwar beide Hälften. Es sah aus wie ein großes Glühwürmchenschloss.

Wie üblich stapelte sich in Leos Vorgarten der Krimskrams. Sein Rad lehnte vor dem Schuppen, und die Mülltonne quoll über, weil wir mal wieder vergessen hatten, sie rechtzeitig zur Abfuhr auf die Straße zu stellen.

Die andere Hälfte dagegen blitzte vor Sauberkeit. Im Sommer war noch alles verwahrlost gewesen, nun säumten zwei ordentliche Beete den Weg zur Tür. Ich stellte mein Fahrrad in den frisch gestrichenen Unterstand.

Mum öffnete mir schon, noch bevor ich die Haustür erreicht hatte.

»Die Pizza ist gerade fertig.«

Ich fiel ihr um den Hals.

»Bringst du Leo etwas rüber, oder kommt er zum Essen?«, fragte Mum.

»Ich sag ihm gleich Bescheid, muss nur mal eben was nachsehen.«

Ich stürmte die Treppe hoch in mein Zimmer. Es war wieder die Dachkammer, aber diesmal auf der anderen Hausseite. Denn am Wochenende wohnte ich bei Mum und Dad. Unter der Woche war ich bei Leo, dann arbeiteten die beiden in London.

Auf dem Nachttisch stand der Kaktus. Neben ihm lag mein Notizblock und der übliche Wust aus Zetteln, Stiften, Postkarten und anderem Krempel. Ich wühlte so lange darin herum, bis ich sie endlich fand. Die Postkarte von Leo, die ich gesucht hatte, lag ganz unten. Es war das Schwarz-Weiß-Foto mit dem Mädchen, das ein dunkles Notizbuch in den Händen hielt. Ich holte das Buch aus dem Rucksack.

Treffer! Es war genau dasselbe Buch.

Da fiel mein Blick auf den Notizblock. Es war nur noch ein Zettel darin und den hatte ich schon beschrieben. Natürlich standen die Pläne für heute darauf:

Etwas anderes als einen Scone im Café essen
Die Grotte untersuchen
Einen neuen Notizblock kaufen

Das mit dem Scone hatte nicht geklappt. Sie waren einfach zu lecker! Aber morgen würde ich bestimmt die Haferkekse probieren. Ich strich den obersten Punkt durch, aber dann folgten zwei Haken. Fantastisch!

In der Grotte war ich endlich gewesen. Und das mit dem Notizblock hatte sich auch erledigt. Jetzt hatte ich ja mein neues Buch. Ich brauchte sowieso mehr Platz zum Schreiben.

Zum Beispiel für die ganzen Fragen. Es gab jetzt auch eine Menge Antworten. Plötzlich erinnerte ich mich an meine ganz spezielle Frage.

»Was, so oft bist du umgezogen? Ist es nicht schwer, immer wieder ganz neu anzufangen?«

Die Antwort schrieb ich gleich in das Buch, zusammen mit dem aktuellen Datum. Sie lautete:

Ja, ich bin ganz oft umgezogen. Und klar, es ist verdammt schwer, immer wieder neu anzufangen. Aber es lohnt sich.

Und damit hatte ich auch meine *spezielle* Frage gelöst. Ich war schon gespannt auf die nächste.

Ich klappte das Buch zu und legte es auf den Nachttisch. Mein Blick streifte den Kaktus. Er sah fast aus wie immer, grün und stachelig. Vielleicht waren die Ohren sogar ein winziges bisschen gewachsen. Und genau zwischen ihnen leuchtete etwas Rotes. Der Kaktus blühte. Ich glaube, er war endlich angekommen.

Von Eulen und Gärten

Die Eulen in dieser Geschichte sind Waldkäuze. Die mittelgroßen, braun- oder graubeige gefiederten Vögel haben einen markanten Ruf, an dem sie gut zu erkennen sind.

Waldkäuze bevorzugen Höhlen in alten Bäumen, gern in lichten Wäldern oder Parks. Sie brüten einmal im Jahr, dabei kümmert sich das Weibchen um das Gelege und wird unterdessen vom Männchen mit Nahrung versorgt. Waldkäuze bewachen ihre Brut besonders streng, und sie schrecken auch nicht davor zurück, mögliche Feinde anzugreifen.

Aus erzählerischen Gründen habe ich den Zeitpunkt der Brut in diesem Buch weiter nach hinten verlegt, als es der Realität entspricht. Normalerweise brüten Waldkäuze im Frühjahr, in dem milderen Klima Cornwalls sogar bereits im Januar, wobei zwischen dem Brutbeginn unterschiedlicher Paare durchaus mehrere Wochen liegen können.

Daher kann es zur gleichen Zeit in einem Wald sowohl Eier als auch Ästlinge geben, auch wenn jedes Elternpaar nur einmal brütet.

Redmoor ist ein fiktiver Garten. In Cornwall gibt es jedoch zahlreiche wunderschön angelegte Gärten mit vielfältigen Pflanzenarten, wie Palmen und Kamelien.

Inspiriert hat mich unter anderem einer der bekanntesten Gärten Englands: »The Lost Gardens of Heligan«. Seine Geschichte ist überaus faszinierend.

Der Garten wurde viele Jahrhunderte lang bewirtschaftet,

verfiel jedoch zunehmend ab dem Ersten Weltkrieg. Efeu und Brombeeren überwucherten in den folgenden Jahrzehnten den großen Besitz. Erst 1991 erwachte der Garten aus seinem Dornröschenschlaf und wurde unter großem Aufwand und mit vielen Helfern Stück für Stück wieder freigelegt. Heute gehört Heligan zu den meistbesuchten Gärten Englands.

Danksagung

Ein Buch ist immer ein Gemeinschaftswerk. Der Grafiker Christian Keller zum Beispiel hat den stimmungsvollen Umschlag geschaffen, der Hersteller Alois Englert ist für die wunderschöne Gestaltung verantwortlich, und darüber hinaus sind noch viele weitere Menschen daran beteiligt, dass diese Geschichte nun gelesen werden kann. In diesem Sinne möchte ich mich herzlich bei dem engagierten Team des Magellan Verlags bedanken – ganz besonders natürlich bei meiner großartigen Lektorin Hanna Schneidawind. Sie begleitete mich kompetent, überaus geduldig und einfühlsam durch den Entstehungsprozess dieses Buches. Wenn ich mich im Garten verirrt hatte, half sie mir mit ihrem Zuspruch wieder heraus.

Frank Kühne hat mir vor 20 Jahren die Begeisterung fürs Büchermachen vermittelt und inspiriert mich seitdem mit seiner ungebrochenen Freude daran.

Marion Perko danke ich für all das, was ich von ihr gelernt habe und immer noch lerne. Mein Schreiben hat durch sie immens gewonnen.

Ich danke auch der »Akademie für Kindermedien« für ein besonderes und lehrreiches Jahr.

Bianca, Christiane, Inga, Katrin, Petra und Sabine sind fantastische Freundinnen. Ich danke ihnen von ganzem Herzen für ihre Unterstützung.

Last but not least danke ich meiner Familie. Das Schreiben dieses Buches hat mich streckenweise sehr vereinnahmt und ich danke euch für eure Liebe und Geduld.

Natürlich magellan©

FSC
www.fsc.org
MIX
Papier aus verantwortungsvollen Quellen
FSC® C083411

Wir pflanzen Bäume
Für unsere Umwelt
www.magellanverlag.de

FAIR PRODUZIERT
www.magellanverlag.de

Hergestellt in Deutschland
Gedruckt auf FSC®-Papier
Lösungsmittelfreier Klebstoff
Drucklack auf Wasserbasis

1. Auflage 2020

Umschlaggestaltung: Christian Keller
unter der Verwendung von Motiven von iStock / Anastasiya Shumilina / saemilee und shutterstock / MyStocks
Illustration Landkarte: Henner Rahlff
Druck: CPI, Leck
ISBN 978-3-7348-4722-6

www.magellanverlag.de

← Zu Mays Haus
Parkplatz
Café
Gemüsebeete
Herrenhaus mit Museum
Geräteschuppen
Pavillon
Ananas-Gewächshaus
Hängematten-Bäume
Dschungel
Brunnen
Rhododendron
Wunschweide
Baumkönigin
Baumhaus
See
Insel